U0524262

文字帝国
EMPIRE OF WORDS

狂热
FANATICISM

王若虚 著

上海文艺出版社

十二年磨一剑，未必削铁如泥
切到手指却常见

以前我写得很快。

2009 年出版《马贼》以后，创作长篇很少超过一年：《萌芽》杂志连载的《尾巴》，分三季，每季四万字，一季快连载结束再写下季，前后不过八九个月。《尾巴 2：告密的孩子上天堂》在出版周期不太稳定的主题书上连载，写了将近十一个月。《我们居然回去了》内容欢脱，耗时半年多。另像《限速二十》和中篇改编的《火锅杀》，半年写完。

2010 年我自己给自己挖了个小坑，在《萌芽》发表了"文字帝国"系列第一个短篇《微生》，第二年又发了《疯女王》，然后雄心壮志准备写"文字帝国"长篇。一写就跑偏了，十万字，不满意，发到微博上，作为废稿娱乐一下读者，不要当真。

为什么写跑偏，原因也简单：没想明白。自己回头看，《微生》还是陷入小儿小女情感戏，《疯女王》只有写实，没有意义。当时动笔长篇，概念先行，满脑子只有"文字帝国"这个概念，后续乏力。

这是磨剑第一年，鄙人26岁，刚踏上社会两年多。

之后七年一直在搜集资料，提纲改了七八次，也动笔写过两稿，分别是2015年和2016年，写了几章，还是觉得不对，放弃。倒是写了系列周边的几个短篇，包括《同小姐》《没有书的图书馆》《小宇宙》《床笫之美》《谁要看安部公房》《光环》《腰封无用》。

但有一点是想明白了，"文字帝国"第一部长篇一定是写21世纪初80后写作者这批人的。

第一个原因，我自己是1984年生人，经历过那个时期，从《萌芽》每期必买的中学生读者，到多次失败的新概念参赛者，到大学里埋头苦写，再到毕业前夕在《萌芽》发表，再遇到贵人、出第一本书，之后上长篇连载……一路打怪升级到今天。

"每个青年作家的诫命是表现他们自己的时代。"卡尔维诺这句话放在了《尾巴》第一版的封面上，出版责编尹老师选的，谨遵教诲。

第二个原因是，那个时期出现的人物众多，众星璀璨也好，鱼龙混杂也罢，是群像般的存在。我当然没有《战争与和平》那种功力，但这个视角，让格局瞬间打开。

韩寒、郭敬明的确是重量级的人物，但他们并不能代表那个时期那个群体。就像咖啡、红酒、日料丝毫不能代表上海人的饮食，而只是若干显眼的元素。上海人的饮食是什么呢？罗宋汤、炸猪排配泰康黄牌辣酱油、"四大金刚"、腌笃鲜、根本不辣的辣酱面、酒香草头、毛蟹年糕、被禁的毛蚶和熏癞蛤蟆……

光三两个硬菜不能叫席，一桌冷盘热炒大汤甜点才叫盛宴。

2017年，我才大致敲定第一场宴席的"菜单"。2019年6月写完初稿，2020年3月写完二稿，2021年4月第三稿，2022年元旦过后第四稿完成。

每一稿的修改，除了三到四稿，都是破坏性的重建，相当于80%以上要推翻重来，因为第一稿和第二稿都采取了不太传统的小说叙事方法。创新总要付出代价，切到手指也是必然。

书名也多次修改，最后定为：《狂热》。

小说里的1999年到2010年，于我而言就是狂热的时代：作者狂热，读者狂热，出版商也狂热。通过比赛获取名校保送也好，取得名利也好，让作品得到认可也好，体现个人价值也好，林林总总，形形色色，欲望和企图，理想和野心，都在彼此冲撞。能够成为韩寒、郭敬明的只有极少数，更多人在漩涡之中起起伏伏。

故而，这部小说是献给那些曾身处狂热漩涡之中的人们的，其中大小角色不下百人，有些确有原型（比如一眼就能看出来的成语言、苏穆哲宁、青文赛、《笔迹》杂志),更多的是我所见到、认识、听闻的事迹的黏合。

因为是群像式,我选择了三个相对具有代表性的主角:心高气傲折腾多年、最后发现自己不过一介凡人的全天然;凭借短篇一夜成名却离家出走、想以写作为生的鹿原;1979年出生、总是疏离于"80后作者"群体、冷眼旁观各类事件的"乌鸦嘴"秦襄。

三人结缘于2000年,之后十年中互相影响、互相作用,又互为彼此的背景板,由表及里,展现三种层面的"80后文学狂热期"。

可能有人问,现在已经2022年了,距离当年的始发点足足过去二十多年,现在出版这部小说有什么意义?话题已经没什么热度了,昔日最红的韩寒、郭敬明都投身影视,各自遇到滑铁卢。

道理是这么个道理,但我写"文字帝国"系列和《狂热》不是奔着畅销书去的,还是之前那句话,表现自己所处的时代,完成自己的诫命。

况且,我认为相对严肃的文学写作,对时事应该具有时间上的滞后性。漩涡平息后,风平浪静,观察沉渣,才能看得透彻。

比如小说里的"成束之争",即2006年韩寒白烨在博客上的论战,十分热闹。双方各有各的观点,年轻人可能更偏向韩寒。如果我是当时去写《狂热》,就不会有书中"乌鸦嘴"秦襄的那番理性,而是韩寒的那种意气风发。

但十六年过去,再读白老师的文章,撇开颇具争议的作品点评,很多东西今天都已变成现实,比如各大期刊推出的"90后"特辑之类。

还有就是青春文学和校园文学的定位问题。作为曾经的热门门类,青春文学红火一时,也饱受争议。一种类型文学体量过大,自然泥沙俱下,良莠不齐。

但纯文学作品,你也不能说部部精品吧?网络文学也出了很多精品,在不同的话语体系里得到的评价也大相径庭,又怎么算呢?普通读者对通俗小说的极高评价进不了文学史,学院派评论家对纯文学作品的盛赞也入不了普通读者的"法眼",两者本身就是一种割裂式存在。

面向普通读者,还是面向专业读者,本身就是一种抉择,没有孰高孰低,只有谁能在门类当中写得更好,做到极致,突破自我。

写了这么多,就是想说,"文字帝国"系列的《狂热》是一部19万字的长篇小说,耗时十二年,废三版,易四稿,于我是种修行。它也是一锅炖,对十年里的写作、阅读、做杂志、搞出版的可能不太精准的描绘。

十二年磨一剑,自知能力有限,不能削铁如泥,但希望读者看完这部小说之后能明白,当一个写作者是世界上最容易的事情，长期坚持当一个写作者则是最不容易的事情之一。

即便在"80后文学狂热期"，也并不是只有万人签售、版税惊人、豪奢消费、众人追捧。更多时候，更多人，要面对外部和内部的考验和磨炼，独自立于旷野，风吹雨打。

从我2007年发表处女作至今，太多昔日的同行、伙伴乃至竞争对手都选择放下笔，或转投编剧行业等。有的单纯发现自己并不热爱写作了，有的为稻粱谋，有的选择了其他途径去展现自我。

在写这部小说的时候，很多次都会想起他们，还有以前的事情，美好的和不美好的，都融入文字当中去了。

作品不死，只是作者本人渐渐消失。

最后，感谢我的爱人焦雨溪，以及这部作品里给我很大帮助的李伟长兄。

【文字帝国】 系列短篇作品

2010 年《微生》　　　　　　　　　　《萌芽》杂志

2011 年《疯女王》　　　　　　　　　《萌芽》杂志

2015 年《没有书的图书馆》　　　　　"ONE·一个" App

2016 年《小宇宙》　　　　　　　　　《萌芽》杂志

2016 年《同小姐》　　　　　　　　　《萌芽》杂志

2016 年《床笫之美》　　　　　　　　《萌芽》杂志

2017 年《谁要看安部公房》　　　　　《小说界》杂志

2017 年《夏娃看言情的时候亚当在干什么》　《萌芽》杂志

2018 年《万物灭》　　　　　　　　　《小说界》杂志

2019 年《腰封无用》　　　　　　　　《萌芽》杂志

2018 年短篇集《夏娃看言情的时候亚当在干什么》

上海文艺出版社

目录

Contents

第一部分　头角（2000 年）

全天然　　　　　　　　　　　003
秦　襄　　　　　　　　　　　039
陆　篆　　　　　　　　　　　063

第二部分　盛宴（2001—2005 年）

全天然　　　　　　　　　　　095
秦　襄　　　　　　　　　　　155
鹿　原　　　　　　　　　　　203

第三部分　鸣金（2006—2009 年）

全天然	281
鹿　原	307
秦　襄	348
陆篆：磨刀者	407
尾声	419

第一部分
头角（2000 年）

全天然

1

也许鸡身上那两块部件的学名的确叫翅根,但承德人有自己的叫法,小鸡腿。卤小鸡腿,焗小鸡腿,熏小鸡腿……反正,形象就够了,严谨与否并不重要。全天然觉得,好吃就够了,什么形不形象,无所谓。

全天然有个神经病同桌,爱好历史入了魔道,每天到学校第一件事就是给大家补知识:"今天是 1999 年 10 月 21 日星期四,历史上的今天,麦哲伦在南美洲最南边发现了一个海峡,就叫麦哲伦海峡;还有拿破仑的海军在特拉法尔加输给了英国人,不过英国主帅在战场上直接挂了。"

对承德二中学生而言,这个星期四再平凡不过。非说有什么可圈可点,大概就是食堂边上两棵银杏树提前成熟,开始往下飘叶子,地上黄金万两,迷惑人心,都舍不得踩上去。有学生捡了几片回去做书签,凑到鼻子前一闻隐约有自我暗示的清香。

二中背后就是著名的避暑山庄，跟德汇门只隔了所老年大学。二中大门两百米外是武烈河，山庄东路和旅游桥上车来车往游客熙攘，周围饭馆小吃摊众多。中午饭点，不少学生绕开门卫室，翻身越过低矮的围墙，便能融入大千世界煎炸烹炒的烟火气当中，摆脱食堂荼毒。

全天然对食堂饭菜素来敬而远之。他鼻子够灵，同桌说"赛过狗"。上午第三节课他在教室里鼻翼一颤，就能捕捉到食堂厨房飘来的真相：鱼香肉丝胡萝卜喧宾夺主，宫保鸡丁黄瓜独占鳌头，糖醋里脊面疙瘩唱主角，炖粉条土豆称大王，西红柿炒蛋深得稀粥神髓……"中午去食堂就是吃斋"，只有八县三区的那些穷学生才去吃食堂。

但父母严禁他在外吃午饭。小饭馆，小摊位，用的油来路不明，菜洗不干净，肉不能保证新鲜，锅碗瓢盆消毒不彻底，一次性餐具是不是真的一次性？后厨是不是耗子蟑螂的天下？他爹的铁律是，吃进嘴里的东西，一卫生二营养三口味。小饭馆那卫生是不放心的，大食堂营养和口味是有待商榷的。

中午十一点四十分，全天然准时往学校大门走，脑子里琢磨着一种刚想出来的军棋战术：要是在边界三个入口处都埋上地雷，算不算独创的奇招，"全天然式开局"会不会流传万年？至于等会儿老娘送来的午饭，那是毫无悬念：星期一熘腰花星期二炖排骨星期三干烧鱼星期五卤牛肉，至于星期四，是他钟爱的洋玩意儿。

承德还没有肯德基快餐，离承德最近的肯德基在北京。伟大首都自然什么都有，除了清冽的空气、上好的地下水和避暑山庄。那些嫁到北京、娶到北京、出差去北京的承德人都传回来一个信息：世界上有种外国食物，"炸小鸡腿"。

无疑，信息在传播过程中出现了些许偏差。肯德基炸鸡翅是翅根翅中分离，且没有翅尖的。像全老娘这样没见过实物的家庭主妇，只能结合本土传统经验，发挥想象力和主观能动性，做出她们自己版本的"炸小鸡腿"：翅根下油锅前裹蛋液，炸完后撒上五香粉，或佐以韭花酱，或搭配蒜泥，香气展翅高飞，风味独步天下，骨头嚼成渣都比食堂饭菜香上三万倍。

每天在大门口等午饭，门卫室的老大爷都跟全天然熟悉了。天冷时他还能踱进屋里取暖顺便轻松友好地和老大爷聊上几句。小房间除了烟味，似乎还有一星期没洗的袜子或者某只死耗子的味道。他跟门卫大爷聊着两棵银杏早早落叶，目光扫到桌上一摞旧报纸。最上面是昨天的《河北日报》，油墨气息早已消失。上位读者随便一折就把它丢在一边，此刻面朝天花板的不是头版头条而是文化版一则通讯，《全新比赛突破传统　张扬少年引人注目》。

他嘀咕了句"我的娘"，歪着脑袋读起来。上海有家杂志社办了一场不要求写传统作文的学生比赛，提倡文学性和想象力，可以写小说、剧本甚至诗歌。获奖者中有个成语言，年方十八，凭借《在自习教室》《缺口》备受关注。至于两篇文章到底写了什么，究竟有多张扬，记者同志含糊其词，广大读者不得而知。这则报道区区三百字，豆腐干一块。他用力翻起报纸一角，确定下半版没有更具体的内容，这才专心致志去等炸鸡翅和韭花酱。

二中的午饭加午休一共就半小时。十一国庆后承德算是在体感上入了冬，这天阳光却格外猛烈，全天然一手端铝饭盒一手举眉遮阳，心思全然围着报纸上那则豆腐干，险些被操场上艺术生的篮球砸到。

一个只比他大一岁的男孩，参加了一场成年人办的比赛，等于背着石磨盘扭秧歌，能犀利张扬到哪儿去呢？能把自以为是的老头老太们都吓出心脏病来吗？开玩笑，开天大的玩笑。

全天然的成绩在二中只比中游偏上了那么一小节拇指，没什么优势科目，但喜欢写点作文之外的东西，省里乃至全国作文大赛都参加过一些。那些比赛总在启事里号称鼓励学生的真实想法，反映当代少年的精神面貌，有什么说什么有屁就要直接放。全天然信以为真，把积攒的散文杂文都投过去，结果如泥牛入海飞蛾扑火肉包子打狗小媳妇抓流氓，纯粹浪费邮票和纸张。

可能在评委眼里，他全天然不算当代少年，而是一个怪物,一瓶毒药,一枚炸弹。

至于新闻提到的主办方《笔迹》杂志,他以前从没听过,更别提买过。事实上这里很难见到任何文学杂志。不太正经的书店都是扫黄打非的漏网之鱼,书名会让任何流氓分子之外的顾客心惊肉跳。正经些的书报摊呢,军事期刊武侠杂志法制报刊的天下,若跟老板说要文学期刊,对方会递过来《知音》《青年文摘》,或者《故事会》。

一本从未听说的杂志在一座从未去过的城市搞了场比赛,冒出个没能看到具体文章的年轻作者,就被省报起了这么个标题。点根炮仗当导弹。他腋下夹着空饭盒叼着筷子去男厕所洗刷时得出了结论:这些记者啊又在虚张声势小题大做,有这闲工夫还不如来采访采访他全天然,报导一下他的悲惨遭遇。

全天然从小至今的悲惨遭遇,百分之一千、万分之一亿要归咎他爹全国起。承德是旅游城市,最出名的是避暑山庄、大佛寺和皇家猎苑,但承德旅游局一点不重要。国家每年拨款的主要目的是修缮维护宝贵文物,文物局比旅游局更像要害部门。在要害部门当副科长的全爹 1982 年喜得贵子,灵光一炸,取名天然,朗朗上口寓意非凡。

主要是朗朗上口。

他小学一年级开始,每每老师想点人答题又懒得翻名册,眼珠子都不用转,"全天然"三字张口就来,像在给牛奶打广告，还调侃说咱们班上要是有个"吴天佳"就凑一对了。被同学加冕为"点名之王"的全天然多次恳求老爹去派出所给自己改名。全爹摸着他脑袋，脸上七成慈祥，十三成不屑，说傻儿子诶，你长大之后就明白了，好名字比好相片还管用，时间一长记不住人脸，啊，但能记住特别的人名，以后受用无穷！

全天然表示，我就想有个普通名字比如张伟王海李华陈超刘明什么的，没入茫茫人海中深藏功名。

老爹说哈哈哈，那你再去找个姓张的爹吧。

被频繁点名的时间一长，他养出了逆反心理。最开始答不上问题还知道红脸摇头，像做了什么天大坏事，慢慢就麻木了，脸不红心不跳只摇头，且顶多摇两下，摇三下那是给了天大的面子，最后头都懒得摇，就回两字"不会"，斩钉截铁生冷硬脆惊涛拍岸不动如山。

老师们平时虽然也收点挂历烟酒电子表，但涉及师道尊严，不能坐视不管，对他的投诉一则叠一则传到全爹耳朵里。全爹有次找他交心，表示，有位伟人曾经说过，啊，世界是你们的，也是我们的，但归根结底还是你们的。全天然连连点头称是。全爹话锋一转，但目前为止还不是你们的！所以给老子在学校里安分点儿！屁股上挨了一脚的全天然退回卧室，转念一想，我他妈也没主动招谁惹谁啊！

这种面对提问不动如山的精神他一直带到高中，主要对手是英语老师。他英语的确不太好,老师认定他就是欠了自己的。那老师偏偏跟他同姓,天赋异禀,左眼单眼皮,右眼双眼皮。全天然给起外号"全单双",随着矛盾日益激化又改叫"全三皮"。三皮老师吃完饭不爱漱口,一张嘴就是酸腐味,叫人想起酷夏里浑水沉尸的池塘。

任何人在承德二中当老师,都会有种扬眉吐气的感觉。学校门口立了块灰色石碑,正面写"以生为本"四个字,走进大门转头一看,石碑背面刻着"师生为本"。走进教学楼,墙上匾额上书"尊师重道"——就没有学生什么事儿了。师道尊严,老师有尊严,那讲台下的学生有没有尊严呢?

二中老师各个身怀绝技,五十米开外光凭后脑勺就能判断出是自己班上哪个学生,在骂人方面都至少是研究生学历,三皮老师更取得了博士学位:stupid、silly、fool 还算常见,idiot、dumb、moron、blockhead、dolt、dunce、donkey、know-nothing、lubber、gawk、numskull、anoia、lummox、oaf、lout、prune、juggins……都是课纲之外免费赠送的词汇量,足够出一张考卷了,学生还很难拿到 50 分以上。

骂完人之后"全三皮"还喜欢升华主题,提高层次格局,有一次说,行将到来的 21 世纪必然是竞争激烈的时代,中国有十几亿人口,你要想获得成功,要想竞争过别人,必须至少熟练掌握一门外语。午休时全天然边跟人下军棋边说,咱三皮老师熟练掌握了英语也没见飞黄腾达啊,不然就这年龄了怎么也该混个副高职称或者教研组组长了吧?

有心打小报告的人,听力比蝙蝠还灵敏眼睛比蜘蛛还多,这话马上被"全三皮"知道了。2000年2月1日,离大年三十还有三天,刚期末考完,讲解考卷的课上三皮老师连续三次点全天然起来答题。最后一次,全天然没有说不会,反问,三回了,您觉得合适吗?三皮说,上课点谁回答是老师的权力。

全天然"嗯"了声,认可对方辩友这一观点:"那么答或者不答,是我的权利——我选择保持沉默。"

话一出口,屋顶都快被声浪掀翻了,下面居然有人鼓掌,还有人敢叫好,无奈教室里喧哗声太大,三皮老师气血攻心没留意是哪几位壮士。他以左掌猛击黑板三下,掉下不少白粉,好不容易控制住自己的调门,一字一字吐出来,让全天然滚去年级办公室罚站。

全天然比了个"OK"手势,说好嘞没问题,这题其实我会,但我就是不告诉你,你自己琢磨去吧。

临近假期老师们正忙着清理杂物。年级办公室一地狼藉,废旧书报堆得到处都是,霉味和灰尘在阳光里双双起舞,大家只能用嘴小口小口呼吸。戴口罩的班主任懒得管全天然,让他站在靠窗角落,自己指挥着几个班干部捆扎旧书报废考卷扫地擦桌。

班干部自然不会白干，酬劳是老师收缴的闲书杂志。涉及色情暴力的早已被剔除，再经他们挑挑拣拣，最后剩下的和旧报纸废考卷一起卖掉。全天然身后窗台上就有一摞幸运儿，被哪个班干部暂时放在这里。他兴味索然地查看着，手指忽然停在倒数第三本杂志上，《笔迹》1999年11月刊。翻到目录，第五页是成语言的决赛作品《缺口》，第八页是他的访谈《石头里蹦出来的我》。

大家忙着清脏和分赃，谁也没留心罚站的男生，但他们很快就被吓到了。全天然猛喊一声便冲出了办公室。事后有人回忆他喊的是"亚克西"，有人说是其口头禅"我的娘"，也有认为就喊了"啊"。全天然颇为鄙夷地出面澄清，自己喊的是"尤里卡"——阿基米德当年冲出澡堂喊的就是这句，尤里卡尤里卡尤里卡。

走廊里空气清冽如沐冰泉，刺激少年阿基米德的神经。

全天然撒丫子冲出去时手中攥着那本《笔迹》。有眼尖的女干部认出是自己的战利品，紧随其后，边追边嚷。班主任反应慢半拍，回过神后对团支书喝道，愣着干吗？抓回来！

他的判断是此人在窗边站傻了，要么打算逃出学校，要么是找英语老师报仇，也可能准备去跳楼，反正大门外的武烈河早在去年12月就已经冻上了。他不知道那本杂志的目录页上写着原主人的姓名，全天然碰巧知道对方在高二几班,是个嘴唇上长着毛的女生,现在他要找她问明白杂志究竟是从哪儿买的。

目录页背面,印着第二届青少年文学创作大赛的启事,并提醒读者,报名表将从2000年1月起印在杂志上,投稿截止到当年6月底。

就是读到了这则启事,全天然全身毛孔扩张,血流加速,深知"华北大地已容不得我在这里浪费时间罚站了",便喊着"尤里卡"冲出办公室,期间被多名学生干部围追堵截,路上有个其他班抱着考卷的学生经过,吓得跪在地上。全天然纵身一跃跨过对方,漫天的试卷在飞舞,漫天的毫无意义在另一个时空维度噼里啪啦自行燃烧,他看到了,闻到了,听到了,火箭要升空,这是必须的光热效应。

在此之前,是一本从未听说的杂志,在一座从未去过的城市搞了场小比赛,冒出一个没能读到具体文章的作者。

现在,他拿到杂志,读到了成语言,身体是白纸,思想是黑字,每个字都抽打着他的中枢神经,让他感同身受信心十足,认定自己也将前往那座陌生城市,获得同样的殊荣。

2

谁是成语言?

全天然对爱好历史的神经病同桌连连摆手,"不对不对,你这句式就不对,什么叫谁是成语言?你该说,成语言是谁?成语言三个字必须放在句子头上,因为就这么一个,开天辟地独一无二,翻江倒海。你会把'Who is God'翻译成谁是上帝吗?你只能翻译成,上帝是谁?差不多就这么个道理。"

那么,成语言是谁?

首先,他是首届青文赛的散文组一等奖得主之一,是《在自习教室》《缺口》的作者,但又不止于此。《河北日报》的记者太拘泥事实和细节,一叶障目抠抠搜搜,看不清大局看不清风向,看不清天下大势。张扬少年?他是屠龙的少年,用龙血泡脚的少年,拿龙爪当鸡爪啃的少年。引人注目?他分明是投枪是匕首,是洪水猛兽,是行走的文字核弹。

保守的家长和老师必然厌恶他仇视他,又对他畏之如虎。假如想要扼杀这个年纪轻轻的万恶之源,他们就应该抓紧开发时间穿梭机,来到1981年8月的上海崇明岛,把他掐死在人民医院的婴儿房里;当他和小伙伴暑假里去钓小龙虾时把他捆起来装入麻袋扔进长江口;当他在初中体育课上踢足球时在盐汽水里下毒;当他考到上海市区的湛恩高级中学、每天清晨在操场跑三千米时制造意外事故;当他在宿舍熄灯后吃泡面时把他脑袋摁在泡面碗里十五分钟;或是首届青文赛举办当天，派个杀手怀揣消音手枪在赛场门口等着他出现。

但这些都没发生。他存活下来，1999年8月参加了《笔迹》主办的那场比赛，发表了作品被很多人读到，媒体蜂拥而来，声势越来越烈。保守派不遗余力地诟病和谴责，谴责成语言对现行教育模式的嘲讽和抨击，谴责他对社会固有规则的质疑和挑衅，谴责他对"大人是为你好"的反驳，谴责他最著名的那句讽刺——针对园丁和蜡烛两大意象——说部分老师最擅长"开水浇花，火山烤肉"。

青文赛给世纪之交的写作圈带来了一连串的轰天巨响，最刺耳的音符非成语言莫属。他同时也是信号弹，冉冉升起点燃夜空，照亮那些胸怀大志的同龄人的脸庞并告诉他们，**他妈是时候了。**

没有人比全天然更懂这颗信号弹了。

他在老师办公室读到的那篇《缺口》，全文约五千字，成语言辛辣描写了若干类典型的糟糕家长形象：不懂装懂自以为是的"百科全书派"；一面猛力鞭策孩子努力学习，一面埋怨自己当年被时代洪流耽误却丝毫没意识到现在继续学习和自我提升也不晚的"万尼亚爸爸"；顶着高级知识分子头衔却百般暗箱操作希望子女能轻松更上一层楼的"莫里亚蒂家族"；认定自己孩子不会犯错的"纯洁派"；信奉棍棒胜过语言的"大棒党"；孩子只有考到九十分全家才能吃到肉食、不断对其灌输"只要成绩好、赚到钱,一生就会幸福美满"的"萝卜党"……

这种文章如果是全天然写出来的,只要被语文老师或班主任看到一次,就足以把他倒吊在校门口。可这正是成语言在首届青文赛决赛现场写就的,而且获得了一等奖。每读完一小节,全天然都感觉是在读镜子里的自己写下的文字。此前他投给那些作文比赛的作品,风格和辛辣度都和《缺口》类似,不过这种契合只是单纯出于全天然对成人世界的排斥和鄙夷,他忽略了成语言在文末的提炼和悲悯,那是全天然的旧作里从来不曾有过的:

人们往往以自己已有或者希望有的正面形象去要求下一代,却忽略了这样一个现实,下一代不是简单的复写纸,而是活生生的人类和观察家,会将父母的正面和负面行为尽收眼底,渐渐有了自己的判断,选择做跟他们一样的人,或者不一样的人……可悲之处就在于,上一代人可以接受下一代从其他人那里学坏,但不能接受从自己这里学坏……可能从最早的教育行为诞生开始,这一古老的悲剧就已经开始转动了车轮。

办公室逃亡之后回到家,全天然连夜撰文两篇,一篇是八百字的深刻检讨,另一篇是四千多字生活散文《校长亲戚家的小卖部》,准备投给第二届大赛。作品可以文思泉涌下笔如飞,报名表却极为难得,只有《笔迹》杂志上印着报名表。这本杂志虽然标价仅四块钱，承德的书报商却鲜少进到货。

全天然文明拷问过 1999 年 11 月刊的原主人，急切得像下一秒要生吞活剥她。嘴上长细毛的女同学招供，杂志是天津上大学的表姐寄来的，她无法保证表姐下次还能准时寄来，更无法保证中文系的表姐不会提前剪下报名表——青文赛年龄上限二十六岁，大学生也可以投稿，且很明显，受成语言"蛊惑"的年轻人可不局限于广大中学生。

万般无奈，全天然想到了老爹全国起，依稀记得他提过在省会管理出版的部门有个什么老战友。全天然从小对成人世界的利益往来觥筹交错刀光剑影嗤之以鼻，觉得世界就是被这帮人搞坏搞糟的。但这天晚上，老爹从饭局上回到家一进门，儿子闻风而动从自己房里蹿出来，速度比小时候养的那条黄狗抓耗子还快。他给老爹拿拖鞋给老爹提包给老爹脱外套给老爹倒茶，就差戴上防毒面具给老爹捏捏脚。

沙发上的全爹脸色通红领口敞开，但目光如炬，问你是不是把学校给烧了？全天然说没有没有，那是我的下一个五年计划，嘿嘿，就想请你帮一个小忙，比芝麻粒还小的小忙。

2000 年 3 月中旬全天然终于拿到了《笔迹》杂志 2 月刊，翻到报名表那页他喜上眉梢，摸了四遍，捻了两次，如同验钞，确认不是贴上去画上去的，是真正印上去的。全爹不知道傻儿子为何这么开心，只叮嘱，要记得我们的约定。当初父子间的约定是，为了一本全新的、没任何人染指的《笔迹》杂志，让儿子干什么都行，上刀山下火海，哪怕喝甜豆腐脑。

全天然摩挲着报名表说我肯定好好学习。全爹身上总有普洱茶饼的气味，肤色也像冲出的第一泡普洱，笑眯眯道，好好学习本就是应该的，啊，怎么能算在约定里呢？全天然郑重承诺，以后不跟老师顶嘴。全爹看得通透，说你们老师又不改你高考试卷，顶嘴了又怎么样？

全天然摸摸后脑勺，我的娘，那你要我怎么样？

全国起笑笑，别急，啊，来日方长。

这张靠着委曲求全换来的报名表没有辜负他，尽管正式投稿前，全天然犹豫过，究竟用《校长亲戚家的小卖部》还是更早写完的《食堂英雄传》，抑或再早的小说《少年宫》，一个他童年时代学象棋最后对军棋产生浓厚兴趣的故事。最终还是选择了连夜写完的作品，但改了下标题，就叫《小卖部》，那篇风格更像成语言，但实则是他自己，百分之一千万分之一亿的自己。

2000年3月底投出参赛稿，决赛通知书一直到7月中旬才寄到家里。当中那段时间已经不是茶饭不思那么简单，"炸小鸡腿"全天然每次只吃两根，全母一度怀疑儿子早恋了，可惜没证据。他还跟神经病历史爱好者同桌交心，"我现在就像抱着炸弹跳海，一边希望别被淹死一边希望炸弹爆炸，不用殃及他人，我自己趁着火光一飞升天就行。"

现在炸弹爆炸了，家里客厅地板也差点裂了两块。他欣喜若狂抄起电话准备给几个同学汇报喜讯，被老爹一只手盖住了号码盘。儿子犯魔怔的几个月里，老爹对那场比赛也略有耳闻，毕竟成语言正声名大噪，社会上对这小子的评价一半海水一半火焰，水深火热。

全爹问，准备跟他们说什么？能去上海参赛了？全天然猛点头。老爹又问，每个去上海的都能拿到那什么，一等奖？全天然说当然不能，奖项也分个一二三等。全爹再问，你保证自己能拿一等奖吗？儿子认真想了想，跟澎湃如海啸的自信心做了番殊死斗争，最后摇头，摇了三下。

全爹说，所以啊，等你拿了一等奖再告诉他们，二等也凑合，啊，要是三等奖就当没参加过这比赛，明白了吗？

全天然头次意识到这些年来看轻了这个平时专注喝酒打牌吹牛皮的老头，原来他竟有这等大智慧，便放下电话听筒。

听筒能轻易放下，昭告天下的欲望却没那么容易掐死。他有预感，成语言横空出世将让很多同龄人关注、参加这个比赛，竞争必然激烈。至少早先他已经听说了，学校里有人找在北京的亲戚朋友去买《笔迹》杂志。

美丽的承德固然有避暑山庄大佛寺木兰围场，但毕竟是小城市，作为家乡让他又爱又怨。很有可能他是本市唯一入围决赛的，再乌鸦嘴一点，或许整个河北也不过四五人，能杀入决赛已极为难得。假如自己只拿了三等奖，那就是锦衣夜行，躲在被窝放茴香屁。

正值暑假，傍晚学校空无一人。这天晚上的值班门卫是戴黑框镜的梁大爷，跟全天然一样爱好军棋，全老娘以前还送过他一条飞马香烟。全天然耐着性子跟梁大爷下了一盘，他故意输给老头，借口去操场边上的厕所尿尿。全天然独自穿过足球场，三步并两步走上领操台。四下无人，本该鸣叫的知了都哑了火，天上蝙蝠默默呼啸。他转身看着没有灯光的教学楼，屏气五秒上身一倾，破口喊：

"全三皮！我全天然要去上海了！全三皮！我他妈要去上海参赛了！你就等着吧！"

回音散去，胸腹空空还有点缺氧。走回门卫室梁大爷摇着蒲扇探出头，眼镜快滑到鼻尖，你刚才喊的什么？全天然笑笑，一个人的誓师大会，梁大爷我先走啦，等我回来，嘿嘿，就不是以前的我啦，您等着看吧。

2000年8月2日，他在承德火车站和父母告别，前一晚老爹特意在庆元亨摆了一桌酒，请了亲朋好友，为儿子去上海送行。旅游鞋他本来已经有三双，老爹坚持要买新的，出远门必须要穿上好的旅游鞋，这是旅游城市居民的共识，"上海是大城市，到处开眼界要走很多路，不能屈了脚"。

老娘生怕人多的地方小偷也厉害，专门给他置备了一条带拉链口袋的天蓝色内裤，都没来得及洗，带着化学品气息，拉链袋里塞着两张四大领袖以备应急，还叮嘱他，洗内裤前千万记得把钱拿出来。老爹说你傻了吧，儿子什么时候自己洗过内裤？肯定带回来给你洗。

全国起对儿子只有三个要求：第一人安全，第二长见识，第三如果拿了一等奖必须要穿皮鞋去领奖。皮鞋也是新买的，在旅行袋里。"领奖，皮鞋要亮，要光，啊，不能颓，你是承德的儿子，承德是哪儿，以前热河省省会，绝不能颓。"

全天然听了，有句话没敢说出口，我要是左脚皮鞋右脚旅游鞋能上台吗？

是年全天然十八岁，此前北方最远到过坝上骑马烤羊，南方最远去过北京看升旗仪式，都跟着父母。这次他南下一千公里前往上海，参加一场名声刚起的写作比赛，百分之一千、万分之一亿，千里走单骑。

3

上海火车站在闸北区，和其他火车站一个样，旅馆拉客的、开黑车的、偷钱包的、卖假发票的，可谓遍地走。青文赛的决赛地点位于徐汇区的晏摩女子高中,离火车站两个区。地铁一号线和二号线的换乘线路,对头次出远门的青少年而言宛如天书。不少青文赛选手走出上海火车站,唯一的指路工具是一张小卖部刚买来的上海地图,和一张问路的嘴。

全天然打开新到手的地图,一看就放弃了,觉得不如买本世界地图,功效也差不多。他倒是诧异,在小卖部门口遮阳棚下,两个年近五十的大妈人手一根香烟,语速飞快侃侃而谈,面带红光衣着整洁。在他承德老家,当街抽烟的女性无非三种:被老公赶出家门破罐子破摔的、精神病人,还有鸡。全天然看了两位大妈好一会儿,感慨,到底比我们早一百年通电的城市。

全国起科长的儿子受到大城市氛围的感召,决定不再找人问路、坐公交车来回倒,而是走向等出租车的队伍。二十分钟后他坐上了一辆黄色桑塔纳的后座,司机身穿米白短袖衬衫,大夏天还戴着干净的白手套。全天然已经学会隐藏起自己的感慨,说,师傅,麻烦去滕州路。司机反问,滕州路哪里哒?全天然怔怔,想起地图上的细节,说滕州路最西边,滕州路3号。这次轮到司机怔了怔,西边……哦,华山路交叉口。全天然说对对,那边有一个招待所,就去那里。司机拉了手挡踩下油门,说小朋友,以后拦出租车最好说靠近哪个路口,上海的酒店宾馆招待所不要太多哦,记也记不清楚。

司机师傅知道的,《笔迹》编辑部和大赛组委自然也知道,早有准备,在决赛通知书里向外省选手推荐了住处:滕州路招待所,所如其名,坐落于滕州路,早十年是上海市文旅局的仓库。八年前一名个体户将其承包改造为招待所,三层楼十九间房都是双床标间。招待所离晏摩女中很近,去年举办首届青文赛,杂志社编辑就去找老板沟通,希望能给这些外省的孩子优惠价。老板欣然应允。

滕州路招待所价格低廉,交通方便,就是硬件实在叫人无法恭维:木地板有着陈年砧板的纹路,红漆斑驳发暗,远看去像是用大块腊肉压制而成;窗户总是关不严,太用力又怕震碎玻璃;抽水马桶患有消化不良;没装空调,吊扇就算不开也是摇摇欲坠,促使房客们记得反思生命的无常。

好在,汇聚于此的文学青年的热忱和激情比山还高比海还深,比上海人口还多,住宿简陋并不重要。

第二届的决赛选手来自祖国各地天南海北,大多数人都像全天然那样提前一天抵达上海入住滕招,也有更远省份的人提前两天。现在住滕招的青少年基本上都是参加青文赛的,年龄就是最好的名片,初次见面不出半小时彼此就热络了。有些刚到招待所的选手,行李袋放到床头柜上还没来得及打开,就被新朋友拉着去楼上某个房间聊天。

八月的上海酷暑难当,像要把老地板里残存的最后一丝油漆味给蒸出来。摇摇欲坠的吊扇风力不足，可年轻人们紧挨着坐在椅子、床铺、床头柜、桌面、地板上，或倚着卫生间的门框，悄悄卷起 T 恤的下摆，抹着额头和后脖的汗珠，时而还往大腿手臂上猛拍一下，应当是打死或者恐吓了一只蚊子。不断有新人加入进来，绕过那些脚背和膝盖寻找一丝立足空间。还有人忍不住了，到洗手间用冷水冲脸，对着窗口呼吸新鲜空气。

他们不知疲倦地聊文学，聊卡尔维诺卡夫卡博尔赫斯昆德拉马尔克斯海明威菲茨杰拉德川端康成。甚至有人高呼，终于找到能分清《源氏物语》和《平家物语》的同志了！

他们还聊各自家乡的奇异美食。昆明选手艾苦小时候吃了没炒熟的见手青，晚上看到一群小人在天花板上跳舞。贵州选手说起牛瘪火锅的做法，山东选手分享吃炸蝎子的心得，厦门选手告诉大家土笋冻里的土笋究竟是什么，东北选手讲解毛蛋和实蛋的区别。最后这个话题被浙江东阳的选手终结：当地最著名的美食是童子尿煮鸡蛋，"不吃蛋的话光喝汤也可以"。

全天然的大老乡、生于唐山漂在北京的摇滚女青年花可买来许多罐装啤酒分发下去，酒钱有一半来自全天然那条暗藏玄机的天蓝内裤。全天然并不是生平头一次看到女的耳朵打满钉子、手臂整条文身，但在老家如果自己胆敢跟这种姑娘说上一句话，全国起科长准会把他绑成木乃伊扔进武烈河。他相信其他不少选手也是第一次接触花可这样的姑娘，当她以朋克的热情递去啤酒，不少人是出于恐惧而非感激才接过来。

拉环掰开的声音此起彼伏，麦芽和蛇麻草在角落生根发芽，很多人是第一次尝到酒精的滋味。内蒙选手带的奶渣和奶片，大连选手带的小鱼干，江西选手家里自制的辣椒饼，都是现成下酒菜。承德人不爱第一次见面就送特产，但眼下全天然有点后悔没带一整箱露露杏仁露或者宽城板栗过来。这帮文学上的兄弟姐妹实在太可爱，太难得，值得突破传统、千里迢迢为他们搬运过来。

除了聊天喝酒，另一重要项目是留签名。

这是全天然的主意。他们大多只能在上海待四五天，然后各奔东西，回到原来的生活，面对高考倒计时和无尽的试卷。留下签名和家庭地址座机号码，一来方便以后联系，二来要是有人通过比赛走红，"以后再要签名就可难如登天了。"

后一个原因固然有玩笑性质，但未来会发生什么谁也不能保证。成语言在成名青文赛之前，不过是个爱吃康师傅红烧牛肉面且每次都把汤喝光的普通高三生而已，生于崇明岛，在文章里还自嘲"我应该不算一个正宗的上海人吧"。

无论滕州路招待所的选手来自哪个省份哪座城市，无论他们的家乡未来如何发展，没人会否认，他们现在所处的这座大都市是个奇迹可能发生的地方。这里的方言他们听不明白,这里的每道菜都要加白糖,甚至当地人并不那么喜欢汹涌而来的外地人。

但,这里有稀缺的资源和机会,如同当年那些闯关东的先民,那些去加利福尼亚的淘金者,无论如何值得一试。失败的人和放弃的人,挫败感不可同日而语。何况他们已经比那些没收到决赛通知书的同龄投稿者更为幸运。

被幸运惠及一次的人,会更加珍视一些努力之外的因素。

就在眼下,滕州路招待所一众选手当中就坐着两个已颇具名气的作者:昆明女孩艾苦,本名蔡佳敏,初赛作品《地鸟》上个月就已经登上《笔迹》杂志。女孩留着刀切过一般的平刘海,"眼睛大而富有灵气",身上有股似是而非的柠檬香,出自她随身佩带的香囊。

还有陆篆,来自江淮省辉城市,短篇小说《复读班》发表得比艾苦更早,影响也更大。不少选手半开玩笑说他将是下一个成语言。和喜欢宣扬塔罗占卜文化的艾苦比,陆篆不爱说话,脑袋总微微前倾,目光时而游离,时而死盯墙上某个点,嘴唇翕动。他是少数没喝啤酒的男生之一,为了驱蚊整个人像被花露水泡透。面对山呼海啸而来的赞扬他只是微微低头,说其实那不是最终版。全天然说,老陆啊,最不最终版一点儿也不重要,关键是你已经功成名就啦!来来,给我签在本子第二页啊，签大点儿。

艾苦、陆篆和全天然同岁。动身南下前，全天然在《笔迹》上读到过二人的作品，读后五味杂陈，彻夜辗转，甚至对这次决赛之行产生了些许畏惧。成语言发射上天的信号弹被太多人看到了，全国各地的强手都汇聚到上海，想要一争高下。但要说彻底绝望，也不至于。青文赛分小说、散文、诗歌、剧本四大组。艾苦和陆篆在小说组，全天然在散文组，王不见王。但撇开比赛成绩，就作品影响力而言，这一男一女的成功已经是百分之一千、万分之一亿的事实。

全天然也是第一次喝酒，兴致有点起来了，举起啤酒罐说："咱们这场比赛，是竞赛，但也是一场派对，在座的每个人，明天都是对手，但我是真他妈高兴啊，志同道合者不远千里来相会，虽然咱们在颁奖礼那天必然是有人哭也有人笑，但我还是他妈高兴，我只要一想到在无数个夜晚和白天，有人打着手电筒在被窝里读文学作品，有人悄悄在作业本上搞创作，我就高兴，我全天然不是一个人，我以为自己和班上的其他人格格不入，但其实吧，祖国大好河山的每个角落都有另一个我，做着相同的事……来了上海，来了滕州路招待所，我才算明白了，我一点也不孤单，一点也不弱小！"

众人都叫好，还有人朗诵起了北岛的诗："那时我们有梦，关于文学，关于爱情，关于穿越世界的旅行，如今我们深夜饮酒,杯子碰到一起,都是梦破碎的声音。"

朗诵《波兰来客》片段并非应时应景,招待所房间里的人都还年轻气盛,既没有收到命运的礼物,离"梦破碎"更有十万八里要走。但这无碍于他们情绪翻涌,热泪几乎盈眶,嗓音响亮。

可惜,青文赛最重要的人物此时此刻不在滕招。他的缺席被视为理所当然,他的出现反被当作痴心妄想。有选手表示自己参赛单纯就是为了见成语言,别无其他。旁人纷纷附和,有真心也有假意,但不妨碍他们热烈讨论成语言的虚虚实实。

可以确信的是,去年成语言在媒体上崭露头角时已被上海东华大学录取。他在大学校园里只待了半年,严格说还要去掉寒假,然后在今年4月1日愚人节这天宣布退学。大部分记者听到这个消息第一反应是恶作剧,不是成语言搞的就是其他人搞的。

早在成名之初就有人抨击过成语言,既然对教育体制那么有意见,那么"有本事就别继续念书"。现在他兑现了主张,可以腰杆笔直地从小学一路数落到大学。如果此前他是家长老师眼中的洪水猛兽之一,那么现在,他是猛兽之王。

成语言退学的新闻在劳动节后传到了承德二中,举校哗然。"全三皮"不只一次在课上哀其不幸怒其不争,去年好不容易大学开始扩招,这倒霉孩子一考进去就退学,只有可能是脑袋进了水,哗啦啦的!坐在下面的全天然努力克制情绪,满脑子在想,等老子拿了青文赛奖杯回来能把你吓得跳进武烈河,哗啦啦的。

上海教育电视台似乎嫌退学的热闹不够大,专门请成语言去参加一档谈话节目。住滕招的都是外省选手,但有个男孩家在昆山,离上海很近,自家电视能收到这个台,正好看过那期节目。众人一阵激动,房间里二氧化碳含量陡然飙高,"他长什么样?帅不帅?"

昆山选手小心翼翼选择着词汇,生怕惹上麻烦,说至少眉清目秀,眼睛笑眯眯,说话声音蛮轻柔,嗯,还留长头发,很瘦。

两名女选手听到这里紧紧抓住彼此的胳膊肘,另一个女选手抚着胸口,还好他不是个大胖子!感谢上天!

全天然身边坐着一个走到哪里都趿着人字拖的广州选手,他没亲眼看过这期节目,但有后续细节补充。他堂兄在复旦中文系念书,还在行政部门做兼职。堂兄说那期节目里大部分现场提问的观众都对成语言不太友好,但有位市重点的高中语文老师反而为成语言辩护。节目播出第二天语文老师就接到了复旦某退休副校长的电话。老校长严厉批评他,身为教育工作者在电视里言辞失当有辱师道,要他"明早八点钟带上成语言来我办公室一趟!"成语言和语文老师自然没有赴约。

也有选手注意到其他细节,比如,为什么一个退休副校长还有自己的办公室?难道不是应该在家养花或者出去钓鱼?广州选手两手一摊,这我就木鸡啦,但我堂兄呢吹水不吹牛,不大会骗人的啦。

今年6月初,成语言退学两个月后,他的杂文集《猛》正式出版。打头那篇就是初赛作品《在自习教室》,中学校园众生相的速写不乏对教育管理层的辛辣调侃。第二篇是全天然最熟悉的《缺口》;第三篇是曾发表于《笔迹》杂志的短篇小说《炸学校》,灵感来自被改歪的儿童歌曲"小鸟说早早早,你为什么背上炸药包",题目虽暴烈,内容相比前两篇反倒温和不少,但仍旧不讨广大教育工作者的喜欢。

不少第二届选手来上海参赛就带着《猛》,包括全天然。为了买到这本青文赛"圣经"他差点在书店跟某个一中男生干上一架。

去买书前他高烧还没全退,听同学说这本号称6月上市的书7月初总算在承德露面,是桃李街的汇文书店,价格比市价贵,但直接从北京进货,比新华书店快得多。竞争激烈,得碰运气。他趁父母不在家拖着病体一路小跑到桃李街,好在不远。库里早断货了,只剩书架上一本,珍贵得像弼马温洗劫过后王母娘娘果园里最后一只九千年蟠桃。一中男生跟他同时从两个方向合击一处,肩膀撞肩膀骨头生疼,全天然脑袋嗡嗡作响。

起初双方还在谈判，直到对方来了句："二中的人，还真什么都想抢一抢。"

一中男生不算壮实，但身高一八五以上，板寸头，平时肯定偷躲在厕所抽烟还用陈醋欲盖弥彰。全天然矮他一个头，深吸几口气，退后一步双脚前后立，右肩朝前微下沉，左手攥拳于肋。老爹全国起只教过儿子一招擒敌拳：敌以右拳击我面部，我以左手架住敌前手并翻腕，同时顺势转身，右手上穿扣敌右肩，拧腰下身将敌从我右前方摔出。摔倒之后就任由我方煎炸烹煮炖了，具体方式取决于对方的投降讨饶的态度，或者我方的心情好坏。

这招最终没派上用处。一中男生见他面色潮红呼吸粗重眼带血丝，一副拼命架势，不免发怵，手一挥说这次就让你了，老子不在乎。全天然抱着《猛》慢慢走到收银台，拍下两张十元纸币，气若游丝道，不用找了。

不过在滕州路的房间里，这次争夺战的细节被隐去了，他只说为了买书跟人打架最后狭路相逢勇者胜。男选手纷纷表示全天然牛逼，硬气，很勇，够劲，是儿子娃娃，老尿性了。几个女选手则说自己同学没买到《猛》就问别人借来书，花好几个通宵手抄一本。老被蚊子咬的南京选手说我们这里书店补不到货，有人借了书拿到打印店复印，贵得够买三本啦。爱吃油炸蝎子的选手说，据江湖传闻，成语言第二本作品集已经定名，《浪》。

全天然面如红烧，喝光人生中第二罐啤酒，捏扁易拉罐，长叹道，嗨，总有一天我的书你们也会抢着买。房间里一片笑声，洋溢着快活的气氛。大老乡花可往他背后拍一掌，那我们可就指着卖你签名发横财了啊！

全天然被拍出个酒嗝，说，你们啊……就看好吧！将来是南有成语言，北有我全天然！全天然！

4

决赛场地晏摩女中，历史可追溯到 19 世纪末期教会学校，最著名的校友当属民国女作家文秀锦。不知谁创造了这句名言：假如她没有读过文秀锦，是百分之五十纯度的文学女青年，如果她没听过文秀锦，是百分百的伪文学女青年。

全天然作为男的，倒是真读过几段文秀锦（虽然很不喜欢），眼下他更感慨文秀锦母校教学楼里的长队。选手凭身份证和决赛通知书领准考证。那些陪孩子来上海的家长此刻被挡在校门外，打着伞顶着烈日互相交谈。

他所在的散文组二号考场在三楼的高一（4）班教室。全天然一直以为上海的中学教室里肯定都装了空调，现在看来实乃大谬也。他想不通黑板左上方为什么挂着一台电视机，难道这里的学生中午能看球赛转播或者午间新闻？

选手独享一张双人桌，准考证和身份证要摆在右上角，让他想起中考的情形。监考老师很早就在教室等候，男的，身高一八五以上，年龄在二十到三十之间，不戴眼镜头剃圆寸，T恤被穿出老头衫风格，北方口音但肯定不是河北的。身高和寸头令全天然想起抢书的一中男生，遂对监考老师没什么好感，也不知何方神圣。

下午一点半监考人撕开牛皮纸信封口子，抽出张薄薄的A4纸扫了眼，眉毛微皱，转身拿起粉笔在黑板上写下几个大字：

假如明天是世界末日。

下面一阵轻微骚动，只是轻微。不少选手要么在《笔迹》上读过大赛精品选登，要么买过首届的获奖作品集，对决赛题目之诡异有所准备。上届散文组的题目是"石子"，小说组是"必须在雨停之前"，诗歌组更绝：进来一人，对着教室黑板猛击一掌，回音嘹亮。

全天然不知道小说组的艾苦陆篆正面对什么题目。这间教室他能认出的人不多，有油炸蝎子，能收看上海台的昆山选手，以及童子尿煮蛋。有人盯着黑板陷入沉思有人在草稿上圈圈画画有人已在白底绿线的稿纸上运笔如飞。监考人走下讲台，从第一排第一个人开始核对准考证身份证。

全天然坐在第三排第二个，心思在草稿纸上游移不定。监考人步子很沉很慢，走到他前面那排再走到他桌边。全天然闻到了熟悉的气息，沙子，北方沙子，但很奇怪只有一粒，干燥金黄。监考人刚拿起他的准考证和身份证，门口进来个大妈，操着南方普通话，秦襄啊记得提醒他们等下交作品草稿纸要一道回收的哦。

这次的骚动不再轻微。大半选手抬起脑袋，那些对着黑板陷入冥想的选手也扭过头，甚至还有谁打了个嗝……秦襄！首届小说组一等奖的秦襄！在北大念书的秦襄！

首届青文赛不光出了个头上长角浑身冒刺的成语言，也有品学兼优的另一端磁极：北大秦襄，参赛作品《无字碑文》，清华丁天，参赛作品《伪证考》。于学生家长而言，成语言退学固然是种羞辱，但还有顶级学府的双子星挂在天上，能说服他们允许自家孩子参加第二届比赛。

全天然僵着脖子再度打量监考人的五官，我的娘，监考的是秦襄?！秦襄对门口大妈说好的，一转头和全天然四目相对。全天然花了一秒钟鼓足勇气，《无字碑文》，牛逼！秦襄看眼他准考证，缓慢道，全天然，名字很特别。

骚动很快平息下来，如沙滩上的上一波海浪。本届监考有秦襄，那么丁天、李媛这些上届高手是不是也在其他考场监考？这个问题不成问题。现场选手淘汰全国上万参赛者，不是为了来观瞻往届著名作者，而是为了成为未来著名作者的。

开题刚过十五分钟，全天然已经打定了主意要写什么。

假如明天是世界末日,他猜肯定不少选手会选择什么珍惜最后的美好时光,或者抒发对暗恋对象的情愫,要不就是对生活灰心丧气的想法,没准还有遗愿清单——那些都太普通了,高手过招,既比文笔,更比构思立意,乃至格局。他全天然必须写个不一样的角度,出奇制胜,不能白瞎了自己这个多年来总被老师点起来的名字,不能辜负老爹一片美意。他反过来思考,如果不是世界末日的遭受者,而是世界末日的制造者呢?这就有意思了,有得写。

构思期间他去了次厕所,没有监考人跟着。女中男厕,味道平淡,只有消毒水唱主角。撒完尿回来后他写了百来字,咬着圆珠笔屁股揉着眉头,还悄悄把鞋子脱了下来,转动脚掌伸展脚趾。他今天特意穿皮鞋,希望这双本来留着上台领一等奖的鞋子能带来好运。

脚步轻轻,外面又进来一人,长发,深蓝运动T恤白色短裤,端着又黑又大的相机。昆山选手坐在教室末三排,见他进来,考场规则半秒钟化为齑粉,屁股离座喊道:

"成语言!!!"

百分之一千、万分之一亿的成语言。没人再能表现出沉着冷静。教室里要是谁没抬头只能说明此人已死无药可救。有惊呼有拍桌或使劲跺脚像要把水泥地跺穿。全天然的两只皮鞋关键时刻消极怠工,一只脚塞进鞋里,另一只怎么也不能成事。成语言左手端相机,右手轻拍两下空气,大家镇定,镇定,我就是来取个景,你们继续写。

全天然离活生生的成语言只有两米远,两米,差点要站起来反驳,我的娘,看到你谁他妈有心思写?

昆山选手没撒谎,成语言皮肤白净五官清秀,眼睛笑眯眯的,说话声音轻柔,一点没有核弹该有的气势。成语言说大家低头写,光看着我镜头可不像在比赛。众人哄笑,有些选手低下头,也有人不愿错过亲眼目睹的每一秒。要是那位宣称只为了见成语言的选手也在场,没准会双手插天怪叫一声"值了",然后打开最近的窗户跳下去。

成语言端起相机对埋头写作的选手一阵快门。此前在讲台后面保持沉默的秦襄开口,别光拍女同学,也拍点男孩子。

选手们还没反应过来,成语言已调转方向,对着监考人摁下快门。又是哄笑。成把相机收回胸前,朝秦襄比了个"OK"手势,转身对大家道,加油写哦,便走出教室。全天然差点想起身高呼别走别走我有本书要你签名!

但成语言的的确确是走了。考场再度恢复秩序。足足有一分钟,全天然没听到其他人笔尖划过纸面的声音。借用奶奶从前说的话,一天见了俩神仙想喘气都没鼻孔出。等他重新动笔才发现,自己的左脚塞在右脚皮鞋里,左脚皮鞋的后帮已经被右脚踩塌了。

之后两个小时,时不时有选手神经质地忽然抬头看门口。

比赛时间截止到下午四点半,全天然全场倒数第二个交卷,比他更晚的是童子尿煮蛋。大楼空荡荡皮鞋声分外嘹亮,来到操场,校门已经完全打开,几个选手还在篮球场上闲逛,让陪同的家长拍照合影。他看到一个孤影,背微驼,在足球场外围的跑道上走着,步子不快也不慢,假如没人打断似乎会像永动机一样走到只剩脚踝。

新皮鞋弄得脚疼,全天然只能耐心等陆篆走近前,问成语言来你们考场了?全天然点了点头,你们题目是什么?得到回答后,陆篆说小说组是"无尽的尽头"。全天然问起艾苦跟花可的去向。艾苦是陆篆考场第一个交卷的,早就回招待所了。花可在散文组四号考场,陆篆没遇到。

全天然问发挥得怎么样?陆篆没回,看了眼刚才作为赛场的教学楼,站定,朝大楼鞠了个九十度躬,标准得像个日本人。全天然刚想追问,瞥到教学楼走出一人,高大,圆寸脑袋。他立刻一路小跑过去,秦襄,啊秦哥,秦大哥,能跟你合张影吗?

秦襄略一迟疑,点点头。全天然朝内蒙古带奶片的选手喊,老孟老孟,给我们三个照张相吧!只读诗也只写诗的老孟刚满十七岁,长得老成持重胡须茂盛,宛如青春洋溢的鲁智深,很容易让车匪路霸感到亲切。他带来上海的除了奶片还有一台佳能数码相机,他说行啊没问题。

全天然对陆篆猛招手,陆篆陆篆,快来快来,咱们跟秦哥照张合影。

陆篆低头走来,还是匀速运动。来到跟前,秦襄却先开口了,你就是陆篆?我读过《复读班》,很不错。全天然说那是啊,老陆已经是我们这届的明星了。陆篆说,《无字碑文》很厉害,但我觉得还可以更好。全天然脸色煞白,老陆你……秦襄竟然点头,嗯,写得还是仓促了。全天然拉住二人胳膊,拍照拍照,老陆你站那边。

老孟举起相机,看我,看我,别眨眼啊。以晏摩女中教学楼为远景,以秦襄为中心,全天然在左,咧着嘴,陆篆在右,闭着嘴。三个小时下来陆篆身上的花露水味道弱了很多,全天然仍能闻到那颗北方沙子的气息。

老孟说,茄子,再来一张……茄子,好啦!全天然连拍老孟后背,拍得差点无法呼吸,洗出来给我寄来,我地址你有,你地址我也有,到时候我给你寄十斤承德鹿肉酱,好吃不上火,还养皮肤!

半个月后,照片从呼和浩特寄到承德。照片里,全天然兴高采烈,秦大哥面无表情,陆篆心事重重。

再细观察,三人身后远远的还有个穿橙色T恤的小人儿,正走出教学楼。全天然认出是西南省份西秦市的选手,姓毛名琦,身高不高脑袋挺大,跟陆篆是室友,和陆篆一样不太爱说话。

全天然压根没把这橙色小人儿放在眼里，觉得连背景板都算不上。毛琦是今年散文组一等奖得主，但那又算什么呢？散文组有六个一等奖，包括花可，还有全天然自己——如愿穿着皮鞋上台领奖。

　　他只认定，合影里将来能跟成语言比肩的，无疑就在镜头前的三个人当中，百分之一千，万分之一亿。

秦襄

1

他一度认定生错了时代。

20世纪70年代最后一年,他生于山西广灵县。当晚赤色流星划空而过,留下一道浅浅血口,很快消失。

对流星许愿是西方人的做法,源自希腊神话。东方传统里流星被视为为不祥之物,预兆重大变故,连帝王们都对此深信不疑。

他的降生,被某些人认为将带来不吉。

三岁,父亲工作时死于火灾,越发坐实这个论断。众人念其母亲年纪尚轻,都劝及时改嫁。母亲不同意,因为改嫁后他成为拖油瓶,必受欺辱。

广灵地处晋北,说冀鲁官话,往西五十公里是大同,向东一百五十公里是首都。县里农业为主,工业很少,是全省排得上队的贫困县。母亲在县城汽车站卖票,艰难养育独子,亲戚很少帮忙,因为亲戚过得也不好。

生而贫穷,父亲早亡,是万般不幸。不幸中的万幸,隔壁家有位老人,退休前在太原的中学教书,后告老还乡。

老人左脸颊有胎记,一角钱硬币大小,颜色玄青,自嘲是前世留在扉页上的藏书印,带到现世。解放前毕业于齐鲁大学,动乱中瘸了条腿,真牙只剩十颗。如今每个白天要泡两壶铁观音,佐以广灵出名的豆腐干,晚上要饮三两代县黄酒。

他的名字便是拜老人所赐。老人年轻时崇尚西学,不惑之年后醉心于古籍。他出生三日后秦家夫妻请老人为新生儿起名,上户口。老人认真程度不亚于对待亲孙,研究整七日,给出答案:秦襄。

起单名,因古代先贤单名居多。孔孟老庄墨荀韩,孔门十哲,均是单名。襄字古早,在《尚书》《诗经》《左传》中都出现过。《汉令》有云,"解衣耕谓之襄。"是种播作方法。天气干燥时扒开干硬土皮,用下层湿润的土来播种,再用表层土覆盖上去,待其发芽。

寓意是,庄稼不单破土后要面对风吹雨淋日晒虫害,早在种子还没落土时就要想法突破阻碍。人生如此,步步艰难,层层突破,方能翻身上行。

父亲走后家里条件不好,每日虽粗茶淡饭,秦襄身形却越发高大魁梧,像早逝的父亲。老人对秦母说,是基因,基因的力量无比强大。

老人家中书多，甚至有线装本。秦襄每日放学到家，第一件事是洗手，然后去隔壁借阅。从《西游记》《三国演义》《聊斋》看起，初二时已生啃《资治通鉴》。老人任他来去自如，仅一个要求：眼睛和书隔开一尺，这个距离可避开反噬，就像吃饭不能暴饮暴食。

周末他也在家读书，足不出户。老人说，今日天好，不和同学出去玩？

秦襄：我跟他们……无话可说。

他在学校没有朋友，一是因为不爱说话，二是爱好不同，三是成绩过于突出。

不算语数外，副科各有偏才。算上语数外，他实力全面，高出年级亚军很长一截。英语老师说他过目不忘，数学老师说他悟性超强，语文老师说他底子扎实。语文满分一百，他每次都能九十分以上。

只要秦襄参加考试，其他尖子生只有季亚军之争。

优秀过头就不是人才，是精怪。尖子生们对他敬而远之。功课这方面他也不太像他早逝的父亲。老人向秦母解释，是突变，几代人甚至十代人才能出一个，常规和非常规，你家孩子都得了最好的。

班主任想提拔秦襄当干部。班长，不做。副班长，更不消说。最对口的学习委员，哪怕语文课代表，他也坚辞不就。问起原因，答，只知道自己如何学习。

主管教学的副校长亲自过问，说你稳居第一，更要起示范作用，多为班里做贡献。

秦襄答，我稳居第一，就是最大的贡献。

提拔的事从此不提。副校长私下对亲信道，这孩子，留不住。

他从全县最好的初中考进最好的高中，排名仍遥遥领先。大同下面的县立高中以广灵一中最佳。高一寒假，市里的学校派人偷偷来挖墙脚，首要目标就是秦襄，先找秦母做工作。照他们经验，寒门出贵子，往往也是大孝子。这种成绩出类拔萃的学生不是从小父母棍棒厉害，就是温良恭俭，特别听话。只有城里的天才少年，才偶尔会表现出狂傲不羁。

母亲面对桌上一堆过节礼品，为对方倒热水，坐定后说，他自己拿主意。

秦襄也没有主意。从小到大，天地在方寸，学校，老人书柜，两点一线。自己家反倒只是张床铺，只供睡觉和吃饭。

他去了隔壁。

老人喝到当天第二壶铁观音，笑眯眯放下杯子，道，或跃在渊，我家的书你看得够多了，得看点我这儿没有的。

秦襄：但，父母在，不远游。

老人：远是多远？咫尺之远？还是异国他乡？宇宙

尽处？

秦襄不语。

老人轻抚脸上胎记，道，退休后我养成习惯，白天饮茶嚼豆干，晚上喝酒，铁观音味苦，豆干很咸，代县黄酒偏甜，先苦再咸而后甜，是人生变化的正道——只窝在小小方寸之间，是没法体会的。

他便去大同二中就读，寄宿，各类费用全免。广灵一中的领导眼睛冒出血。

虽是新环境新同学新老师，秦襄却没感到太大变化。一来教材还是原样，只不过试卷量更大。二来老学校的图书馆就三排书架，木头老旧，棕黑斑驳，大同二中图书馆大得多，书架以金属制成，刷铜绿漆，有阳光在上面流淌。

于他而言，有书的地方，就是故乡。

成绩不再稳居第一，只在三甲内变换，却安然自在。

教语文的是位返聘的特级教师，姓白，头发也花白，人送外号"白斑虎"。表情总是笑眯眯，看似和蔼，口头禅是"死读书的人没有前途"。但谁若在他课上看杂志闲书被发现，绝无要回来的可能。要是搞文学创作，更会被当场一撕为二。

秦襄例外。

有几次"白斑虎"分明面对黑板，忽转身，走到倒数第二排，对秦襄道，拿来看看。秦襄默默递上书，有时是亨利·米勒的《北回归线》,有时是川端康成的《古都》。他在老家看的多是古典文学和近现代,在新学校开辟新天地,开始看翻译作品。

"白斑虎"收下书,无话,回去继续写板书。不出两节课又会把他叫去,将书归还。白老师解释,此前有来无回的都是俗书,武侠言情破案,不还也罢,你这几本该有更好的归宿,就是回到你手上。

再后来"白斑虎"会从他课本下抽出正在创作的小说,看几眼又放回去。有人鸣不平,白老师不予理会。秦襄顾及他人感受,不在语文课上搞创作。"白斑虎"把他叫去办公室,问,猛兽是单独的,牛羊则结队,这句话出自谁?

秦襄:鲁迅。

白老师:原来如此。

秦襄:这句话,重点是牛羊。

白老师:但我重点,是在猛兽。

秦襄不语。

对方起身添水。当老师容易得慢性咽炎,他保温杯中泡的是菊花和胖大海,有红茶般的色泽,又似代县黄酒。

白老师说,语文,语言文字,最初教认字,之后教理解,最后教审美,美是语言之美,可惜现在不少课文没有一流审美,不少老师也教不出一流审美,严格来说都是俗物。我教人学俗物、考俗物,成了特级教师,就是特级俗物——

你让我看到一丝转机，不是你成绩好，是审美好。论审美，你我已无师生之别。

当世一流文章，都在课本外读到，当世一流作家，都在课堂外养成，这是个奇怪的问题。

白老师说，二中课业繁重，空闲时间少，你在我课上写作，是我对脱俗的唯一贡献。

回去后他又在语文课上开写，"白斑虎"视若无睹。

久而久之，秦襄发现以前从未这样渴望过上语文课。"白斑虎"从高一教到高三，他感觉日子不再以天数、周考、月考、期末考计算，而是以语文课上看完哪本书、写完哪篇文章衡量。终有一天，"白斑虎"说，今天是高考前最后一堂课，不做卷子，只答疑，没有疑问就自习。

秦襄方才惊觉，这就要结束了？

他高考是1998年。是年夏，南方和东北都有洪灾。大同、广灵未受影响。他考场发挥稳定，语文40分大作文，要求写现在学生的心理承受能力，20分小作文，补写《妈妈只洗了一只鞋》。

小作文的题目让他睫毛连续闪动，面颊发烫。

8月，南方和东北洪水正猛，他常去县医院看望隔壁老人。老人6月底经历一场手术，效果不佳，两个月里闭眼多，睁眼少，睁眼时也是瞳孔带雾气，言辞模糊。

秦襄出发去大学报到前三天，老人忽然神志清醒，问他，考得如何？他在大同二中考了文科第一，有资格被写进校史，但不是市级状元，状元在大同一中。老家广灵一中的文科状元比他低 11 分，进了南开，县里敲锣打鼓把红花匾额送到对方家里。

老人说，好，大同的书你看得够多了，去北京，你得看点，这儿没有的。

秦襄点头应允。

老人又说，还要，交点朋友。

他答，书就是朋友。

老人道，书死人活，读了死的，更要读活的，不要总……和我这样的，死物打交道。

秦襄再度点头。

老人说，啊，真想，再喝口，代县黄酒，唇齿甘甜，倒进杯子，声音都，好听。

言罢合眼，轻轻睡去，笑容有微醺后的绛色，左脸颊的胎记越发清淡。

他到了北大报到，半个月后接到长途电话，老人去世。母亲告诉他，当初去大同念书，老人背着子女偷偷给她一笔钱，说假如秦襄考上好大学，买书用。秦襄知道母亲为他念书，自己日子清苦，说你留着吧，学校图书馆好多书，看不过来。

母亲说，那我还是还回去吧。

可还回去，反而出事，以后再难做邻居。秦襄转念一想，说留着吧，假如哪天他子女要卖藏书，就全买下来。

2

"考进北大，然后呢？"

他在日记里写下这句话。

顶级高校的新鲜感，在入学三个月后逐渐退潮。

作为贫困生，学费可减免，生活有补助。图书馆馆藏如海，畅游其间反有种茫然。秦襄初中被冠以"天才"外号，这所刚过完百年校庆的大学却汇聚了全国各地的天才。他静心观察班级、宿舍、校园里各色人等，得出结论，自己就算天才，也是个四流天才。

他学的是社会学，课余去中文系和哲学系旁听，还加入几个理论社团，发言加起来不超过十句。光顾着听别人讨论，心中困惑并未消解多少，就去找哲学系最年轻的教授，问人类存在的终极意义。教授新近离婚不久，眼袋深重，面色酱紫，手指被尼古丁染出姜黄，缓缓吐出个烟圈，说你们暂且饶了我吧。

即便四流天才，副作用也不小。

他顶着北大高材生的光环出去做家教，教语文、历史和地理，总是飞快被炒鱿鱼。从小没上过补习，因为课堂知识融会贯通太快，谈不上心得秘笈，也就无法传授。面对北京的初中生，他也纳闷，自己不是用阿拉伯语讲课，为何对方就是听不懂？

一回，翻到学生的数学试卷，秦襄出于兴趣讲了其中一道代数题，用三种方法去解，小孩听到最后哭了出来。

自此彻底打消靠家教赚生活费的念头。

他曾有两大愿望，一是进北大，二是出书，二十岁之前。

高中三年日积月累，写了十万字短篇，省吃俭用买信封和邮票投递给全国各地杂志社。有些杂志大概来稿不多，能回个"十分遗憾"的退稿信，一律印刷好的范式文章，再在抬头处填上作者名。只有长沙一家杂志回复"留用"，具体几时发只字未提，始终杳无音信。

这是想要立足文坛的钢规铁律：先在期刊发表，等着引起注意和讨论，在报纸上获得评论家点评，参与评奖，纸质出版，开研讨会——和八十年代几无不同。

初到北京时他孤注一掷，将作品认真修改，直接给出版社。十万字不比单个短篇，印刷费邮寄费不可同日而语，每家出版社投一份是败家子做法。

他将书稿打印两份，装订完毕，选好两家出版社，在地图上规划路线，近的骑车远的坐地铁公交。到了地方向门房出示学生证，跟编辑说明来意留下书稿，讲定半个月后再来。半个月后，若编辑表示十分遗憾或者推说太忙没看，秦襄就点头致谢，取回书稿，前往名单里的下两家出版社。

北京冬天，能冻住太阳，北京夏天，能烤熟石头。他转遍了四九城里的出版社，转出一个"秋昏塞外云，雾暗关山月。"在同学当中，他成了出版社活地图：首都文艺隔壁是派出所，跃进出版社位置偏偏，朝阳出版社在一座老派的四合院里，万家文化附近的爆肚很正宗——不仅如此，万家文化还弄丢了他的书稿。上次接待他的编辑辞职下海，书稿消失无踪，另一位编辑不得不请他中午去吃爆肚，作为赔罪。

这是他到北京之后第一次下馆子。

秦襄终于明白，所谓的"北京资源很多"是什么内里。说是很多，可要弄明白这资源是谁的——是秦襄的吗？每天多少书稿投递到这些出版社？他身上就两部书稿，一张北大学生证，一摞杂志退稿信，在偌大京城算得了什么呢？

百无一用是书生，屡投不中的他更为消沉，想把自己淹死在书海里，或去那家名为"博览"的小书店蹭看最新期刊。

1999年5月，北约轰炸中国驻南联盟使馆，身边人群情激奋，他的热血怎么也煮不沸。学校出动校车送大家游行。看着脖子血管银红的室友上车，他心里念头却是想吃碗正宗的刀削面，或者羊杂割。

也是该月月底,他在"博览"书店翻到本杂志,里面登着首届青文赛的启事。有同样爱好写作的同学得知他投稿参赛,颇为不屑。上海的《笔迹》杂志,闻所未闻,青少年写作比赛,十有八九是中学生作文派对。

后来的事情所有人都知道了:年纪小,胆子大,上海出了个成语言。

不过他8月刚到上海时没见到成语言。滕州路招待所住的都是外省选手,寥寥二十人,江浙为主,极少来自北方。天气闷热,食物偏甜,他却认定不虚此行,不是因为获奖,是遇到年轻的高手。

其一是个女孩,秦襄却不曾与之交谈。滕州路招待所门口有棵枣树,其时正值果期的初始。秦襄习惯早起,决赛那日的早上六点半便到门口呼吸新鲜空气,发觉树下女孩,身姿亭亭,双手似乎垂合于腹前,肤色偏深脖子修长,有黑天鹅般的美感。

二人一前一后,仰望盛夏果实。秦襄刚要开口,忽有微风拂过,树叶作响。秦襄会意,不语,片刻后轻轻转身回去,心怀偷窥者的愧疚。

颁奖时他才知道女孩叫李媛,初赛作品是著名的《悠长假期,漫漫人生》,她获得了散文组一等奖,在领奖台上依旧背部挺直,领如蝤蛴。

其二是丁天,这个杭州男孩小他两岁,初赛投稿作品

《伪证考》，古典文学题材，语言半文半白，秦襄看了倍感亲切。丁天南人北相，额头有鹅卵一般的青色，身高一米八二，肩宽腰粗，剔平寸头，身形和秦襄有些许相似。

但论家世，相去甚远。

丁的祖父圣约翰大学毕业，五十年代归国华侨；母亲毕业于同济，父亲是清华出来的工程师；有个远房叔公是水利系统退休的副部级。满门理工人才，到他这里却偏爱文科，幸好外公与其意气相投——古籍出版社退休副编审。

秦襄在北京寡言少语，在上海却遇到知音，每晚长聊毫无倦意，似乎比赛不再重要。丁的志向也是去北京，无奈父亲施压，不能考北大只能报清华。秦襄听完长笑，一击掌道，那我就在北京恭候！

青文赛获了奖，他回北京继续念书。不久，学校报刊亭开始卖《笔迹》，不少女生都在讨论叛逆不羁的成语言。首届大赛的优秀作品集被收进图书馆，隔壁宿舍有同学借到，特意拿来给他看，说，感觉你比成语言写得要好。秦襄书架上有这书，组委会寄来的，听对方这么一说，便塞进储物柜深处。

决赛时他和成不同考场，颁奖典礼上也没有交流，只是读过其文章，眉头微皱。

相比成语言，他更在意丁天。

丁天在杭州最好的高中念书，名列前茅。2000年第二届青文赛举办前，毫无悬念收到清华录取通知。

会师京城后的情形，却跟秦襄预想的大不相同。

清华北大，两所顶级名校在海淀毗邻而居，从荷塘月色到未名湖直线距离一公里。最初两月，丁天隔三岔五骑车来找秦襄，在附近小馆子吃饺子喝啤酒，聊各自学校传闻，成语言退学后的动向，商隐在上海的小沙龙，《笔迹》上的新人新作，某位名家刚出的长篇。

刚进清华，就有出版社嗅到商机，欲将丁天打造为成语言的对立型偶像，约他写个人成长史，再现《哈佛女孩》的商业奇迹。丁天婉言谢绝，随后一头扎进了校学生会的招新现场。

进学生会后，丁天来得不再勤快，反而是秦襄去找他，聊天内容也变成学生会见闻。有时没说几句，丁天就被部长一个短信叫走。秦襄让他去忙，自己把饺子吃完，方才离开。

再往后大半月才见面，秦襄已不再问"最近写了什么"。丁天也不再喝酒，因为"昨天跟那帮人喝高了"。半年不到他南方口音消失无踪，有了些许京味。穿衣讲究起来，天热时彻底和Ｔ恤告别，总穿衬衫，额头的鹅卵青越来越淡。

秦襄悟到，这孩子……志不在此。

丁天在中学写文章纯属个人爱好，和吹口琴、打乒乓、游泳、登山一样均非正业。秦襄从未记全他参与的学生组织名目，只感慨精力旺盛。丁天表示，自己虽是新人，但凭笔杆子嘴皮子和快脑子，和那些搬桌椅、贴传单的新干事待遇不同。

秦襄说，原来如此。

流水知音，转瞬即逝，好在出版方面取得进展。2001年12月圣诞前，秦襄出了第一本书，长篇小说《宫里人》。

二十岁前出书的愿望，终究没有圆满。

拿到样书那天中午，他在宿舍书桌前摩挲封面，良久不语。

在老家念书时他一度以李芳芳为榜样。1994年李芳芳出版《十七岁不哭》，是全国第一个出版散文集的中学生，签名售书的照片刊登在《人民日报》上。退而求其次，有1996年的《花季·雨季》，郁秀十六岁写完，二十二岁出版，销量百万，不算盗版。

如今他二十三岁，读大四，备战考研，本科生涯仅剩半年。

同样是首届青文赛的获奖者，生于1981年的成语言在2000年出版《猛》，1983年的上海女孩朱颜晚几个月出版《听到彗星划过》。可惜，枣树下的李媛再无音讯。第二届里，花可1980年生人，2001年4月出版《野蛮生长》，艾苦在同年9月出版《海兽卷》。青文赛其他著名作者也相继进入出版市场，销量惊人，影响巨大，媒体专门创造了"80

后作家"一词。

秦襄 1979 年生，1999 年滕招的首届青文赛手里数他最为年长。本以为，一年功力三年追，现在却沾了弟弟妹妹的光，出版顺序仅排第五。

命运开起玩笑，没有一个凡人会开怀。

第一本签名书他寄去大同二中，给"白斑虎"，信封上留了宿舍座机号码。没几天接到电话，母校的语文教研组长告诉他，白老师上半年已完全退休，带着爱人搬去海南养老，地址不详，只能先转寄到他女儿家里——以后有机会，回母校做个讲座。

秦襄答，受之有愧，我不敢对很多人讲话。

丁天是第二个收到签名书的。此时他刚升大二，获得飞速提拔，校会的组织部副部长，学院团委书记的文胆，在系里做到副主席，且前缀"常务"。贺喜之余丁主席颇为感慨，说，这题目，简直为我们量身定做。然后自费订购三十多本送给同僚和上级，声明，这是我哥的新书。

见他兴致好，秦襄说句不合时宜的话，你若愿意，出书肯定比我早。

丁天说，万一哪天学生会混不下去，就写小说。

丁天已学会抽烟，因为经常熬夜写会议材料，眼睛下面有了黛蓝。但抽烟手势尚不熟练，往下点烟灰时总是力度太大，易把烟头弹断。丁主席又抽出支红塔山，模仿院领导的习惯先在鼻子下嗅嗅，说，下半年比较关键，看能不能进主席团，到时候我让学习部出面，请你过来做讲座，北大的本科在校生跑到清华做讲座，大哥是古往今来第一人。

丁天如愿以偿，下半年荣升校会四名副主席之一。北大搞大型活动，丁天作为兄弟学校代表出席，西装革履，后面跟着四五人——只是讲座的事没了下文。

秦襄从未认真看待那句承诺。

他在北京又独来独往了。

3

上海倒是有朋友的。

2000年暑假他专程南下，听历史小说大家万长义《崇祯年间》（上卷）的新书讲座。老先生七十七岁高龄，平时都在上海的书斋写作，鲜少出远门，能出来露面，机会难得。

期间正逢第二届青文赛决赛，他去《笔迹》杂志社大院故地重游，还问起第一届李媛的下落。编辑老师表示联系不上，一无所知，又灵感一现，说，不如今年你来客串监考。

秦襄欣然应允。

《笔迹》编辑部有张生面孔，刚来半年的实习生，商隐，

1978年生,华师大俄语系辍学,已故名作家余守恒是其舅外公。她有南方女孩少见的身高,仅比秦襄矮半头,不穿高跟鞋。商隐短发利落,下颌精巧,鼻梁如笔杆,尖顶有米粒大小的痣,色如丹砂。

她在二楼露台上抽烟,他在露台上翻看本届落选的稿件。商隐说今年成语言也来帮忙,哈,真是昏过去。

秦襄:监考?

商隐:他退了学,时间充裕,近期迷上摄影,要来现场拍照片,做宣传。

秦襄:原来如此。

商隐抖抖飘到裙子上的烟灰:你不喜欢他的东西。

秦襄:何以见得?

商隐:文章骨子里完全迥异,磁铁两极,你是罗马军团,他是蒙古铁骑。

秦襄不语。

商隐:讽刺吧,第一届比赛,你们几个出名的都是集体被提到,成语言,秦襄,丁天,李媛……和自己不喜欢的作者一道被读者喜欢,一道被宣传,嘴上不说,心里是真尴尬。

秦襄笑:鞭辟入里。

她也笑:从小跟着舅外公,不想知道也知道了。

秦襄放下稿子:听燕老师说你不写文章,可惜了。

商隐：我写诗，以前。

秦襄：我在北京，最讨厌杨树毛子，不但容易飞进口鼻，在地上堆积，一团一团，用火机一点顷刻燃烧，火光明显，现在看来，成语言，就是一大团杨树毛子。

她把烟头掐进废弃的小花盆：我也不喜欢他。

秦襄：为什么？

商隐：他在文章里公然讽刺现代诗歌，是诗歌的敌人。

秦襄抿嘴：我倒觉得，诗歌的敌人恰恰是诗人自己。

商隐不语。

秦襄仰头看天：你写的诗，应该是向阿赫马托娃致敬。

商隐本已抽出第二支烟，闻言，揉碎，雪落花盆，朝办公室走去：晚上请你吃饭。

秦襄不语。

她扶住办公室门：我外婆烧的葱烤排骨，天下第一。

商隐家住兰考路，以前是法租界，典型西式老房，马路尽头是复兴公园，里面有马克思和恩格斯的石像。商隐那个在出版社上班的舅舅正好去外地出差，晚饭就三人。

外婆多年前牙齿已经掉完，光靠牙床照样吃凉拌黄瓜，神情淡然，仿佛世间一切与己无关，外孙女带谁回来吃饭都与己无关。

葱烤排骨名不虚传，但最打动秦襄的是那锅冷汤。商隐说，是上海人家夏天最家常的。汤色清浅，里面就四样东西：鸡毛菜，土豆，盐，几滴芝麻油。

秦襄：大道至简。

商隐：听说山西有一道名菜，叫"头脑"。

"头脑"为药膳，又名八珍汤，用黄芪、煨面、莲菜、羊肉、长山药、黄酒、酒糟、羊尾油配制而成，材料丰富，颜色却低调，宛如米粥。

秦襄：那是太原的，不是大菜，只是小吃，主要作早点用。

商隐笑：食材繁多，用途至简。

秦襄停箸：千变万化，舌尖再妙，终不过是下肚消化，看书才是最高级的进食。

商隐：书也有看了不如不看的，这时就算不上高级，轻则倒胃口，重则食物中毒，昏过去。

秦襄不语，埋头吃饭。

商隐：听说你喜欢万长义的历史小说？他和我舅外公是旧交，想要签名，我可以帮忙。

秦襄：不必了。

商隐：为什么？

秦襄：读一个作家的书好几遍，就是对作家最大的尊敬和爱戴，其他都如梦泡影。

商隐也不再说话，埋头吃饭。

第二届选手里只有一个上届的"老人"，上海女孩朱颜，还在上高二,今年再度入围。其他都是生面孔。成语言成名后杂志发行量飙升,投稿数从上届的三千跃至两万多,决赛选手从六十涨到一百四,出处不再局限长三角,而是天南海北。秦襄监考的赛场,承德全天然令他印象较深,只因名字特别。

决赛地点在晏摩女中,著名校友有文秀锦,也是商隐的高中母校。决赛现场她却不来,留守编辑部办公室。秦襄问起,她答,我发过誓,毕业后不再踏进晏摩女中半步。

决赛结束当晚他又在兰考路吃饭,喝火腿冬瓜汤,柳绿藏金黄。外婆收拾碗筷,商隐背靠椅子抽起饭后烟,像老电影里的国民党女特务。商隐掐掉烟,走到橱柜前拉开抽屉,取出三瓶花雕酒,说,走,去滕州路看看。

上海虽有不少酒吧和KTV,外省中学生却不敢轻易踏足,选手都在滕州路招待所里聚会聊天。秦襄现身,引起轰动,商隐带酒,点燃气氛。

秦襄喝酒少,聊文学多,一边留心潜在人才。昆明的艾苦,喜欢西方文学,身材娇小,平刘海下的眼瞳呈现黧色;曾在晏摩女中操场上合影的陆篆,年轻背驼,光看身形像被生活打磨许久的中年人;全天然越喝酒,脸色越铅白,情绪激动,口水四溅,立下豪言要考去北京和秦大哥会师。

还有一人,单看嘴唇是少见的天然洋红,像个女孩。穿橙色T恤,来自西南省份的西秦市,坐在角落不太开口。忙于和花可拼酒的商隐，百忙之中主动打招呼，问你就是毛琦吗？你的文章我看过，西秦的火边子牛肉我也尝过。

毛琦嘴唇更红，调整坐姿，腼腆笑说，多谢姐姐。

凌晨三点二人方离开。路上没车，他护送商隐走回兰考路商家老宅。

正是八月气温最舒服的时刻，微风徐来，空气温而不热，万籁俱寂，梧桐树影是仅有的观众。二人不是并肩而行，亦非女士在前，反倒是秦襄领先约两步之遥。三公里路全程无话，享受这座繁华都市难得的寂静。偶尔，商隐说，左拐。秦襄便左拐。商隐说，穿马路。秦襄便穿马路。

快到老宅院子门口，商隐反超过他，忽然转身说，吻我。他僵在原地。商隐一动不动，高昂头颅傲如女王，绝不重复命令。虽散发酒气，却不叫人生厌。

鼻尖的丹砂在夜色里越发猩红。

片刻过后，秦襄抓起她右手，在手背上蜻蜓点水。

她怔怔，接着笑到不能自已，惊醒隔壁院里睡在躺椅上的老头。第一次商隐在他面前说了粗话：你他妈……怕什么，昏过去。

接吻就这样无疾而终。

秦襄因自己不是本届选手，不愿住滕招，住在另一家便宜的招待所。此事过后他不等颁奖典礼，连夜退房，买了火车站票回山西老家。

商隐不以为意，似乎忘了那晚的命令，在长途电话里说，青文赛选手以后越来越多，少不了去北京上学、旅游、拜码头，以后你就是非正式的驻京办主任，未名湖边的石狮子。

秦襄回，青文赛每年都在上海办，选手人来人往，你就是非正式的驻沪办主任，黄浦江畔的女神像。

商隐笑说，过段时间我要租个房子，搞沙龙，到时候你们来吃饭。

秦襄应允。其实，他还想问西秦少年毛琦的内情，因隐隐中觉蹊跷，但转念作罢了。

之后的2001年，可谓详情复杂。李媛仍旧神隐，考来北京的丁天令他大失所望，新识的第二届选手却卧虎藏龙，他最留意四人：北漂的摇滚女青年花可性格激烈，文风独树一帜，2001年出书；写《地鸟》的艾苦2001年高考去了浙大；同届的全天然中途被迫文科转理科，最后考到太原某理工高校。

第四个是陆篆。决赛比完后，在晏摩女中操场上三人合影，全天然跑去检验老孟相机里的照片成果。秦襄问，你就是陆篆？《复读班》我读过，很好。陆篆把头埋得很低，其实……还不够好。秦襄说，文章最后男主人公的态度转变和情绪爆发，铺垫还薄薄了些，稍稍有些刻意。

陆篆抬起头，眼神和刚才判若两人：秦兄一语中的。

秦襄：小说组每篇上限五千字，你是不得已而为之，越好的文章越难以完满。

陆篆：文章投出去，我左思右想，难以入眠，终于发现了你说的问题，其实开头还可以更简洁，省下字数……我是只缘身在此山中了，写的时候没发现。

秦襄：听说你是辉城人，辉城在哪？

辉城是县级市，在江淮省安水市的下面，驴肉出名。恰巧，山西广灵的代表美食之一是画眉驴肉。陆篆说北方驴肉我没吃过，但辉城的驴肉，南方第一，秦兄有机会来尝尝。

以上四人的文章，秦襄内心都给了排名，全天然太像成语言，艾苦、花可各有千秋，但最推崇陆篆《复读班》。相比成语言的桀骜不驯，陆篆更为传统，文笔老成。1981年出生的丁天心思移到写作之外，秦襄开始对1982年生人陆篆寄予厚望。若要在"80后"作者里推出能和成语言相抗衡的，非其莫属。

陆篆和全天然、艾苦同年高考，考前保持通信往来，却不肯透露大学志愿。秦襄从全天然那里要来陆篆的通信地址，本想同他深聊。谁知2001年高考过后，被大家一致看好的《复读班》作者陆篆，竟人间蒸发了。

陆篆

1

辉城唯一的新华书店,对面是消防站,左边是邮政所,右边是药房,药房门口牌子上常年宣传一种叫"五驴金宝"的中成药。辉城最有名的俗语,前半句是"一头公驴五条腿"。于是药房的生意从未差过。

九岁起他就是新华书店的常客,不过只看不买。因为年纪小,边上没大人陪伴,加之长得圆头虎脑,脸蛋通红眼睛黑亮,营业员心生爱怜,从不赶他走,只在他背着书包踏进门时笑眯眯道,又来学习啦?

书店拢共三个营业员,轮班,经理常年消失,据说是泡在棋牌室。爱说"又来学习啦"的营业员四十开外,烫卷头,嗜好瓜子,总是三枚香瓜子一次进嘴,脸颊肌肉弹跳几下,往手掌心吐出六片瓜子壳,不多不少,还不湿,手腕一翻,尽数掉进垃圾篓。

这门绝技被他悄悄写进小说。

书店狭小，文学书籍很少，少到他去过三次就能记住每本书在每个书架上的大概位置。每天只能放学后来看一小时，书少反倒成了一件好事，能够让他心无旁骛地仔细读完手上的那本，不至于吃碗想锅。

从小学不知不觉看到初中，再看到高中，他身形容貌都发生了变化。个子长到一米七六，身上的肉总量好像还是那点，被平均分配到每个部位，有些捉襟见肘。虎头虎脑不见了，原本圆而黑亮的眼睛也逐渐变得细长，背倒是越来越驼，还在初二那年戴上了第一副眼镜。

但他听力仍旧好，有次读完《穆斯林的葬礼》最后一章，走出书店，身后飘来吐瓜子壳的声音和一句低语："这小孩，长出界了。"

出界归出界，营业员还是不赶他。几年蹭书下来，彼此之间有了感情。他仍旧每天去新华书店报到，进门时照例向营业员躬身致意，但不张嘴叫人。有时店里就他一个顾客，全世界只有营业员嗑瓜子的响动，和他的翻书声。

说他是顾客，因为除了教辅教材，他至少在店里买过一本书，1997年版《白鹿原》。他翻阅此书时已经是1998年，刚上高一。读完第一章，浑身微颤，合上书放回架子，快步出门。这是他第一次产生要把这本书买回家的强烈欲望，走出门的原因也简单，没钱。

父母听了他的诉求，面露难色。《白鹿原》定价二十八块，钱是小事，主要是所谓文学书就是课外书，闲书，跟考试无关，甚至可能耽误学习。他们也知道儿子每天放学后要去新华书店待一个小时，没有阻止就是默许。但买一本闲书进家门，似有不妥。母亲没说话，父亲去摸衬衫口袋，那是放烟的地方，然后手又放下来，想起家中禁烟的铁律。他从小就弄不明白，家里禁烟十几年，父亲为什么总是有这个不自觉的动作。

父亲看了母亲一眼，清清喉咙，说，这样行不行，你要是这次期中考试数学得了 85 分以上，就给你买。母亲轻咳。父亲改口说，90 分，90 分。母亲点头批准。数学是他唯一的弱项，初中总在 80 分上下徘徊，怎么请家教都没用。刚进辉城第一高级中学时有摸底考，他考了 78 分，分数出来前，还认定自己考得不错。

他低头看地板，说，我试试看。

期中考总在 11 月头上，过了一星期出成绩，数学 92 分。父母欣喜若狂，认定这是物质鼓励的效果。只有他心里清楚，自己是偷看了副班长同桌的选择题和填空题答案。这是他从小到大唯一一次考试作弊，也是高中唯一一次数学考到 90 分以上。从新华书店拿回《白鹿原》，他一言不发。晚上熄灯，躺在床上，书在胸口，他摸着书皮，感觉所有的罪孽都已经被洗涤得干干净净。

与此同时，隔壁房间的父母也没睡着，母亲看着昏暗的天花板，眼中带光，要是保持这个势头肯定能上一本大学，不给你们陆家丢人，也给我们成家长脸，最好能考上省城的师范大学，师范专业，学费能免掉，再上个研究生，出来当老师，肯定不能像你二弟那么没出息，至少得去省重点高中，最好混到个主任，那以后就不是我们赔笑脸求人办事了。

父亲默默听着，对这番远大前程心不在焉。刷牙之前他偷服了五驴金宝，想趁着老婆兴致高昂一鼓作气。左手刚在被子里游弋到她大腿外侧就被拍掉了。母亲说，睡觉，明天还要上班。

江淮省特别，北部算北方，南方却属江南。南方的辉城古称渡州，沿淮水而建，自古水陆繁华，是交通要冲。几百年后的辉城虽然是安水市下面的一个县级市，但经济实力仍能在江淮的县级市里排前三。

"上头的"安水人嫌弃辉城人粗鄙，但不能否认两点：辉城的驴肉好吃，辉城的交通运输也很发达，是河运转陆运的中转站，很多外来物资的流通发行，往往先到辉城，再到安水。

辉城其实还有第三个特点，重视教育。小小辉城，出过唐代的尚书，北宋的大儒，明清总督，解放后还有两位院士，一位副总理，"厉害到天"——可惜，这些荣光也被安水市偷去，归为自己的荣耀，谁叫对方是地级市呢。

辉城人无论家境好坏，都有个共同点：盼孩子读书上进，未来能仕途通达。辉城老话说，挣钱好一时，做官兴三世。谁家孩子当上公务员，或者当了干部，一般都要摆几桌酒席，再不济也是给亲朋好友发一种叫"卷子糕"的点心，寓意高升。

众多辉城人里，爷爷陆麟轩（字少翁）是个异类。老头子对这种风气嗤之以鼻，认定读书做官是老一套的热门，都过时了，驴尾毛都摸不上了。陆麟轩的高祖在清朝做官做到正三品，是陆家从政的高峰。他爷爷在晚清办实业，开厂，做买卖，是陆家从商的高峰。

老头子由此断言，陆家隔代出人才，这种人才不是由上不上大学来衡量的。他常坐在院子里喝茶赏花，把玩两颗老核桃，兴致起来就跟孙子孙女讲讲祖上的荣光，收尾总是："大千世界，道无唯一，记准咯。"

他是陆家长子长孙，爷爷为之取名陆篆。三叔家的儿子、陆篆的堂弟，得名陆嵬。都是单名，上下结构，头顶部首却受到了五行学说的影响：竹为木，山为土，木克土，意味长幼尊卑。二叔生的是女儿，爷爷不乐意亲自取名，当中学老师的二叔自力更生，给她取名：陆小尧，尧舜的尧。

陆篆背负长子长孙的压力，成绩还算优良，虽然数学不太令人满意，总算颤颤巍巍考进辉城最好的第一高级中学，但进不了尖子班。平行班里有偏科人才，也有某门功课特别差的。他属于后者。属于前者的是语文课代表,写出的作文总受老师褒奖,拿过不少省市级奖项,却为陆篆所不屑:辞藻华丽,内涵却空洞无物。

据说,课代表还有本《作文事例大全》,里面上百案例从"身残志坚"到"刻苦严谨"再到"创新求索",分门别类,还不是司马迁爱迪生贝多芬张海迪屈原赖宁这些翻来覆去的陈年旧事,在阅卷老师看来分外新颖,又正好掐到了点子上——当然,课代表本人从不承认有这本奇书,更不用说拿出来分享了。

高二上学年快结束时,语文课代表又在省作文竞赛拿了一等奖。语文老师在课上大为表扬,让课代表上台朗读,然后说他是学校的大才子,你们要向他好好学习。

陆篆当时坐在前三排,不够聪明,在离老师那么近的地方还敢小声念经,说古往今来,才子都是写诗词歌赋,文学创作——作文不算文学,最多算八股。

语文老师听力不逊于他,当即变了脸色,点名他站起来,指着鼻子说,人家不像你,就会看小说闲书,还说古往今来——要论古往今来,科举考八股,高考考作文,公务员考申论……写小说?小说有个驴毛用处。

辉城一中是县里最好的高中,老师说话硬朗,爱憎分明,不给学生留任何余地。尤其这位语文老师,对学生说话前都习惯性地将下巴尖飞速一仰,再一收,代替手指指人,人送外号"下巴长枪"。班里不少人都知道陆篆放学后要去新华书店看书,时间一久就传进老师耳朵。班里有人说,陆篆私下在写小说,虽无证据,但也传到了老师耳朵里。

现在,所有人的目光都在陆篆身上,看他怎么回应老师。

陆篆只是低下头,半张脸埋得深深的。这是他的习惯,每逢家庭聚会,母亲当着亲戚的面一说他哪里不好,他也是这样。这件事以后,每碰到这个语文老师,不管上课还是在走廊里,他都会低下头,把半张脸埋起来。

其实,语文老师是不记仇的,骂过就忘记了。辉城一中没有不骂人的老师,骂过的学生数不过来,他们只会记准那些值得铭记的好学生,成绩优秀,从不当面顶嘴。

陆篆的确在写小说。走上写作这条路的人,很多情况下就是看多了就想写。但在学校有老师盯着,回家有父母盯着,每天还要抽一小时去新华书店,创作时间有限,还支离破碎。他只能多动脑少动笔,等有空闲时间四周无人,就在作业练习本上写一段,再藏好,接下去就不断回味,刚才哪里写得好,哪里还要改。他英语课本里的a、b、d、o、p、q的小圆圈都被填满了——很多人是以此打发无聊,但这是他构思文章时的习惯。

辉城一中重视学习,没有文学社。其他班上也有喜欢写作的,听闻陆篆在写小说,特来讨教,想聊一聊。陆篆摆手拒绝，文学不是聊出来的，是写出来的。但写完之后无处发表，等于没写。中学生写的小说，哪本严肃文学期刊都不会正眼看待。

1999年举办的首届青文赛，通过报纸、广播在辉城传播开来。得益于交通运输便利，《笔迹》和首届大赛的优秀作品集也陆续在新华书店出现。他认定这是百年难得的机遇，但如何抓住机遇是个大难题。2000年一开年，《笔迹》上就刊登了第二届的参赛启事。报名表异常抢手，他只买到两本杂志，其中一本还是嗑瓜子的营业员悄悄给他留下的。

两张报名表意味着可投两篇文章。到底哪两篇，他举棋不定，因为写完的短篇不少，还没写的素材也太多。最后还是读初三的堂妹陆小尧点醒了他："成语言一出来，大家都疯了，都想投稿，估计稿子有好几万，你不如都投同一篇，最好的那篇，当中间隔一两个月，这样更保险。"

陆小尧是陆家上下唯一知道他在写作的人。

选最好的那篇不难，他在书桌前仔细翻阅那些没有用于正道的练习本，很快选中参赛作品。但这篇小说越看越让他背驼，越看越让他皱眉：自己写的字实在是丑，最具耐心的评委老师恐怕也会越看越生气。

还是堂妹陆小尧出手相助。她自五岁起学习毛笔书法和硬笔书法，十年来算略有小成。拿来堂兄手稿，一字一字为他誊写在文稿纸上。她每次练毛笔字前有仪式，取只空碗，用一根筷子在碗沿上轻敲一下，声音清脆，复敲一下，余音悠扬，再敲一下，却是闷响。三下过后，心气平稳，方可写字。

陆篆自己也在家试过，做不到这三种音效。

陆小尧和堂兄弟不同，不在辉城，而是在安水一中念书，寄宿，每周末才回家。至少有三次，她在学校誊写稿子誊到一半，周末带回辉城，陆篆却说，我想了又想，有几处重要的地方得修改。

他在周末改稿，她再带去安水一中誊稿。投到上海的稿子不能有丝毫涂抹痕迹，错一个字，便整页重写。尽善尽美是陆篆的唯一要求。

而她总是满足堂兄的要求。

从2000年1月一直磨到4月下旬，陆篆还在改着第七稿，也可能是第八稿。那个周末，他独自在家，父母都加班去了。陆小尧说，已经够好了，投吧。陆篆坐在床上，抬头看向堂妹。女孩坐在他书桌前，侧身向他。外面阳光洒进，形成逆光。她从发箍里挣脱出来的几根发丝呈现金黄，整个人正襟危坐，双肩平缓，挺胸收颔，如坐朝堂之上。

十几年来，堂妹第一次向他发号施令。

他低下头，半张脸埋起来，说，那就投吧。

家门口就有邮筒，但他执意要去邮政所投递，因为隔壁是新华书店。邮政所门口不设邮筒，投递信件是在大厅里的柜子，绿色油漆，有一张扁平大嘴。陆篆买了信封，填写收件地址，寄信人信息，封口，双手颤抖。

堂妹说，我来吧？

他摇头，说，我来。

信一脱手，全身力气似乎全部耗尽，感到虚脱，倒退两步，撑着柜面，说，我又想到一个可以修改的地方。陆小尧深吸一口气，说，下个月再改。

陆篆说，好。

随即不顾他人侧目，对着邮箱的大嘴深鞠一躬。

2

陆篆只焦心等待了一个多月，2000年的《笔迹》6月刊就登了他的参赛作品，《复读班》。

这部四千八百字的小说一开头就先声夺人。男主角的高复班同桌从四楼教室窗户纵身一跃，摔成半身不遂，先是触及了校园自杀的敏感话题；接着又描写主角和高一学妹以纸团传情、被老师抓获然后被迫转学的故事，隐晦呈现了早恋这一禁忌主题；全文还贯穿了复读班那种独特的氛围，希望和挣扎，麻木和坚韧，似乎都失去了界定的标准。

同期《笔迹》杂志还刊登了成语言写校园足球的杂文

《踢个球》，但以读者来信反馈来看，《复读班》的受欢迎程度竟超过成语言，不能不说是个奇迹。

第二届青文赛投稿截止时间是5月底，现在就刊登小说，陆篆是铁板钉钉入了决赛。辉城老家，最欣喜若狂的莫过堂弟陆嵬，正上初二。同学们把"嵬"字一拆二，管他叫山鬼，因为他喜欢大呼小叫，以及神出鬼没拽女同学辫子。《笔迹》6月刊在辉城开售后，山鬼高举哗哗作响的杂志，像放风筝一样在走廊里奔走疾呼："我哥是陆篆！我哥就是陆篆！"

沿途的老师不禁心想，这孩子脑壳过界了。

陆篆想，要是给山鬼一杆枪，他应该会马上占领学校广播室，向全校昭告喜讯。

山鬼是成语言的忠实拥趸。成在《笔迹》上刊发的《缺口》《在自习室》《石头里蹦出来的我》《游戏人间》这些文章，他几乎都能大段背诵。尤其讲述少年们去游戏机厅的《游戏人间》，山鬼和伙伴们感同身受，激动得直跺脚，最后班主任的手从天而降，自众人脑袋的围城中把杂志收走。山鬼一路跟在后面哀求。

青文赛的参赛年龄是十六到二十六岁，山鬼还没资格。堂兄入围决赛，意料之外也是情理之中。爷爷当年就说过，陆家有文脉，隐而不显，因为没到时候。陆篆之前的练笔和习作山鬼毫不知情，认定他是天才，不飞则已，一飞冲天，随便一出手就是《复读班》。

到了7月初,暑假,决赛通知书和《复读班》稿费汇款单同时寄到。稿费四百十九元,堪称巨款。陆小尧睫毛忽闪,说,没想到有这么多,还以为就二三十,我要是能拿到《笔迹》的稿费,二十块也好啊。陆篆说,你是大功臣,稿费我们一人一半。陆小尧百般推辞。

山鬼家里条件好,对金钱不敏感,但每周末都不请自来,参观那张决赛通知书,时而放在灯光下仰望,时而轻抚组委会的公章落款,再揉一揉纸张厚度,认真程度不亚于辨钞,说,哥,你这下可是出人头地光耀门楣了,到了上海,可一定要跟成语言说下我,还要签名,越多越好!

去上海参赛,入围只是第一条件,还有父母那关要过。一家三口又坐在客厅面面相觑,陷入沉默,茶几上摆着上午刚到的通知书。照例是父亲先开口,上海那么远,肯定要陪你去,但我和你妈都要上班,请不开假。陆篆说,山鬼他爸做生意,时间灵活,可以请他帮忙。父亲说,自家的事情就不要劳烦你三叔了吧,三叔也忙,再说,一个小说比赛,去不去都一样。陆篆说我一个人也可以。母亲插话,不行,太危险。她讲话慢吞吞,低头看膝盖,膝盖上双手手掌轻轻互搓,总是右手不动,掌心朝上,左手心向下,前后来回,幅度不超一根中指。

陆篆常想,有如磨刀。

他起身回房，父母以为儿子心灰意冷，他却拿出一本《笔迹》，给他们看大赛启事，主办方除了杂志社，还有北大清华复旦南开浙大等九所高校。陆篆亮出杀手锏，如果能拿一等奖，主办方高校的招生办会来洽谈，高考时考对方学校的中文系就有加分，甚至是保送。

父母眼皮子都跳了跳。外面蝉鸣忽然歇了几秒。

母亲停止搓手，起身到门边打开了客厅顶灯，屋内明亮起来，旧家具盖上了新气象。父亲也变年轻了，去摸胸口香烟，旋即放下，问，你……一个人出门真不要紧？陆篆说硬座车票组委会报销，到了上海有专门的廉价招待所，还有人接站。父亲看向母亲，她却走进厨房准备晚饭。父亲拿起通知书，看清决赛日期，说，过几天我去买车票。

青文赛一等奖得主其实并无保送的待遇，获奖者还要把平时成绩发给高校招生办，对方认可后才有加分资格，手续很多，审查严格。所谓硬座报销、车站接站更是虚构。所有这些说辞，都是陆小尧替他提前准备的，像在编造小说细节。陆篆笑中带苦，说你比我更了解他们两个。

不仅如此，母亲还打算去牛舌山上的寺庙为他祈福。牛舌山灵验，父母心可怜。陆篆难得强势一次，说我是去写文学作品，不是去考试。

出发的日子定在8月第一天。他头次单身出远门，是陆家的大事。做生意的三叔开着刚买不到一年的桑塔纳轿车，超载上一家三口、山鬼和陆小尧,从辉城开到安水火车站,一直送到月台。

陆篆的双肩书包沉得如同装满铅球。母亲怕他去了上海吃不惯,往里面塞了一大袋卷子糕,还有酒酿菜、卤驴干,都是辉城特色。装着衣物和《白鹿原》的手提行李袋是八十年代的产物,却结实耐用,暗绿皮面印着白色毛笔字:上海。当年父亲去那里出差买回来的纪念品,十多年后竟能在下一代手中故地重游,叫人唏嘘。

母亲叮嘱说,到了那边就打个电话回来报平安,哦,到时候千万别紧张,放松点,不要有太大压力,好好发挥就是,卷子上别忘记写名字。

三叔用衣服下摆给肚子扇风,说,嫂子,他是去比赛,不是上考场。

父亲没说话,只是拍拍儿子肩膀。

堂弟山鬼本来也想跟去上海,被三叔夫妇差点揍了一顿方才打消念头,此时他再三嘱咐堂兄,成语言的签名,签名,签名,越多越好啊!越多越好!

陆小尧此前给过他一百元钱,是从寄宿的生活费里攒下来的,委托堂兄从上海带一支英雄牌钢笔回来。月台上女孩只说了四个字:为了爷爷。

陆麟轩老爷子看到了香港回归,但于 1997 年的秋天忽然中风,两颗老核桃掉在地上,再也没能捡起来。在医院躺到冬至前夜，临走前对孙子孙女说，爷爷要去另一个世界享福啦，你们自己以后的路可要吃准，大千世界，道无唯一，记准咯。

绿皮火车开了一天一夜，抵达上海。通知书里有前往滕州路招待所的公交信息，问了三个路人，找到车站，一路摇晃，两侧高楼都不能让他激动，因为不是《白鹿原》中的景色。

滕州路招待所的老板有着酱油色皮肤，头发烫得蓬松，让陆篆出示通知书。老板解释，今年选手比去年多了不少，他提前清退其余住客，专为选手提供住宿，所以要验明身份。老板一口烟嗓，调门很高，左耳夹着香烟，有着工人阶级的豪迈粗放，普通话却标准，且用语规范，"请""谢谢""不客气"都没落下，还有"OK"，带着食指拇指相触的手势。

滕招都是双人标间，两人同住，费用更为便宜，三十块钱一天。跟他合住203号房的是来自西南省份西秦市的男孩，叫毛琦，小他一届，夏天过完才升高二，当天上午刚到上海。互报姓名来历后，毛琦大惊，你就是陆篆？久仰！从书包里翻出《笔迹》6月刊，请陆篆在《复读班》的第一页签名。

毛琦：《笔迹》上只有三篇文章惊艳到我，秦襄《无字碑文》，李媛的《悠长假期，漫漫人生》，还有就是你。

陆篆：那，成语言呢？

毛琦笑笑，不说话。

他们两个是选手里的异类，其他人都对成语言万分崇拜。来自承德的全天然唾沫横飞，诉说怎么知道成语言和青文赛，又如何在新华书店里抢到仅存的获奖作品集。晚上大家聚在某房间聊天，全天然说话时习惯以右手为刀，或劈划或平切，时而刀尖往前一刺，时而在空气里剁馄饨馅，气势十足，陆篆不由想到母亲的小动作。全天然聊起成语言时的狂热神情，又让他想到堂弟山鬼。

但全天然对他和艾苦也很是崇拜，发起互留签名和联系方式的运动时，先将本子递给陆篆，说，陆哥已经功成名就了，百分之一千、万分之一亿得签，第一个签。

艾苦则问，《复读班》里都是真事吗？陆篆笑笑说，虚虚实实，小说。

整场聊天，话最少的就数他和毛琦。凌晨两点，众人散去，各回房间。毛琦躺在床上，问，你刚才不怎么说话，在想什么？陆篆说，我在想小说组明天的考题，上届题目是"必须在雨停之前"，明显考节奏和结构，这次又会考什么呢？毛琦在散文组，上届题目是看似平凡无奇的"石子"。诗歌组的出题，更是行为艺术。

沉默片刻，陆篆问，你也不太说话，也在想题目？

毛琦过了很久才回答，我在想自己是怎么来上海的，就像做梦一样。

陆篆：这个比赛就像做梦一样，不走寻常路，我们能遇到，能参加，是上辈子积了福气吧，就看能不能抓住了，没抓住，就……

毛琦：就什么？

陆篆：就回去老老实实高考——写小说的梦，只能继续做下去。

两点半睡去，七点他就醒来。毛琦还在酣睡，他小心翼翼起床洗漱，出门走到招待所门口，气温还没升到叫人受不了的程度。全天然也醒得早，说陆哥也起来了。陆篆问，出去走走？全天然说，成啊，走着。

二人沿着滕州路往东，一路无话，看见一家"美芳点心店"，进去吃早餐。全天然说，说好了啊我来请客。陆篆说，不行，你要请，我现在就出去。全天然见他神情，只能作罢。陆篆点了三两生煎，因为在辉城从未见过此物。全天然要了四张葱油饼，一碗牛肉粉丝汤，汤里竟然放了咖喱调料，在承德是稀罕物。

最惊世骇俗的是豆花。辉城的豆花都是甜味。上海豆花却是咸的，佐料很丰富：酱油、紫菜、榨菜、香菜、不怎么辣的辣椒油。全天然说跟我老家做法差不多，不过我们那边还要加点蒜泥和韭菜花——我的娘，不是说上海人的口味都偏甜吗？陆篆不自觉道，大千世界，道无唯一。

全天然问，啥？

陆篆摇摇头，低头喝咸味豆花。

一口气就是大半碗豆花下肚，全天然咂咂嘴，说味道还不错。陆篆笑侃，这次就算没有得奖，也没有白来上海，毕竟吃到了咸味的豆花。全天然哈哈一笑，说老陆，你赚了。

回招待所的路上，气温渐起，让人以为自己是进了烤箱的烤鸡。全天然谈起以后要去北京念书，问，老陆打算以后考哪所大学？陆篆答，哪所都可以，写作不问出处。全天然说还是问出处的，中文系出来总有点优势。

陆篆说，也未必。

午饭他没吃，三两生煎很能抗住饥饿。直到走进晏摩女中的赛场，文章写到一半，肚子开始发声。他强忍着生理欲望写完，检查两遍，改了几个错别字，方才交卷。走到一楼，又去了选手报到处。初赛作品《复读班》是堂妹陆小尧誊写的，决赛作品是他自己手书，笔迹云泥之别，他生怕评委产生误会，认为是代笔，特意从辉城带来《复读班》前几稿的手稿，要交给组委会，自证清白。这也是陆小尧的主意。

向编辑交完手稿，他忽然又不饿了，满脑子是刚才上交的决赛作品中的多处不足，但已经无法要回来修改，只能在学校操场上散步，消化遗憾。直到从散文组考场出来的全天然喊住他，这才停止绕圈。

跟全天然、秦襄合影时，灯光一闪，他才想，糟糕，比赛时成语言进来过，他却没为堂弟山鬼上去要签名，要越多越好的签名。北大的秦襄看来也是个不爱说话的人。陆篆想，很好，文学总是写出来的，不是聊出来的，终不愧是《无字碑文》的作者。

拍完照，他发现毛琦也从教学楼里出来了，想上去问情况，告诉他秦襄也在这里。但毛琦似乎没看到他，盯着地面兀自朝大门口走去。陆篆想，应该是没有发挥好吧。

是夜，吃过晚饭，众人又在房间内群聊，这次的主题是成语言的惊鸿一现，以及对决赛题目的看法。全天然的手刀比划到半空，门被敲响，打开一看居然是秦襄，身后还有个女的，个子很高，留着短发，手提三瓶绍兴黄酒。

秦襄是北大才子，上届一等奖，女的却比他来头更大，《笔迹》实习编辑，且是著名作家余守恒的外孙女。不少选手激动地表示，初中高中语文课本里都有余老先生的文章。

女孩姓名也特别，唐代诗人李商隐的后面两字。陆篆想起爷爷的话，隐而不显。除浙江选手，大部分人都没喝过黄酒，用两只茶杯盛着传递，浅尝辄止。来自北京的摇滚女青年花可表示，这他妈像饮料，直接抄起瓶子对嘴喝，跟商隐你一口我一口……

商隐善饮，秦襄能聊。秦襄跟艾苦聊福克纳和海明威，跟山东选手聊《东周列国志》，跟厦门选手聊松本清张和欧美推理的黄金时代,跟东北选手聊果戈里契诃夫,跟洛阳选手聊郑愁予和刘半农的诗……

陆篆按捺不住,主动开口说起《白鹿原》。

秦襄正身,说读过五遍,没有读透,不敢妄言。

陆篆血管沸腾,几乎想起身鞠躬致意,终究碍于周边人多,还是作罢,在位子上沉默不语。有所言,有所不言,是分寸,是清醒。更震撼他的是,文学不是不能聊,要看懂得多少。

秦襄说今晚有酒有月亮,有文学的同好,一切难得,我想出个题,大家来对半句诗。众人纷纷称好。秦襄出的是五言诗,谁第一个接上,后面人再接,末尾押韵都要随第一个人,"听好,我出的是,窗外有明月。"

艾苦脱口而出:"夜照愁绪长。"

大家"哇"了一阵,都称赞艾苦反应快。秦襄说,艾苦,的确苦。

她末尾押韵的是"ang"音。全天然说这很简单嘛,听我的,啊,"窗外有明月,定是沾我光。"艾苦说你这就是打油诗嘛。全天然说打油诗也是诗,别拿豆包不当干粮,花姐,来一个。花可跟商隐斗酒已经落得满脸红霞飞,说,不会,这种古诗词最讨厌。

商隐说那我来吧,"窗外有明月,玉兔——炖茴香"。

秦襄说,你这是捣乱了,好歹也是诗人,来句正经的。

商隐看看他，举起酒杯道，秦襄都快昏过去了，哈哈，那就"桂下候吴刚"。

秦襄没接话，没点评。商隐忽然对角落里的毛琦道，西秦小朋友，你也来个吧？

毛琦看了看大家，再看看秦襄，一笑，"窗外有明月，青灯镜中亮。"秦襄点点头，转问陆篆，你呢？陆篆特意看了眼窗户，方向不对，外面没有明月，说，那我就对……"剑影指八荒。"

全天然击节道，霸气！

大家对了一圈，也有人推辞说不会。最后全天然问了陆篆也想问的问题："秦哥，你自己会怎么对？"

秦襄："广寒洒露霜。"

全天然再度击节道："好！"

又聊了半小时，那三瓶黄酒，商隐和花可已经各自干掉了一瓶，数量不分伯仲，但花可脸红如柿，已经无法走直线，舌头肿大，吐字像刚学汉语的外国人，还坚持要把第三瓶的残酒消灭掉。全天然一把拦住她，我的娘，别喝了，你明显喝不过人家。商隐笑笑，举起第三瓶，仰头将最后三分之一喝下去，面色跟刚才进屋时毫无区别。

陆篆想，商隐，秦襄，均非常人。

凌晨三点，二人离开招待所，一众选手到大门口送别。全天然转身，沉重叹气，我读书实在太少啦！

回到各自房间，毛琦仍无睡意，盘腿坐床上，百思不得其解："你说商隐姐，怎么长那么高，怎么这么会喝，能进《笔迹》杂志实习，要多高的能力啊。"

陆篆双手枕在脑后："毕竟……余守恒的外孙女。"

毛琦更不解："但听她意思，自己不写东西，多可惜，那么好的家世，那么好的条件，我要是生在她这样的家庭……唉！"

陆篆心动，想起父母，又想起爷爷，大千世界，道无唯一。

陆篆道："睡觉吧，人的出生无法选择，人的道路……靠自己的腿脚，多高多远多快，看你自己，不是你的家世。"

决赛和颁奖礼当中隔了一天，留给评委审稿，编辑布置会场。很多选手约定了去逛南京路和外滩，家里条件好的还要上陆家嘴的东方明珠看一看。陆篆脱离大部队，一早起来跟招待所老板问明路线，换了两条公交线，去虹口公园，那里有鲁迅墓地。21路公交上不当心踩了某位老阿姨一脚。他不太会说话，也不敢道歉，面红耳赤被对方用上海话骂了两站路，只好提前下车，一边问路一边走，在8月的上海骄阳下。公园出来，又坐公交直奔福州路的上海书城，上下五层都卖书，波澜壮阔。恰逢周末，书架前，地板上，楼梯两侧，都是看书人，从白发老者到几岁小孩都有。还有年轻情侣过来，几秒钟前还牵着手，你侬我侬，几秒钟后各自奔向自己感兴趣的区域。

陆篆想，到底是大城市。

他选了本上海译文出版社的赫尔曼·沃克的《战争风云》，找了很久，总算在最角落处席地而坐，低头翻看，波澜壮阔令他不知饥饿，回肠荡气让他没有尿意。等合上书，发现地上少了很多人，一望窗外天色已黑，书却只读到三分之二。他踌躇片刻，走回去放回书架，书架上还有该书的后续《战争与回忆》，两本书加起来两千三百页，完全可以当枕头。

坐公交回到招待所，脱下衣服，如同蛇蜕皮。毛琦说，朱颜今天带我们去逛了南京路外滩，还吃了肯德基薯条，全天然更厉害，吃了六对鸡翅，带来的钱都快花光了！

朱颜是上届一等奖得主，散文《五年一雪》的作者，上海人，和毛琦同岁，今年再度入围小说组决赛，和艾苦一见面就成了好友，约定今天给大家当导游。

毛琦说，上海真是好。

陆篆长叹，是啊。然后走进浴室，开冷水，冲刷一天的疲劳和激动。

可能大家今天逛街太累，可能前两天聊太多，当晚没有聚会，都早早睡去。第二天上午十点，颁奖典礼在五洲酒店二楼的浩海厅。《笔迹》主编上台宣布各组一等奖名单，小说组朱颜、艾苦和陆篆都在其中，大厅里一阵欢呼，到底是著名作者，不负众望。散文组全天然和花可荣获一等奖，陆篆的室友毛琦也是。

美中不足，成语言不在，秦襄也不在，要不到签名。

也没有实习编辑商隐的身影。

各组的一等奖一同上台领奖，三十多人站满领奖台，手捧奖状。他右边是浙江东阳童子尿煮鸡蛋，全天然专门挤到他身边，龇牙咧嘴道，老陆，高兴点儿，咱们拿一等奖啦，得笑，得开怀大笑，仰天他妈长笑，笑给看不起过咱们的人看看！

陆篆说，我……还有件事没办。

3

陆篆带着奖状奖杯回到辉城，首先找上门的就是堂弟山鬼。陆篆说没碰到成语言，可惜了。山鬼却说不可惜不可惜，得了一等奖，你的签名现在也值钱啦！接着拿出一本练习本，哥，先签满这本吧。

紧随其后的是《安水时报》和《江淮晚报》的记者，确认奖杯奖状属实后，问了他一大堆问题，还摆拍了他在桌前写作的照片。记者走后，母亲把奖杯放进橱柜，又找人把奖状裱框起来挂在客厅墙上。浙江大学招生办的老师在颁奖典礼后跟陆篆谈过话,说好了回去之后让学校发送去平时成绩情况。母亲买了平时舍不得买的甲鱼和乌鸡,特地犒赏。

最后来找他的是堂妹陆小尧。陆篆低下头,说,我没有买钢笔。

和浙大老师谈话完毕后,他下定决心,带着行李火急火燎赶去上海书城,找到《战争风云》和《战争与回忆》,全部买下。一本四十八块三角,一本三十三块四角,合计八十一块七角,余额十八块三角。

陆篆把两张十元纸币、三张五元纸币推到她面前,我对不起你,剩下的钱以后还。

母亲也问过这两本书的来历,他答,是组委会送的额外奖品。

陆小尧还是双肩平缓,挺胸抬颔,说我早想到过,大婶不会让你带太多钱,你看到喜欢的书又一定会放不下,那一百块就是给你买书的,钢笔只是借口。

去上海,母亲的确没让他多带钱,家里也没什么钱,更不愿向亲戚借。《复读班》稿费四百多元,走邮政汇款。取钱时要用身份证,平时都由母亲保管。四百多元最后都被母亲领走,补贴家用。

陆篆抬起头,说,等我看完,书归你。

陆小尧把茶几上的钱退回,君子不夺人所好,以后你有更多稿费,再还我吧。

8月第二届青文赛一结束,他很快面对高三开学。第一个升旗仪式上,陆篆还要上领操台讲话。《安水时报》和《江淮晚报》刊登了他获奖的新闻,《笔迹》9月刊也放了一等奖获奖名单,整个江淮省就两名获奖者,另一个是二等奖。陆篆现在是整个安水和辉城的名人,还有可能考进浙大。

五星红旗在天上飘扬,上千人在地上瞩目。陆篆清清嗓子。按他以前的性格打死也不敢上去。然而上海一个来回似乎脱胎换骨,身高三米五,背也不驼了,上到台去先给大家鞠了一躬,一开口侃侃而谈,最后还借语文老师的话,说古往今来,科举考八股,高考考作文,公务员考申论……以前从来没这样的比赛,一篇小说可以让你受名牌大学垂青——各位同学,我们啊都赶上了一个好时候。

台下的那位语文老师从脚跟到脖子跟都僵硬,脸色无法笔墨形容。据说,此前语文老师读到报纸上陆篆获奖的新闻时,差点把报纸给撕了。

陆篆这番发言过于刺儿头,用辉城俗话说,一口咽下整头驴,在几所中学口诵相传。从那往后辉城中学生看《笔迹》就没那么受压迫了。以前老师是当场没收,必然要叫家长。现在只要不在课上看就可以。不过成语言的新书《猛》还是被禁的,因为过于狂妄,害人不浅。

高三一整年,他人间蒸发。很多读者给杂志社写信,问

《复读班》作者在干什么,有没有写新小说,是《复读班》续篇还是长篇版?最开始,读者来信寄到《笔迹》杂志社,编辑定期发邮包寄到辉城一中。陆篆老实,会选择性回一些,直到班主任发出警告,才完全收住。

但自己学校的读者是躲不过去的,都会找机会来看看他,打探有的没的。青文赛第二届获奖作品集出来,都排队找他签字。还有山鬼,天天在辉城二中横过来走路,逢人就说我哥是陆篆,想要他签名吗?排队去!

山鬼三天来头来找堂兄签名,陆篆不堪其扰,开始谢绝,理由是再让我签那么多就会贬值,别人不会重视。山鬼觉得有理,空手而归。几天后陆小尧告诉堂兄,山鬼开始仿冒他签名,招摇撞骗。陆篆叹气,随便吧,希望他学得像一点。

出版社也找上门过,要他出书。陆篆统一回复,我最好的长篇还没写完,稍安勿躁。长篇和《复读班》没有任何关系,因为不喜欢搞重复创作。至于写的是什么内容,连堂妹陆小尧也不知道。

2000年8月到2001年6月他没发表任何新作,但和第二届战友保持通信往来,主要是全天然和艾苦,他们跟他同年高考,都在泗渡题海。此外还有室友毛琦,在银城念高二,专门写信给陆篆和艾苦,遥祝高考顺利。

年少时期,大家认识的人不多,都颇为珍惜。

毛琦的祝福似乎没什么效力。高考那几天陆篆正好发了低烧。查分当天他亲自打电话，一只手拿笔记录。语文还可以，120分出头，听到数学，笔晃了下，听到英语又晃了下，到文综分数就不记了，直接回房间关上门。

他离一本线差了十分。

高三班主任曾说，高考，每一分背后都挤满了一操场的学生。

母亲最初还不信，去查分数，花了不少钱，几乎大伤家庭财政的元气，最终也没查出问题。思前想后，决定复读。青文赛和高校的加分协议只对高三应届生有效，母亲也无所谓，只是一直对亲戚、邻居、同事念经，说要不是那场低烧，我家陆篆现在已经是浙大高材生了。

但私下里陆篆对堂妹说，高考虽然发烧，但感觉发挥很好，作文也没偏题。陆小尧劝他，不想复读可以直说。他叹口气，你还不了解我妈？命运不公，当年因为成分问题被剥夺了考大学的权利，现在她剥夺了儿子不复读的权利。

陆母初中毕业后先在菜市场上班，卖水产。在买什么都凭票子的计划经济年代，权力很大，左邻右里都不敢得罪，厉害到天。后来商品经济社会，地位一落千丈，就想办法弄关系调工作，到国营百货当售货员，感觉也不好。具体哪里不好谁也不知道，反正就是不好，看她那几年面色就知道，全世界人都欠了她养老钱那种，还常同顾客吵架，一点不像家里默默双手磨刀的样子。

再往上追溯,母亲本是省城人,她爷爷解放前是医科学院最年轻的教授,后死在西北。接着双亲因船难早亡,她寄居各家亲戚,饱受冷遇,最后由在辉城码头打工的舅舅带大。舅舅有个独生子,成绩好人也俊俏,全家的希望,八十年代参加高考,分数到了南京一所名牌大学,却被人冒名顶替,四处申冤无门,就精神失常,没过几年掉到河里淹死了。

万宗归一,陆母必定要儿子考上一本,这已经不是光宗耀祖,而是祭奠在天之灵。

假如陆麟轩老爷子还在世,必然要把大儿媳妇骂个半死:复读,复读个驴蛋尖。驴蛋尖就是公驴第五条腿。母驴对应的部位叫碗口,在辉城的烧烤店搭配成为情侣套餐,价格昂贵,还要提前预约,干柴烈火,据说有奇效。

但对陆篆母亲来说更大的刺激还是来自儿子的青文赛战友:艾苦也和浙大签了协议,考进去了。其他同届一等奖选手有去武大、华师大、厦大、南开的——随便哪所,陆篆要是可以进去,陆母说,我这辈子就好安心闭眼了。

家里唯一想替陆篆解围的是父亲,以儿子目前分数,上所好点的二本也可以。然则父亲没有话事权,是虚君。奶奶身体不好,管不起事。堂妹堂弟家就更管不起了。山鬼他妈还以此教育山鬼,"这就叫不干涉他国内政,你自家把书读好就行。"所以另外两家人都保持了可耻的沉默。

7月底,陆篆回高中办毕业手续,冤家路窄,在走廊里遇到了当初批评过他的语文老师。老师大声自言自语,"就算赶上了好时候,也得有本事去享受啊!"在场很多人都听到了。

陆篆还是老样子,低下头,把半张脸埋起来,不复领操台上的神采。

对母亲,他同意复读,只有一个要求:到安水去上学。

陆篆以一篇《复读班》享誉国内,和成语言的《缺口》、李媛的《悠长假期,漫长人生》、艾苦的《地鸟》相提并论,被称青文赛的"四大名著"。昔日蜜糖,今日砒霜。《复读班》作者陆篆高考摔了跟头,现在真的要去复读了。

第二部分
盛宴(2001—2005年)

全天然

1

2001年8月,青文赛举办到第三届。初赛投稿数量涨到三万,决赛名额却只往上挪了小半步,涨到一百八十多人而已。

全天然在QQ上跟艾苦说,唉,太他妈抠搜了,初赛多了一万人,这才加了三四十名额,快成独木桥了,这桥下面得淹死多少人,没必要啊!照他想法,青文赛前无古人后无来者,天空一声巨响,大家闪亮登场,决赛名额就该弄个七八百号人,把晏摩女中塞满,一直塞到半数女厕所临时改为男厕所。

艾苦说哈哈哈哈,你比《笔迹》编辑老师还懂哦。

收录了他们参赛文章的第二届优秀作品集也在当年4月上了市,厚达六百多页,手边没板砖可以拿它来拍人。

刚在上海领完奖时全天然已经打定主意,要把压岁钱全都拿出来买这本作品集,赠书名单比书本身还厚:送八竿子打得着或打不着的远近亲戚，送上下左右甚至对面楼的邻居，送要好的男同学和漂亮的女同学，送老爹的领导同事下属战友酒友牌友，送老娘常买毛线的那家店的老板娘，送门卫室的梁大爷宋大爷赵大爷，送少年宫教他军棋的老师，送记得住名字的小学老师初中老师高中老师，送给光明送给春天，送给"炸小鸡腿"，送给未来和全人类。

重中之重要送给"全三皮"，让他无地自容羞愤难当，让他看看什么才叫真正的21世纪人才。

等到作品集在承德新华书店上了架，他已然没有那番豪情壮志了，用新学的口头禅就是，他妈颓了。颓了的原因在于，获奖回来后他在高三文科班只读了半个月，老爹说大学读文科没前途，还是得转去理科班，将来搞理工科。

全天然当场就急了，胸膛火烧火燎屁股如坐针毡，就差把青文赛奖杯和人大中文系签的加分协议一股脑扔到全国起面前，我的娘！你儿子都已经有这般成就了你居然要我去搞理工？

但他终究没胆量这么干，家里不是课堂，老爹不是老师。他只能强行把自己焖了半天，说，我吧，我想，啊，以后靠写作为生。全国起往杯里倒酒，问，你确定？全天然说确定，百分之一千、万分之一亿的确定。

老爹仰头干了。他喝酒风格很怪，在外面饭局随大流，大块吃肉大碗喝酒，没饭局一个人在家喝时不要花生不要黄瓜不要豆干，只让孩子他娘拍几瓣蒜头，扔进盛了汾酒的大玻璃杯。等原本清澈透明的酒液浑浊起来，他便端起来一口闷。老爹在家喝闷酒客厅里不能有旁人，全天然在房间写作业老娘回卧室织毛衣织袜子。这往往就是有心事。一瓶白酒喝完，辛辣蒜味从酒里都跑去嘴里了，盖住身上的普洱茶饼味，那就是把问题的答案想明白了。

唯独这次，他把全天然留在跟前，儿子面前什么饮料都没有光看他喝。全国起说我就怕你想着这百分之一千、万分之一亿，傻儿子，就算纯酒精也就九十八度，凡事都得打个折扣，年纪轻轻更得打个大折扣，不要以为你到上海拿了个奖，这世界就是你的了，啊，别那么幼稚，人要脚踏实地，凡夫俗子走什么云上的路？等到一不小心摔下来，屁股还没落地呢，人就已经吓死了。

全天然说可我都拿到人大的协议了，啊，已经走上云彩了，不，至少挨着边儿了。全爹问，那你到得了一本线吗？是不是也百分之一千、万分之一亿？

全天然哑火。包子什么馅儿包子自己最清楚。他那平时成绩，有点像用了十年的电视机，时常需要天降一掌以资鼓励。他在承德二中上甲类班，纯粹是老师给全科长一个面子，按真实水平他该上乙类班，且还挤不进班级前十，能不能考上一本是个谜团。全国起要是下定决心让儿子转班，老师决不会出面替全天然说话。

全爹又倒了杯大蒜汾酒，人大什么分数线，你连一本都保证不了，那协议就是张废纸，擦屁股都嫌硌坏屎，还拿出来说事？听我一句，去理科班，保险，二本理科总比二本的文科好，啊，文科不在名牌大学念，就是塞饱黄豆再灌凉水。

窗外亮如白昼，又似乌云盖顶翻来覆去，可能还有楼上邻居纵身一跃。快如闪电，全天然一把抢过茶几上的酒杯，一仰头喝干了，辛辣通透酒精在食道里点起一串火焰，蒜味直冲鼻孔和大脑，大脑也变成了大蒜头。他整张脸皱了足足半分钟才缓和，过来把杯子往茶几上一砸，居然没裂，没坏，说我就想试一试，不试我这辈子都过不去了。全国起没动怒，把杯子移回自己跟前，重新满上，云淡风轻问，当初给你搞报名表是怎么说的，回忆回忆？

当初全天然放下话，为了一本《笔迹》，为了青文赛报名表，让他干什么都行，甚至是喝甜豆腐脑。

全爹说现在就是时候了，啊，去理科班，考理工院校。全天然坐在椅子上一分为二，一半的灵魂想冲到冰箱前面取出可乐打开拉环仰头一分钟，另一半却把他肉身摁在原地，满脑子都在想着反驳对方辩手，却一言不发，因为发不了，不知道该他妈发什么。

老爹喝完最后那点白酒，放下杯子，眼神定如铁塔，说你要是不同意，我也不可能把你绑起来送去理科班，啊，不能拿枪逼着你填高考志愿，但从此往后，你虽然还是我家的人，我全国起可不把你当个男人了，我在外喝大酒，在家喝小酒，都不如你全天然的小九九。

翌日早上，一夜没睡的全天然带着黑眼圈去找班主任，说要转班，学理科。班主任眉毛差点起飞，你不是要考人大中文系吗？全天然也不避讳在老师面前骂脏话，回说，豁然啊就他妈想开了，唉，颓了。

班主任说，早该想开了，你嘛，学文学理，哪科都没优势。

全老爹一语成谶，2001年高考，理科数学卷最后一道大题全天然看都没看就放弃了。反而英语分数还高点，因为选择题多，有机会赌运气。最后总分离一本线还差了二十多分，北京稍微好点的二本院校都进不去，最后被太原第二理工学院录取。

高三转理科，再到考进理工学院，他都没在信里跟秦襄艾苦说过。分数线出来后没多久，8月的第三届决赛在际，全天然坚持大家要在上海聚一次，无论如何都要聚，必须要聚，不聚不行，不聚他就跳下武烈河，再也不露头。

既然故地重游，肯定要住滕州路，全天然还要拉上艾苦秦襄一起住。艾苦比全天然幸运，这年如愿考进了浙江大学中文系，推说自己和高中闺蜜一起来上海玩，闺蜜不愿住招待所，非要住四星级酒店。全天然在长途电话里酸她，嘿呀，苦大师现在太出名，又是浙大高材生，不屑于跟新人一块儿玩了——对了，您那闺蜜长得好看吗？要是不如您，就当我没问。

秦襄也不愿住，原因和去年一样：不是当届选手。何况今年决赛人数增多，滕州路招待所本身也没太多房间床位，他去住，等于有一个选手住不了。全天然听得脸红舌燥，那我也不住了。秦襄说你想住就住吧，你爱热闹，别受我的消极影响。秦大哥发了话，等于有了特批，他在8月2日心安理得入住滕招203号房，去年陆篆就住这间。

屈尊下榻滕招的消息传出去后，并没有万国来朝的景象。毕竟，他不是写《无字碑文》的秦襄，写《复读班》的陆篆，写《地鸟》的艾苦，或是连续两届一等奖、高中就出书的朱颜。偶尔有人来敲门问全天然在吗，然后请他签名，但也一只手数得过来，其他人都不知道干吗去了。他也不好意思一个个房间挨个过去攒人，说我全天然来了，快拿本子来，给你签名。

全天然在203的室友叫杜胤尧，来自武汉。全天然在对方身上闻到亲切的芝麻酱和不太亲切的烟味。杜大他六个月，按理去年就该进大学，结果高考分数连像样的专科都上不了，只能复读。全天然等不到其他慕名而来的选手，只能关心眼前人，问，那你今年考得怎么样。杜胤尧点根烟，说比上次还差。全天然说，啊。杜胤尧说，复读一年，光顾着读小说打牌泡妞了。

杜胤尧去年就投稿了第二届青文赛，寄平信，石沉大海。今年投的还是原来那篇，但学聪明了，寄挂号信，于是来到上海。杜胤尧总结，邮政平信靠不住，否则我该跟你们几个一起成名。

杜的参赛短篇叫《明日梨花》，决赛通知书寄到家之前就被登在《笔迹》7月刊，和去年陆篆同样的待遇。全天然高考前夕看不到闲书杂志，错过了。于是说失敬失敬，杂志带了吗，我看看。

杜胤尧说谁带这东西来比赛，倒是带了几副扑克。说着打开盒子洗起牌，你再找两个人来斗地主吧，这样，敬你是青文赛前辈，前三把输了不用给钱。全天然马上颓了，我的娘，还带来钱的？杜反问，不来钱还玩什么？我这次的车票钱住店钱都是复读班里赢来的，一分钱都没问家里人要，嘿嘿。

老友重聚上海，重中之重是晚饭。余守恒的外孙女商隐在信缘里开了个"小沙龙"，刚装修完不久。第三届决赛前一晚，她在此地设宴款待老友，全天然捎上了杜胤尧。带他去的一大原因是，这人挺好玩，跟那些张口文学素养、闭口写作理想的普通选手不一样，有股江湖气。

另一个原因是一晚牌局下来，全天然还欠他五十块，有点颓，说这样吧，明天带你去个局，认识几个著名作者，这钱……杜胤尧哈哈大笑，不用还了！然后把赢来的纸钞硬币往前一推，说，没真心要你们的钱，拿回去吧，主要钱摆上来我才有动力打牌。

信缘里在卢湾区，以前属于法租界和公共租界的交界处。隔壁的修光里一度住过民国女作家文秀锦和诗人赵磨，马路对面登科里住过京剧大师曹信城和大学者兰派玫。商隐租下一楼带院子的一室一厅，平时不住人。卧室改作书房，三五好友可以坐下来吃点心聊天。客厅变成餐厅，容纳圆桌，可供近十人用餐。取名"小沙龙"是沿袭从前的文化传统，兰派玫和赵磨就曾在自己寓所里开过文化沙龙。

青文赛选手在"小沙龙"的第一宴，在座有女主人商隐和主厨迟敬德，秦襄艾苦朱颜全天然杜胤尧，以及本届诗歌组的许飞扬——他是杜胤尧临时恳请全天然带上的，说是有缘人。许1983年生于咸阳，跟杜胤尧同时在上海火车站下车，一起搭公交去滕州路。上届青文赛截稿前夕，许飞扬跑遍咸阳、西安，都没买到一本《笔迹》，只能等到今年参赛。

奇怪的是，全天然在许飞扬身上闻不出什么特有的味道。不像朱颜，有栀子花香气，虽然栀子花到7月花期就该结束。艾苦今年换了香囊，荷花精华，不知如何提炼的。负责下厨的迟敬德身上没有油烟痕迹，反倒有一股咖啡的馥郁。

迟敬德是商隐好友，生于名厨世家，复旦哲学硕士毕业，比秦襄还大四岁。烧菜是他业余爱好，入不了祖父两辈法眼，但愿为好友烹饪，端上来的东坡肉、龙井虾仁、鸡枞豆腐、荔浦芋头、鱼头粉皮汤，每道都像艺术品，还有一盘专为全天然准备的油炸鸡翅，可惜没有韭花酱。

酒是托人从绍兴咸亨酒店带来的太雕。全天然自己提了两瓶汾酒，你们喝黄的，我喝白的，啊，不冲突，来，喝！

艾苦朱颜不喝酒，只喝椰奶。艾苦还问全天然，你这阿飞花衬衫哪儿买的，还有，牛仔短裤上这根耷下来的大链条是什么意思？修自行车吗？你这一身你爸知道吗哈哈哈哈。全天然说苦大师不懂时尚，这叫挂饰，有个性，现在进了大学再也不用穿校服了，谁也管不了我穿什么，只要老子没裸奔。

席间自然免不了聊起故人：花可在北京忙着组乐队，第一届写《悠长假期，漫漫人生》的李媛继续人间蒸发，橙色小人儿毛琦在西秦升高三，陆篆高考后也忽然没了音讯。

全天然仰头下去一杯酒，说你们啊就别担心老陆了，估计是没考好，去了哪所二本，啊，颓了，埋头写那传说中的长篇巨作呢，等他心态调整好了肯定就出来找咱们了，来来来，喝酒喝酒。

又聊起陆篆的《复读班》，艾苦说文章好像是他那个毛笔字很好的堂妹誊写的。商隐此时已不在《笔迹》实习，但也听过这个说法，说字写得好一辈子都占便宜，我平时爱好射箭,写字射箭以前都算"六艺",可惜现在没人要看射箭,书法更占便宜。

杜胤尧存心捣乱,问麻将算"六艺"吗?商隐笑笑,当然,"六艺",礼乐射御书数,麻将算"数"的演变。杜胤尧难得浮现出愧疚的笑容,举杯喝干黄酒。

喝到面酣耳热,许飞扬走进书房从书架上取下本《高尔基作品选》,说饮酒赋诗,诗歌是酒精最好的孪生兄弟,我为大家助兴。便读了散文诗《海燕》。读完众人鼓掌。商隐伸手要过书,我也来一遍,用俄文,不过是片段,整段我记不清了。她大学在华师大学俄语,后来退了学。众人屏息倾听,杜胤尧手里的烟也忘了抽,只有全天然自斟自酌的响动。

艾苦说还记得去年在滕州路,秦大哥出题,窗外有明月,今天新朋友也在,朱颜也在,不如续上?商隐说好主意。秦襄向三人说明当初规则。朱颜说那我接着"ang"押韵,"窗外有明月,云来做羽裳。"艾苦点头,不错不错,朱颜厉害。杜胤尧说我来个流氓点的,"轻纱滚红床。"众人大笑。全天然说的确流氓,的确流氓,一边升起大拇指,像是空气里有个隐藏的电灯开关。

许飞扬闭目,沉思片刻,"窗外有明月,何处觅天狼。"

商隐说,这是借了《江城子·密州出猎》的典故,有趣,该上汤了。

压轴的鱼头粉皮汤上完,最后是主食肉丝炒面。全天然两瓶汾酒喝掉了一瓶半,抄起调羹吃炒面,吃了两口放下,说我他妈的,唉,对不起你们啊。接着一语不发,双拳立在台面上青筋绷紧,好像准备在桌子上做俯卧撑。席间很少说话的大厨迟敬德道,这孩子醉了。艾苦说,可他脸都没红。

名厨不只是在厨房研究菜品,有机会还要上席听美食家点评,或出去品尝佳肴,寻他山之石。迟敬德跟随父辈自小耳濡目染经验丰富,说他今天来,不是为了吃饭,恐怕就为了喝醉。朱颜说他的确不怎么动筷子,你看,炸鸡翅膀都没吃几个。迟敬德笑笑,朱小姐懂美食,更是懂观察的。

全天然一挥手想说什么,终究没说出来,右拳锤了一下桌面,碗筷盘杯烟灰缸都跳了下,像台上的交响乐团集体打喷嚏。许飞扬说,的确醉了。全天然瞪他一眼,他妈放屁!还要再拍桌面一掌,被边上的秦襄以左手轻易截住,像接一张飘下来的纸巾。

商隐说,昏过去。

秦襄说,我送他回去。

回滕州路的出租车上,后座的全天然被秦襄、杜胤尧左右加固,嘴里一路念经。沿华山路快开到滕州路时,杜胤尧拍拍司机座位后背,师傅,停车,我们在这里下。副驾驶座的许飞扬说还没到地方呢。秦襄解释,他肯定有心事要对我们说,或许还要哭,招待所那么多新人选手进进出出,被看到了，有损他体面。

司机看了眼后视镜，插话，两位小兄弟懂经的，那我就前面这里停咯。

车停，许飞扬开门下车往滕州路拐角走去，再不回头。杜胤尧和秦襄争了两回合，坚持付了车费。全天然果真一屁股坐在马路沿上，虽然喝醉，鼻子依旧好用，上海夏夜的气味还和去年一样，鼻孔里浸满水珠，柏油马路猛砸脑门，汽车尾气往肺里灌，西瓜皮塞进口腔，可能还有啤酒泡沫散落在灵魂深处。

他有冲动和恶意，想脱下鞋扔到车来车往的马路上，跟过去告别，可不知为什么老爹送他的旅游鞋像长了根，一下脱不下来。他只能拉着手，秦哥啊，我，真对不起你啊！

杜胤尧说你拉错人了，秦哥在边上。说完挣脱全天然的铁爪，让秦襄接住，自己点根烟，摸出写着艾苦 QQ 号的纸条。

全天然握住正确的手，气味像握住一把沙子，本来都定好了我去北京跟你，跟你会师，跟花姐会师，啊，可我爹他妈的……硬让我去学理工，说理工好找工作……实在没办法，他妈的，真没办法……我想去北京找你啊秦哥！我爹不明白，我就想当个，啊，当个作家……搞文学的不去北京，还能，还能他妈去哪儿呢？啊？秦哥啊花姐，我对不起你们……

秦襄说我明白。

全天然说你不明白,我要是去文科班,百分之一千……万分之一亿他妈能考好,能去北京……可我实在没办法,没辙……我那该死的爹,啊,给我起这个破名字,他妈的,还不让我念文科,我他妈的……

第二天下午他在203号房的床上醒来,脑袋微疼口干舌燥,满嘴臭气能熏死自己。对面床铺空空荡荡,走廊静悄悄。他想了足足一分钟才反应过来,今天是决赛日,选手都去晏摩女中比赛了。他喝空桌上的大半壶凉白开,灵魂跟着从天花板下沉到胃袋,躺回床上想起昨晚的失态,不禁颓了,怎么也躺不下去,起身打理行装准备逃离。鞋尖上都是呕吐物,他忍着恶心拿到水龙头下边冲洗。

后来艾苦在QQ上调侃,听说你那晚把招待所的大堂吐得大杀四方,还要跟老板玩蒙古摔跤,跟秦襄扳手腕,要跟杜胤尧亲嘴,结果第二天就仓皇退房逃走了哈哈哈,是不是?全天然回,苦大师你这就没意思了,无中生有捏造事实,啊我是那种没酒品的人吗?那他妈百分之一千、万分之一亿不是啊!

艾苦说你还躺在床上高声嚷嚷,要击败成语言。

全天然说,嗯……这事儿,我记得。

艾苦说脸皮够厚啊你。全天然说嗨,要不想击败成语言,我来参赛干吗?跟成语言不分伯仲的只能是我,啊,必须是我！南有成语言，北有我全天然！

2

第二理工学院毗邻着山西大学，附近还有山西财经、山西工商、太原师范和几所职业学院。高校环绕扎堆，中央位置的却是铁路线边上的许西村。

2001级新生全天然来学校报到时，许西村已从纯农村升格为城中村，小店铺鳞次栉比广告牌层层叠叠，夜晚烟火缭绕，所有魂魄都出来游荡，欲望和欲望擦肩而过各找归宿。每家卖衣服和小饰品的店都商量好了似的，循环放周杰伦和S. H. E.。附近学生称此地为太原"小香港"，生意最兴旺的就三类，小吃、宾馆、租房。

全天然虽是新生大军的一员，却是特殊一员，至少他这么认为。其他人考进大学或许为了改变命运，或许是走形式，或是为了享福和破处，甚至浑浑噩噩根本没有目标。而他给自己制定的四年计划就一条：写作上和成语言比肩而立，毕业后去北京发展。

静谧的大学校园反而不适合创作，烟火气市井气才是小说的灵感源泉和生长乐土。在宿舍住了不到一个月他就去许西村租了房，每月九十块钱，二楼带独立卫生间。楼下是家资质可疑的诊所,门口立牌上手写着无痛人流,流的三点水还多了一点。即便不开窗,麻辣烫烤面筋炒栗子的香味还是能钻进来,讨论各自的地盘归属。

美中不足的是隔壁那对情侣,几乎每晚都要摇床撞墙呐喊,盖过周杰伦《双截棍》和《忍者》,有时大白天也搞这一套。打听下来还是山西大学的,一本,有点操蛋。全天然只能将纸巾一撕为二揉成团塞进耳朵,偶尔也把持不住,在网上搜罗图片,纸巾有了别的用处。神清气爽之后,肉身是颓了,但灵性和神性回归体内,继续写稿。

杜胤尧在QQ上说好家伙你和塞万提斯有一拼,老前辈在妓院阁楼写完了《堂吉诃德》。全天然说哈哈哈哈我的娘,果然大隐于市。

考进不喜欢的学校且创作环境艰苦,但全天然进入了创作爆发期。且不算飞上天的成语言,其他著名选手各有羁绊:丁天封笔,李媛失踪,陆篆匿迹,秦襄忙考研和毕业论文,朱颜、毛琦都在读高三,花可玩乐队。第三届的新星里,杜胤尧不出所料二次复读,湖南女孩匡薇的《分手信》和杜的《明日梨花》齐名,她似乎也在备战高考。

盘点下来,只有全天然、艾苦刚进大学,时间富裕,发文频繁。全天然对苦大师说,这是咱们命运的天梯,一定要爬好了。

《笔迹》有不成文的传统,除长篇连载和专栏,同一作者不能连续两期发表短篇或散文。全天然和艾苦便在杂志上你来我往，轮番露面，9月刊登全天然的小说，10月就有艾苦的散文，11月是全的杂文，12月就发艾的游记，来年1月又是全的随笔，2月是艾苦新短篇……

这种牛郎织女式的竞争局面止于2002年3月，原本写留学生活专栏的旅日作家因身体原因停笔疗养，全天然说服编辑，开始了自己的专栏"理工男生的文学梦"，每月三千字，和另外发的小说杂文不冲突。艾苦没有每月的专栏加持，全天然笑呵呵宣布，这一时期是"全天然时代"。

他的专栏第一篇就是写参赛经历：

上海著名的西部中心徐家汇以北大约两公里，华山路上有个T字路口……走上滕州路若不细看，很难察觉右手边小区门口有块小牌子，写着滕州路招待所字样……两侧昏昏暗暗，都是树影……往里走上三十多米才能看到招待所大门……我跟陆篆、花可他们刚来上海就住这里，当时我们默默无名……等领完奖第一次离开这里，也没想到后来有那么大的名声等着我们……如果说青文赛是让我们起飞的航母甲板，家乡是航母甲板下的飞机库，那么这家招待所就是连通二者的升降机。

就凭这篇文章，滕招自此晋升为青文赛"圣地"。

这年《笔迹》月发行量达到十二万，比上年翻了一倍。杂志社专门开设BBS论坛，供读者上网交流讨论，还能给每月内容投票。全天然虽拿不到每月第一，但总能排前五，偶尔杀进前三。他遂以本名注册在论坛发帖，还公布了QQ号码，希望在网上能够万国来朝。

进入"全天然时代"的全天然无心上课，满脑子想着赶紧下课赶紧走人，赶紧回到人流诊所楼上的出租屋。那台花了两千八百多的组装台式电脑是平行宇宙之间的窗口，在另一个宇宙里，无数人在谈论他，需要他，寻找他。

即便肉身在课堂，他也不安分。进大学后他让老爹给自己买了部摩托罗拉V60手机，售价超过一年的学费，银光闪闪小炸弹，上课时往桌上一摆，人往椅背一靠，二郎腿再一跷，气势就出来了，摁都摁不下去。

他也不再跨入理发店，任由头发疯长，配上肥大牛仔裤，裤裆下面大链条晃来荡去像条金属尾巴，上衣图案不是骷髅脑袋就是燃烧的皇冠，再不然就是左轮手枪（受花可影响），跟同学们的各色格子衬衫格格不入。

上课时桌上的V60常会振动，他也不掐断，猫着腰小碎步往教室外跑。来电基本是些从未听过的小杂志小报纸，或是做合集书的出版社，从《笔迹》编辑、秦襄、艾苦那里要来号码，想跟他约稿。

有堂课上连着来了两个约稿电话，他跑出去两次，间隔不过两三分钟。回来时老师面带愠色，说有些同学业务比我还忙，比联合国秘书长还忙。下面哄笑。老师腰间也别着一部摩托罗拉，不过是寻呼机，中文汉显，想当年也是领时尚之先的高科技玩意儿，倍加爱惜，还用一根座机电话废弃下来的话筒线跟皮带拴在一起。

坐第四排的全天然丝毫不颓，起身收拾书包，您说得对，我的确太忙，日理万机，啊，不耽误您上课了，我先撤，祝您上课愉快。说完一甩长发，两根手指勾着书包带子往后背一撞，大步出门。下面哗然，老师气得把粉笔在地上砸出个小白点。之所以敢这么豪横，因为这门课是跨学院选修课，区区两分，挂了也不必补考或重修。至于绩点和奖学金，绩点算个屁，奖学金是狗屎，全天然只要按时毕业跟老爹全国起交差就行。

回到出租屋打开电脑，网易邮箱和论坛私信里堆满读者来信，QQ列表里几乎各个头像都在抖动，桌面右下角总有小喇叭图标在闪烁，是又有新读者来加好友了。"南有语言，北有天然"是他常在专栏里重复的口号。这八个字的事实含量有待商榷，但在每月十多万杂志读者心中留下了深刻印象。

《笔迹》并非总有成语言的作品，但全天然期期都在。普通读者找不到成语言的联系方式，只能飞蛾扑火般给编辑部写信，恳请他们转交。但全天然的QQ和邮箱是挂在论坛里的，大家找不到成语言，至少能找到他的替代品。

新加他QQ的读者，最典型的一类是先对全天然表达欣喜和崇敬之情，接着自报家门，信誓旦旦要让全天然"记住我的名字……以后一定会在青文赛颁奖典礼/《笔迹》杂志上看到我！记住！一定记住！"

一开始他还被这种豪情万丈所震慑，后来渐渐麻木，只差拿个本子逐一记下这些预言家的姓名笔名，坐等见证奇迹的一刻。时间一久他开始自省，为什么读者里会有那么多狂人，到底是自己身上的何种特质吸引了他们？

电脑另一头的艾苦听他说到这里，一连打了十个"哈"过来。全天然说苦大师过分了，不好笑。艾苦说谁让你公布QQ号，这下傻了吧？全天然说我是在培养自己的读者群，自己的队伍，啊，南语言北天然，我全天然没自己的读者队伍怎么行？

艾苦说你怎么不写古有孟浩然今有全天然？还不如老老实实多写写东西，在许西村多吃吃烤面筋。全天然说你不懂，你在杭州念书，到上海那么方便，啊，有空还能去《笔迹》当实习生，我呢？我这儿去个北京得他妈四百公里，苦大师啊苦大师，我的苦你是真不懂。

他的苦水不再对别人倒，只对秦大哥。秦大哥不用QQ也没有手机，他只能写信寄到北大，字里行间万卡附体：

同学两极分化，要么是网吧怪物，可以几天不回来睡觉，要么是学习狂魔，早上五点起来背单词，稍微有趣的人都租到许西村去了……所以我现在也在许西了。

女生太少了……开个运动会满赛场都是唧唧复唧唧……文学社一年只搞一次活动,就是招新,之后再无音讯,这让社长职权交接的运作成了谜案……

有时候想想这就是命,咱们第二届几个,艾苦命最好,考进浙大,离上海也近,广阔天地大有可为,还能和老朋友新朋友多聚聚。陆篆没声音了,估计不知道闷在哪里复读吧。我这儿不好也不坏,起码人身还自由,可屋外面霓虹闪烁、人间烟火,那都不是热闹,我带着大家伙一块儿热闹才是真热闹……有时在屋子里写到闷得慌,忽然就会大吼一声,估计隔壁情侣也要被我吓一跳。

留长头发真是可怕,也不知道成语言怎么做到的……我头发硬,每次早上起来,头发都像是跟枕头打了十二回合拳击,还输了的那种……洗头来不及,只能用梳子梳,苦啊,比苦大师还苦……大哥要是见到我梳头,肯定会以为我是想用梳子把自己脑袋给揪下来。

万分想念我娘做的炸鸡,许西村有家"啃得鸡",味道实在一言难尽……2000年那次,你和商隐来滕州路的第二天下午,我们去逛南京路,好多人,好长的街,路过一家肯德基,朱颜说我请你们吃肯德基,那感觉就像说,我请大家去火星!我们当然不能让她出血,她才多大啊,高一还高二?大伙就要了最小份的薯条。艾苦和我老家都没肯德基,必须要尝一尝……那时候特有意思,七八个人都只要薯条,营业员大姐眉毛都皱起来啦。店里没空座，我们就占据门外，身边人来人往，吃法更是八仙过海。朱颜口味淡，不蘸酱，艾苦把酱挤到纸巾上，托着纸巾蘸着吃，我就说艾苦你丫浇了个日本国旗！我是右手薯条，左手酱包咬个小口，吃根薯条就嘬口酱，有个山东选手（一下忘了名字）就说，全天然你吃煎饼呐？一口饼一口葱的……那天陆篆不在，好像到书城看书去了，花姐找上海当地的地下乐队接头去了……那时候大家真是太好玩了……我趁他们不注意又去买了几对炸鸡，正宗肯德基，跟我娘的不一样，不过，唉，全世界就我娘炸的最好吃，天下第一！不是吹的。

对秦襄大哥纵有万吨苦水要倒，在网络论坛和杂志文章里，他还是生龙活虎意气风发的全天然。读者传颂的关于他的小道消息，其实十有八九都来自他本人的暗示和引导：有人认为全天然在山西大学念书，全天然可能是学生会主席；全天然可能有个在国外的女友，全天然可能不只一个女友，全天然可能不光是需要女朋友；全天然常在周末坐飞机到上海跟成语言一起踢球，全天然当然有成的手机号，但绝不轻易给人；全天然新买了一台德国小轿车，全天然目前可能在东南亚旅游……诸如此类。

"全天然时代"的全天然在明面上从不承认什么，也不否认什么，任由传闻堆砌，点燃自己的火焰山。满怀敬意的读者则往往摸不清大作家的心思，如果说"你和成语言是我最喜欢的两个作者",全作家会以礼相待;如果说"我觉得你简直就是成语言第二,小成语言",那就等着被他拉进黑名单吧,理由是对方可能在暗讽。

他出版的第一本书《有点偏》是杂文集,2002年4月上市,是整个太原第二理工学院首位出版文学作品的本科在校生。但保密工作很到位,老师同学一无所知,上网的读者自然也就无法知晓他到底在哪里念书。

虽然在《笔迹》专栏里全天然多次向广大读者暗示这本书要开售了,但销售势头并没达到预期:和成语言的《猛》一较高下。许西村附近几所大学的书店,他那段时间频频微服视察,书的确是进货了,也上架了,无奈消失得很慢,今天来看,架子上有四五本,下星期来看,就被人买走一本。再过半个月,已经被集体挪到不太显眼的位置了。

事实上无论艾苦、朱颜、花可还是大哥秦襄,第一本书都没能再现《猛》的辉煌,基本都在五万到十万之间。几人中以艾苦的《地鸟》为最高,刚差不多能到《猛》的六分之一。《有点偏》销量甚至没超过第三届青文赛优秀作品集。

全天然在电子邮件里对艾苦分析了自己销量不行的几大致命原因,比如,纸张不够好,封面不够叫人眼前一亮,里面排版字太密,书名字体太丑,也不够大……总之都和作者本人无关,属实遗憾,浪费了那么好的文字内容,"只能等下本书打个翻身仗了"。

书出了足足半年之后，太原一所高中通过《笔迹》杂志社联系到他，请他去做讲座，谈青少年的阅读和写作。想出这个点子的语文老师很可能只读了他在《笔迹》上的小说和专栏，没看到富有战斗气息的杂文。全天然如约而至。四十五分钟讲座，前半小时的确在讲阅读和写作经验，最后五分钟却出了偏差，他有两句话引起全场学生如雷的掌声：

"学生食堂饭菜的质量和数量，是一所学校最基本的良心。"

"我出书之后老家谁也没送，包括父母，只送给一个人，就是我高二英语老师，扉页就写两个字：人才。"

副校长和教务主任就坐在下面第一排，讲座结束时没像学生那样起立鼓掌，还临时取消了问答和签名环节。送他出校的只有一个中午吃了茴香饺子的团委老师。老师寒暄，讲得不错，以后有机会再合作。全天然摆手说不必，来之前我就做好百分之一千、万分之一亿的心理准备，啊，以后肯定不会来第二次。

走出校门前他灵光一炸，转身，看到教学楼的二楼，有几个学生趴在窗后面朝他挥手。他挥手回礼，傲如骄阳。片刻两张白纸被学生贴在玻璃窗上，各一个大字，"加油"。他举起双臂，左右手各比了个"V"字，一边大步后退着走，差点撞到一排自行车。

也是在10月的杂志专栏里，他提出，青文赛举办已有四年,前三届的一等奖强手如林,排个"十二黄金圣斗士"不成问题。本是灵光一炸的调侃,他自己都没当真。但《圣斗士星矢》在80后群体当中深入人心地位崇高,引用到青文赛丝毫马虎不得,读者在笔迹论坛里竟认真讨论起来,甚至有了不小争议。全天然作为始作俑者不得不卷进去"主持公道"。

若要论资排辈,成语言当之无愧在首位,谁都没异议;北大秦襄、清华丁天声名在外,都有拿得出手的代表作;李媛虽然神隐,《悠长假期,漫漫人生》却是经典,应有一席之地;朱颜连续两届一等奖,紧随成语言之后出书,还请大家吃过薯条,该入;陆篆《复读班》、艾苦《地鸟》、花可《枪炮玫瑰少年》、杜胤尧《明日梨花》、匡薇《分手信》都是名篇;全天然代表作名声不高,但常驻《笔迹》,又率先提出这一概念,百分之一千、万分之一亿得进去。

十二凑到十一,无论如何得补齐。商隐向全天然提出人选:毛琦。

全天然纳闷,这个西秦的橙色小人儿不过是第二届散文组一等奖,今年新出的散文集《余音》销量平平,怎能入选。商隐答,你们评定的标准是过去和现在,我看的是未来。

毛琦在全天然这里没有任何存在感可言,但商隐的面子是必须要给的。当初"小沙龙"一顿盛宴(虽然菜他没吃上几口),这时候必须要还上。他只能硬着头皮在笔迹论坛里力荐毛琦,说他第二届初赛作品《心有林夕》和散文集《余音》如何如何之好。

勉勉强强补齐十二人,秦襄却发话了,他1979年生人,不该位列其中,"十二黄金"应当都是80后。全天然直接打长途到秦襄宿舍,百般游说,说秦哥是我们的定海神针主心骨,精神领袖,你不在里面天理难容,是所谓山不答应海不答应,藏在菜叶里的蜗牛不答应,立于旷野的稻草人不答应,地壳地幔地核都不答应……劝到口干舌燥也没能奏效。

大哥的话不能不听,尤其涉及到他自己。

笔迹论坛里关于十二人名单的帖子越搭越高。全天然另开新帖,转述秦襄的意愿。思来想去,已有的名单里第三届选手最少,且没有诗歌组。"小沙龙"晚宴上朗读《海燕》的许飞扬出现在他脑海里,尽管没出书,但好歹也是诗歌组一等奖,于是向大家隆重推荐许诗人。

青文赛"十二黄金"阵容就这么定了下来。后续还不断有读者来问,为什么毛琦和许飞扬在里面?为什么不是那谁谁或那谁谁谁?全天然有苦难言,统一回复,文无第一,这不过是一个内部的叫法,你要是有资本和话语权,别说"十二黄金"了,弄个"二十黄金"都行。

艾苦在QQ里说谁让你那么喜欢搞事情,搞事情就要承受搞事情的后果呀。说得全天然有点颓，苦大师啊……我，唉，的确应该谨言慎行。

3

谨言慎行是不可能的，全天然向来和这四个字毫无瓜葛，从他永不停息的起外号艺术就可见一斑：秦哥老陆花姐杜爷苦大师许诗人丁主席，这些还算中规中矩。朱颜因被称作"小朱朱"，一度略有不满。毛琦是"小毛子"，有时又叫"赵静"，因他注重自身形象，一有机会就要照下镜子。至于失踪人口李媛，外号更是简单粗暴，"鬼知道"。

"十二黄金"当中只有成语言躲过了全天然的金口。

行业环境也没给他慎行的机会。全天然大一学年结束时，《笔迹》的月发行量突破二十万大关，排进全国文学类期刊前五，前几名分别是《故事会》《知音》《读者》《青年文摘》。从北京上海广州的书报摊，到县城的新华书店，再到小镇的杂货铺，上架时间有先后，有的甚至可以延迟两三个月，但《笔迹》在国内已经彻底铺开，再也难有当年许飞扬骑着自行车寻遍西安一无所获的局面。

2002年夏天过后，高考完的朱颜，复读两次总算考进大专的杜胤尧，新乐队磨合完毕的花可……相继入场，在杂志上频频发表作品。用全天然的话说,"全天然时代"正式结束,进入"百花齐放"时期,盛宴开锣。他的专栏于2003年3月收尾,但短篇散文仍未间断。至于长篇更是胃口大开,同时写两部,结果一部都没按时完成。其中最满意的那篇他本想投给《笔迹》连载,但既然没写完,编辑就不收,只能作罢。

倒是当年1月的寒假,他为文学圈贡献了个经典段子。

早先网上有个女孩加了他QQ,却很少交流,属于"沉默的大多数"那类,全天然没放在心上。离年三十还有三四天左右,他吃过午饭在网上跟杜胤尧斗地主,这女孩忽然来问他今年回不回承德老家过年。

全天然说,别提了,本想请父母去泰国旅游过春节,机票酒店都订好了,结果前几天老人家身体不好,没去成,所以就在家呢。

女孩问,能不能请我看场电影?

全天然现在的口头禅已从"我的娘"变成了"我心里是一点准备都没有"。他马上点开杜胤尧的QQ对话框(ID:吃俺老孙一棒),转述眼下情况,表示,啊,我心里是一点准备都没有,这姑娘怎么这么飒爽而主动呢?莫非来自唐山?

杜爷说,君子好色,当取之有道,让她先发几张照片来看看。全天然当场脸红,虽然没人看见,说不行不行,我他妈好歹一知名作者，啊，怎么能上来就问姑娘要相片？不合适，真不合适。杜胤尧发来锤子砸脑袋的表情，你这呆子，就做好被恐龙吃掉的准备吧，我继续打牌了，你回来记得汇报下战果，最好写个两千字记叙文，要声情并茂，包括手感。

全天然回，你这泼猴，扫黄打非的抓你都不冤。

他点开女网友QQ资料，没什么详细信息，头像是烂大街的蓝色海豚脑袋，昵称是"冰洁清语"，像沐浴露牌子。全天然试探她，你也承德的啊，在哪儿上学？对方说杭州师范。全说杭州好地方，我一朋友也在杭州念书，你读大几？女孩回说大一，你调查户口吗还是怕遇到恐龙？全天然说不是不是，就随便问问，那咱们哪儿见？

女孩约在下午两点半，群众电影院。全天然抓紧时间刷牙刮胡焚香沐浴，穿上新买的羽绒外套，坐公交车赶到，足足早到半小时，选了两张两点四十五的《英雄》。这片子他在太原就看过了，当时是一人看，现在两个人，意境氛围不可同日而语。万一对方是跟他开玩笑搞恶作剧，票子可以直接折价卖给门口黄牛，还能回点本钱。

两点半准时准刻，女孩果然如QQ里说的那样穿着蓝色羽绒服出现在全天然面前，个子挺高，面容清秀，戴白色耳罩，小雪花飘在头发上特好看，胸口衣服还鼓鼓囊囊的。可惜天太冷，闻不出什么气味。

全天然眼睛一亮,飞出串白雾,说你好。女孩也飞出白雾,说你好,大作家。全天然说票我都买好啦,咱们赶紧……诶你是?一个戴黑色毛线帽的男孩走到女孩身边,朝全天然点头笑笑。女孩说哦,这是我男朋友小飞,也在山西读大学,陪我来看电影。

全天然光张嘴却没有白雾飞出。三人就杵在那里,整个北方的雪在那一刻似乎都停了。

最后是全天然有所动作,从外套兜里缓缓掏出两张电影票递过去,你们看吧,我家里好像还有点事儿,啊,你们看吧。女孩倒也不拘谨,接过票,那就谢谢啦大作家。全天然说没事儿没事儿,唉,走了啊。

回家的公交车上他才开始生气,想起女孩的鼻子其实有点塌,想起雪落在男孩的黑帽子上像他妈长了满脑袋头皮屑。车子没开出几站,抛锚了,师傅下车一看,说修不好了等下班吧。到家只有两站路,全天然不愿在外面死等,一步一步往家里走,抄小路走小区里边,还在想着女孩鼻子塌男孩头皮屑,拐角里蹿出来三四个身影,为首的说,哥们,借钱。

全天然两脚生根,肩膀晃了两下,眨眨眼睛看清那几人,面庞五官还有些稚嫩,嗓子像刚发育完毕。为首那个,脸蛋四四方方眼睛细长。放平时全天然能勉强打一个,加上刚才一路上怨气助燃,最多打两个。眼下四对一,敌已对我呈合围之势，阵地战没任何胜算，大冬天想跑也跑不掉，就颓了。

敌见他不动，说，诶哥们，借钱，听到没有？全天然被这话一激，又闻到股韭花酱的味儿，精神气反倒是一扭头奔回来了，说没钱了，他妈刚才被一姑娘骗走了，要钱跟我去家里拿，我叫全天然，不骗人。

四方脸问，什么？全天然说，我说我他妈叫全天然，南有语言北有天然，全天然，《笔迹》杂志青文赛知道吗成语言听过吗我他妈就是那全天然，南语言北天然的全天然。

四方脸的细长眼睛忽然睁大，全天然退后一步，以为他要动凶器。四方脸眼睛又变回细长，从兜里掏出团东西往地上一扔，招呼同伴往小区外面走了。全天然缓了许久才捡起来，展开一看，一张两元纸币，一张五毛纸币。

这一天过得有出有进，还不算太冤。

到家坐回电脑前，他上 QQ 先删了女网友，又分别跟艾苦杜胤尧说了今天的奇遇。艾苦说万万没想到，色令智昏啊。杜胤尧则打了快一整个对话框的"哈"过来。全天然说你可别说出去。艾苦说我可以不说，就怕你自己忍不住。杜胤尧却答，不不不，我要让全世界都知道，哈哈哈哈，见女网友亏了，遇到打劫的居然赚了。

全天然在房间里上网聊天，唉声叹气。外面客厅里，全爹正跟几个老朋友喝茶，聊起眼下广东出现了一种容易传染的怪病。全爹说可别传到我们这里，旅游景点最怕闹这个。朋友说没事儿没事儿，传不过来，我冬天去过广东，也就南方太热，我们这里一冷，一冻，病菌就冻死了。另一个朋友说再不行就多喝点酒，杀杀菌消消毒。全爹丢支烟过去，你其实就是想在家喝酒怕被老婆管，找借口。

话虽如此，2月底快开学时，老爹还是问，要不晚点再去学校？全天然本就不想在家里多待，说我年轻力壮怕什么。全爹还是让媳妇往他行李箱塞了两盒板蓝根冲剂和一瓶白醋，说能杀菌消毒，让他每天咪一小口。

到学校没多久，3月6日太原就有了第一例病例。病的名字也有了，SARS，中文称为非典。学校宣布封锁校园，禁止学生进出。全天然跟辅导员在电话里据理力争，自己就住许西不回去了，回去也是种风险。辅导员冷静下来一想也对，就让他近期别回来，不过这种行为，以后评优秀毕业生就悬了。全天然说哈哈哈哈哈哈，哈哈哈哈哈哈，我他妈稀罕吗？

不必上课让他有了更多时间写作。许西村一部分店铺还开着，但窗外没了往昔喧嚣繁华，只有周杰伦和阿杜的歌轮流播放。隔壁山西大学小情侣也被关在学校里出不来，反倒落个清静。全天然希望这俩人肾火攻心，最好自燃。

机场车站倒是没彻底停运。4月中旬学校还没解封，他接到陌生来电，一听居然是杜爷，还是离家出走的杜爷。全天然心里是一点准备都没有。杜胤尧问你关在学校还是在许西？全说许西，你怎么跑出来了？杜说快给我地址我来找你，唉，总算有免费住的地方啦，我在邯郸住的都是女生宿舍阳台！

杜胤尧前年拿到第三届一等奖时，有名牌大学招生办老师来接触。杜胤尧哈哈大笑说不必费心了，我能用上你们优惠协议就一种可能——和我同届的全省考生在一夜之间伤亡过半。

去年第三次高考，他终于考进大专，父母总算松了口气。那所大专名字长得一塌糊涂：荆州电力工程与机械自动化职业学院石首分校。据说，该校未来的首要战略目标是把校名缩减到七字以内，最好是"荆州理工学院"，读快了就像"加州理工学院"。

杜胤尧在学校的主营业务是打牌，筹措资金，顺便把出版社约的长篇小说开了四万字的头。寒假过后趁着同学手里还有过年红包的富裕，又靠麻将收割到一笔财富，在3月上旬某天坐上了开往岳阳的长途汽车，开启自由之旅。走后不到一星期，荆州名字长得一塌糊涂学院就宣布了封校。

杜胤尧过长沙经南昌，在杭州和艾苦碰头，又去上海"小沙龙"窝藏了段时间。在南昌时他父母已经知道儿子出走，正满世界找人。商隐借给他一笔钱，之后他从上海出发，在南京淮南徐州济宁邯郸都逗留过，主要会见女读者女网友。杜爷收到艾苦的人道主义汇款,正要去石家庄然后进京,忽然灵光一炸,想看看全天然有没有被学校关住。

全天然说你学孔夫子周游列国呢,赶紧来吧,我他妈要在出租屋里憋死了。

和杜胤尧在许西村逍遥的日子,全天然称为醉生梦死,说再来几个人,咱们就能凑出一部《十日谈2》,圆满了。其实两人没动笔写过一个字,澡也懒得洗,熏得对方灵魂出窍,文章灵感尖叫着来哭丧着走。每喝到烂醉,全天然都拍着杜胤尧肩膀,拍得足让对方脱臼,说记着啊杜爷,去北京,必须要去北京,啊,百分之一千、万分之一亿,搞文艺的他妈不去北京,就是白搞,去了北京有秦哥罩着呢,我到时候来找你们!啊,会师!

疫情笼罩之前,他网购了一套荧光紫色的宽大西服。全国起科长要是看到他穿这身,定会把他打回精子状态。疫情之后不能回校,马路人流稀少,这新战袍没了用武之地,只能在屋子里穿给杜胤尧看,走来走去,摆造型,希望兼具古惑仔和韩国男子组合的气质。杜哀求,你消停些,别再晃啦,我眼睛都快被你晃瞎了。

杜胤尧是4月底来许西,5月上中旬走的,到石家庄见了个女网友,在天津见了两个女网友,差点还想去东三省见更多女网友,苦于没钱,最后晃晃悠悠到达京城已是月底,遇到了同样离家出走来京发展的诗人许飞扬。

5月北京情况已大为好转，7月下旬全国疫情消失。暑假全天然没回老家，一直窝在许西搞创作，一等9月开学就去北京找他们，荧光紫西服和白皮鞋让秦大哥目瞪口呆。晚上秦襄作为青文赛的驻京办主任，在五道口附近请他们吃路边烤串，除了全、杜、许，居然还有消失多年的陆篆。

陆篆此时已经起了笔名，鹿原，向其最钟爱的文学作品致敬。他比三年前更瘦更颓了，手指关节突出，身上散发着地下室独有的阴潮味，连烧烤摊的烟熏火燎都盖不住。和杜胤尧相似，他接连两次高考失利。跟杜不同的是没等到第二次复读就离家出走，一路颠沛流离，还遇到奇奇怪怪的人纠缠骚扰，不得不使出金蝉脱壳之计才来到北京。

全天然说那就留下吧，北京吧虽不如上海洋气，但可以谋发展。鹿原连连摇头，不一定，我不喜欢大城市。全天然吐掉鸡翅骨头，大城市才机会多，要是我能有胆子离家出走，啊，说什么也得留在北京。

杜胤尧拍拍边上许飞扬的肩膀，说别光嘴上厉害，你看我们几个，除了秦大哥是名校高材生，现在都跑出来了，你也该跑出来跟我们会师才是。全天然又拿起一串鸡翅，会会会，肯定会，百分之一千、万分之一亿会，啊，不过得等我读完本科。杜胤尧说都拿到毕业证了还算什么自己跑出来，你就是不敢，嘿，就是颓了，商隐教我的上海话怎么说，哦，缩特了。

全天然倒酒时没把握好,沫子沾了一手背,拼命往地上甩,像在练通背拳,一边甩一边说,对,对,我就是缩特了,颓了,啊,怎么地吧。

鹿原说你就别激天然了,人都有自己的困难,各有解决办法,大千世界,道无唯一。说完和秦襄举起塑料酒杯碰碰。许飞扬随了一杯酒和一句话,唉,都是心碎的声音。

当晚,全天然住在杜胤尧许飞扬合租的上清桥的房子里。一分价钱一分货,老墙纸剥落到一半,床褥直接铺地上,抽水马桶还反味儿。隔音更不必说,楼上吵架隔壁叫床,楼下怒吼小孩写作业,想漏掉一个字都难。另一头隔壁人家也很妙,家里养了条狗,女主人叫一声狗就叫一声,但男主人叫一声狗就不叫,过了会儿女主人又叫狗又叫,男主人再叫狗又不叫了。狗叫声中三人又喝了一打燕京,才各自倒头睡去。

许飞扬鼾声如雷,杜胤尧说着不着边际的梦话("我的金箍棒会振动"),用荧光紫西服做被子的全天然久未合眼。这里条件并不比许西村更好,但这儿是北京,政治和文化中心。半夜三点他起来撒尿,神志不定准头偏颇,洒了马桶左边一大片,回到床褥上沉思许久,拿起手机给老爹拨去电话。

对方可能调了静音,嘟嘟半天没人接。

每嘟一下他心跳都停一下,最后自动挂断。

第二天早上七点多,摩托罗拉 V60 的铃声叫醒三人。许诗人直骂娘,杜胤尧问,谁啊?全天然赶紧冲进厕所,马桶左边那摊液体还残留了一部分。他那被酒精烧起来的胆气却一觉睡没了,颓了。全国起问,大半夜找我什么事儿?全天然说拨错了拨错了,没事儿。全爹停了片刻,没事儿,没事儿就好啊,什么都不缺吧?全天然说不缺,什么都不缺。老爹又问,在哪儿呢?全天然回,北京,看朋友。

全国起说,嗯,北京好啊,首都,离承德也近,但毕竟不是承德,学校功课没耽误吧?

挂了电话,回到地铺继续睡。杜胤尧又问,是谁啊?

全天然盯着斑驳的天花板,啊,一个神经病推销员,真是,他妈的。

4

五道口烤串聚会的前一天,全天然动之以情晓之以理,总算说服秦襄大哥加入他的"五角星"计划。

早在青文赛"十二黄金"名单出来时,就有几家媒体采访过他,还留下了联系方式。全天然躺在许西村的床上就常琢磨,"十二黄金"人太多,两只手都点不过来,读者注意力分散。况且丁天主席早就洗手不干,"鬼知道"在哪儿的李媛玩失踪，许诗人更是凑数的，这几位连本书都没出，还不如"赵静"毛琦呢，却能沾光博得这么大名声，身为始作俑者，全天然感到被人占了大便宜。

在床上来回烙饼几个晚上，灵光忽然一炸，全天然坐起身一拍大腿，对着墙壁高声道，他妈的，得一只手啊！

一只手就是五个人，全天然眨眼功夫想好了四个名字：他自己，秦哥，花姐，苦大师。至于第五人是谁，一时难住了。鹿原是候选人之一，但《复读班》之后没出书，也没怎么发小说，很难服众，对帮忙炒作的媒体朋友更不好交代。杜胤尧，杜爷，自己人，老哥们，但和鹿原一样长篇一直拖着，实在痛惜。跟杜爷同届的匡薇，《遍地流年》销量很好声势不错，但不太和人打交道，怕是不太愿意配合。

思来想去，"朱朱"朱颜成了最佳人选。一、二届蝉联一等奖，出书比秦大哥还早，跟艾苦关系也不错，低调写作，作品高产，又是上海小姑娘。上海人嘛，用全爹的话说，讲究细节，但没什么雄图霸业之心，最完美的辅助角色。

这个方案报给了最大的难关——秦襄本人。全天然再三声明，"五角星"全称"文学新生代实力派五角星"，跟青文赛无关，跟80后无关，啊，就是新生代里几个实力派作者，书的确是卖得不如成语言，但是吧，有实力，得炒一炒，壮壮声势。秦大哥听完，问，他们几个都同意了？全天然说还没跟他们提呢，这五角星，五个角（伸出一只手），缺一不可，秦哥您是最重要的一环（指着大拇指），您要是答应了，谁敢不答应？

秦襄说，花可就不在乎。

全天然说，花姐我去做工作啊。

秦襄说你没明白我的意思，但我懂你的心思。

全天然说，啊？

秦襄也伸出一只手掌，这五个人且不说我，写作实力的确不俗，青年才俊，但跟媒体打交道，跟公众打交道，花可不屑，朱颜不会，艾苦不擅，我是不想，最后只剩下你，最后在媒体上作为代言人的也是你，你往后就是"实力派"的代言人。

全天然说大哥你这……

秦襄摆手，但我理解你，也懂你，你在山西不容易，上次"十二黄金"我拒绝了，这次再拒绝就不通人情了，现在这个"五角星"，我听你的安排。

全天然酝酿半天，最后说，唉，唉，秦大哥啊……

五道口烤串聚会后一个多月，全天然跟几个媒体朋友筹划的"五角星"名单正式出炉，给每个成员都归整了看似惊人的履历。巨石扔下去，水花却不大，热度只维持了个把月。全天然对媒体朋友说，现在已经快11月了，来年，啊，等来年，元旦过后咱们再接再厉，争取把这玩意儿再炒一把，啊，轰轰烈烈。

艾苦从不给全天然面子，在QQ上说，有心栽花花不开，无心插柳柳成荫，你这是花柳啊。全天然说苦大师别编排我，你等着，来年，来年咱们指定要炒上天。

来年却不是个好年景，对全天然和"五角星"而言。

2004年开年就来了重大打击：当年那张合影里无意中充当了背景板的橙色小人儿毛琦，2002年从西秦考到上海明德大学，2003年5月以苏穆哲宁为笔名在《笔迹》连载长篇小说《王》，并于2004年1月出版了单行本。

《笔迹》长篇连载，历来是作者的兵家必争之地，一旦登上连载就是每月二十万的基础阅读量，再算上借阅，保守估计每月三十万。谁上连载谁就大火，简直就像真理。除开青文赛知名选手，还有普通投稿者，甚至是圈内已有一定成就的成熟作者。

全天然是连载竞争的落败者之一，当然，败得情有可原。他那长篇还有三分之一没写完。苏穆哲宁开始连载之后全天然翻过几页，觉得故事固然精彩，但不如成语言那么有力量，图的是个新奇。笔迹论坛的每月投票他也在关注，《王》票数总是第一，除非成语言也有作品发表，才会出现双方僵持不下的局面。

QQ里那些读者也不时来问，全大哥，全老师，天然哥，你认不认识苏穆哲宁？有没有他手机或者QQ号？全大哥被问得懊恼至极，统一回复：不熟。有不识趣的读者说，唉，太可惜了，本来还想请你帮我要个签名的。全天然关了对话框，想你他妈还没问我要过签名呢，滚蛋滚蛋，滚蛋蛋。

笔迹论坛虽然热火朝天，但关了电脑谁也不知道《王》到底多受欢迎。如果不是苏穆哲宁而是全天然在连载，照旧每月二十到三十万阅读量，鹿死谁手还不好说。图书销量，才是检验畅销的唯一标杆。苏穆哲宁高三时出版的散文集《余音》，首印可怜巴巴才一万，远不如全天然《有点偏》。同样是"十二黄金"的朱颜和艾苦，第一本书首印上来就是五万册，还一直加印。

2004年第一季度过去，全天然在QQ上装作随意地问一位出版社老师，知不知道《王》的销量情况。老师说巧了，我上午刚查过销售总库数据，然后给了全天然一个数字。他一眼扫过去，啊，两万出头，就这，他们还吹那么响，真是，屎壳郎拿扩音喇叭放屁呢。

编辑老师说哦，不好意思啊小全，我刚才漏打了一个零，抱歉抱歉。

全天然差点从椅子上摔下去。编辑老师不知道他这边的情况，还往他脸上补了几刀，我看这个数据还是有失客观的，以我多年经验哦，1月份是春节，2月份学生才开学，销量肯定是受影响的，越往后啊，肯定还要大幅增加。

销售数据是冰冷的数字，已足够残酷，更残酷的是网上不断更新的传闻，什么某高中两女生在走廊上打架，互薅头发，因女生 A 怀疑自己借出去但离奇失踪的签名版《王》被女生 B 私藏起来；温州乐清有个女孩一口气从书店订购一百本《王》；有人看到结局失声痛哭，一直哭到流鼻血；更有上海的女中学生逃课，跑去明德大学男生宿舍楼下蹲点等作者，被宿管阿姨赶走，还心有不甘，在宿舍阳台下大喊他名字；笔迹论坛上甚至有个帖子，《假如起火了，周杰伦和苏穆哲宁你选择先救谁？》

全天然内心的答案是，先把苏穆哲宁扔到火里，要是还有富裕时间，就救周杰伦——但一定要确保周杰伦会写首歌赞美他的英勇行为。

2004 年 3 月，青文赛发行五周年纪念作品集，在上海福州路书城搞签售，群星璀璨，"十二黄金"到了一半，包括成语言，此外还有老大哥秦襄。全天然专门买了副墨镜，两块反光镜片贼亮贼亮，可以当镜子用，就是为了专门给苏穆哲宁照一照。

结果那天是个大阴天，把他衬托得像个算命瞎子。大红大紫的"赵静"因在南方各省搞巡回签售，缺席本次活动。全天然想瞧把你能的，数典忘祖了都，什么玩意儿。倒是艾苦说唉唉唉你别动，别动，让我照下刘海歪了没有。全天然摘下墨镜，苦大师您自个儿拿着吧。

更可气的是4月里,"笔迹杂志"百度贴吧出了一张人气旺盛的帖子,《大家来说说苏穆哲宁的小说比成语言好在哪些地方》。帖子里讨论争吵谩骂攻讦绵绵不休,最后被管理员删除,自此引发了著名的"开天之争"。帖子里除了围绕主题的发言,有人说废话灌水,有人趁机打起自家产的鸭梨广告,还有人岔开主题说了些颇为伤人的题外话,比如:

"之前杂志上读到什么南有语言,北有天然,现在看来我是被忽悠了……真正能和成语言势均力敌的还要看苏穆哲宁。"

百度贴吧是新生事物,带着点自由主义的味道,允许用户不注册不登录,只用 ip 地址发帖。说自己被忽悠的那个王八蛋就是个 ip 地址。全天然查了半天,只查到对方来自江西南昌,余下的只能不了了之。

胸中块垒不能跟艾苦杜胤尧诉说,想写信给秦襄大哥又迟迟下不了笔,不是缺乏词汇,主要是没脸。全天然再度翻出当初晏摩女中操场上的那张合影,这次他看的不是秦大哥,不是鹿原,也不是自己,而是三人身后那个橙色 T 恤、面容模糊的小人儿。

他豁然想起也是那年,第二届一帮选手逛南京东路,朱颜请客吃薯条,毛琦也混在其中。大家吃法八仙过海,这小子看了一圈,说我要跟你们都不一样。他是拿薯条一头去擦酱料包的口子,擦一下吃一口,擦一下吃一口,美其名曰

"优雅"。全天然当时就想我的娘，优雅个屁，划火柴呢？

凝视照片回忆往事，如俯瞰深渊。一不留神，照片里"赵静"的脑袋被他掐出个月牙弯弯的指甲印，看不清表情的脸蛋一劈为二。放下照片走到窗前，一开窗户，窗外有明月，麻辣烫烤面筋香气也扑面而来。烟火气市井气，生活气，都顶不上这世上有那么多瞎子傻蛋。浓郁的烟火气里他吸出个穷尽，也不管外面在播放他妈的谁唱的他妈什么歌，全天然撑住三秒，肚子一收，郁闷怨气不甘都尽情释放，啊啊啊啊啊啊啊，吓得街上的人纷纷抬头，吓得隔壁小情侣停止摇床，吓得服装店音响喇叭暂时失灵。

凡夫俗子食欲性欲，在他吐纳呼喊的那一刻都暂时静止住。关上窗，不理会楼下"有病"的回应，不理会隔壁的继续摇床，他往床上一倒，哼哼唧唧，南语言北天然，我他妈就是全天然，全天然，全天然老子他妈啥也不缺，啥也不缺！

不止正面战场上遭遇滑铁卢，大后方也浓烟滚滚。

全天然QQ里的读者大致分为三类，一是狂人，二是沉默的大多数，三是话痨，总之没有正儿八经探讨写作的。第三类里有个女读者最为突出，几乎穷尽了一个中学生能想到的所有溢美之词来夸赞他。全天然迷魂汤灌饱，有些轻飘，就把手机号给了对方。

艾苦对这一行为百思不得其解。杜胤尧却表示理解，男人嘛,女读者嘛,这很正常——对了全天然你看过那姑娘照片吧?是不是很好看?什么?没看照片就给了手机号?你他妈有病吗?

可能确实有病的全天然很快悔不当初。一般而言,读者在文学史上是没有地位的,甚至没有生存空间,但假如有天把青文赛写成史料,这位女读者应当凭实力载入史册。全天然背地里给她起了外号,短信机关枪。

早在用电邮和QQ交流时,这姑娘就喜欢写下大段大段日常琐事跟偶像分享。一开始全天然颇具雅兴,逐一回信予以点评,不是对女方容貌有不切实际的幻想,他就是这么精力旺盛,挥霍无度。

给了手机号,相当于二十四小时全年无休向她开放。全天然每隔几小时就收到一条短信,内容老一套,生活琐碎鸡毛蒜皮,絮絮叨叨,毫无内在逻辑可言,比QQ上有过之而无不及。几星期后全天然已经颓了,不愿再回复,她仍乐此不疲,也不问"你怎么都不回我"这种有自知之明的问题。

全天然唯一爱从她嘴里听到的是"我觉得你写的比苏穆哲宁好得多"。但听多了也就麻木了,某天幡然醒悟:这种真理,没必要由一个小女生读者天天告诉自己。

秦襄大哥倒是没有责备他"不慎行",而是指条明路,可以考虑换个号码。全天然说,啊,我这号码办了个挺贵的套餐,有点舍不得……

百度推出贴吧功能之后，全天然紧跟潮流，马上给自己建了"全天然吧"。短信机关枪毛遂自荐要担任吧主。全天然深感惶恐，又不敢直接拒绝，让她先当个小吧主。这又是步错棋。此后她短信里添加了很多小报告，吧里其他管理员谁谁擅用职权，谁谁谁爱惹事生非，谁谁谁喜欢在背后说人坏话——最后这条，全天然觉得短信机关枪应该把自己也算进去。

她也不是全然没有正面贡献。2004年7月全天然出版第二本杂文集《天性使然》，短信机关枪飞快买了一本，将其中的精彩段落手打到电脑，在笔迹论坛、各相关贴吧张贴宣传。段落里不乏错别字，还有明显的标点错误，全天然仍不免有些感动，想这些年总算没白挨那么多短信骚扰。

感动还没持续三天，短信机关枪就闹出幺蛾子。她在QQ上给全天然留言，"前几天去新华书店看到你新书被放在角落里，我很不服气，就拿了几本盖在门口的宝塔上，不用谢我哦"。

不光嘴上说说，她还当场拍下照片发过来，有图为证。

所谓宝塔，是书店进门处店员用花式堆叠起来的上市新书。机关枪把全天然的书盖在其他宝塔最上面，无疑是捣乱行为。不仅如此，她还把照片发到笔迹和青文赛贴吧，大言不惭，宣称在学雷锋做好事。全天然心里是一点准备都没有，看到QQ留言为时已晚，天大笑话已经酿成。好事者存下照片，传到笔迹论坛和其他贴吧。有眼尖的人发现，宝塔里有一座是匡薇的短篇集《喜柚》。

"十二黄金"自相残杀的传闻不胫而走。

头大如斗的全天然让几个吧主四下公关，请笔迹论坛和贴吧删帖。至于匡薇本人，他想亲自赔礼道歉，无奈找不到门路。这位第三届的著名作者据说患有社交恐惧症，神龙见尾不见首，当年参赛特意没住选手扎堆的滕州路招待所。成名后她一不做新书签售，二不做讲座，三不用 QQ 和 MSN，手机号更是高度保密，出版社杂志社只能通过电子邮件同她联络，全天然为此还取过外号，"抱琵琶"。

《喜柚》也是匡薇的第二本书。上本是销量不俗的长篇《遍地流年》。全天然在书店翻过，味同嚼蜡，还在信里对秦襄表示，该书情节波澜不惊，其中大段大段的心理描写应该能治好全世界最绝望的失眠患者。同样青文赛知名女作者，艾苦情节奇幻语言富有诗意，朱颜的细碎里带有市井活力和诙谐，花可更是比男的还爷们——"花姐要是个男人，至少得长两根那玩意儿"。

但眼下，无论是否欣赏其作品，他都要低下头颅弯起膝盖，以大局和体面为重。联系不到匡薇，全天然只能在笔迹论坛和百度贴吧公开道歉，并把祸因归咎于"某位过度激动的读者"，希望有人能把这段话传到匡薇和其他作者那里："十二黄金"是年轻作者的队伍，绝不会自相残杀。

杜胤尧特地来电慰问，丑人多作怪，谁让你不先看照片的，以后可要长记性啊。全天然不服，万一长得好看也他妈可劲儿作妖呢？啊？杜胤尧说长得好看那就不叫作妖，叫劫数，在劫则难逃也，懂吧？

他的致歉声明如此卑躬屈膝，一反平日"南有语言、北有天然"的豪迈。但私下里他忍无可忍，给机关枪发了几个月来第一次短信，让她不要再来干扰自己的事业，总帮倒忙。措辞很严重，翌日一觉醒来全天然也略有悔意。但这一招竟然奏效，再也没有她短信进来，网上她也消失匿迹，一切令人愉悦又欢快。

即便经过短信机关枪这番闹腾，《天性使然》被更多读者听说，但这第二本书还是没有打出翻身仗，销量还不如《有点偏》。

2004年9月，大四开学，全天然的苦恼被暂时转移了，因为他开始谈恋爱了。

在广大单纯的读者心中，全天然迄今为止谈了至少一卡车的女朋友，但现实是他进大学后就一直埋头写作，废寝忘食，根本无暇男女私情，生理上更是处子之身。当初出版第一本书《有点偏》，他还一时热血上脑，严肃认真仔细地考虑过是不是要去许西村南面某个发廊连片的区域，剪个长短不变的头发作为庆祝。最终法律意识战胜了荷尔蒙的激情，他觉得没什么必要，还容易连累身体健康。

倒是当年第二届那帮哥们姐们,早早开始捉对厮杀:童子尿煮蛋和土笋冻恋爱,甚至受到激励考到厦门大学;油炸蝎子和东北毛蛋进大学后玩异地恋,分分合合六七回合,观众乐此不疲;牛瘪火锅跟爱穿人字拖的广东选手在广州合租,说白了,同居;最可气的是内蒙的老孟,给他和秦襄、鹿原拍过照的老孟,跟昆山选手搞异地恋,平平稳稳,还跟全天然说,等我俩大学一毕业就去扯证。

全天然回,我他妈,这比赛过去才几年啊,你就一路高歌要钻进爱情的骨灰盒?老孟说,感谢你的祝福,记得到时候除了红包再带点鹿肉酱,的确好吃!

既有客观刺激又有主观念想,全天然的校园恋爱不能不谈,不谈就是甘于人后,给集体拖后腿,给大家脸上抹黑。这是他大学第一个也是唯一的女朋友,姓冯名媛,大二在山西大学读工商管理系。

冯大小姐的长相不值得大书特书,主要优势是身材高挑。老爹靠矿产起家,她的目标是成为一位货真价实的贵族名媛,平时自学法语,但在全天然听来就像喝热汤时舌头被烫着了,烫出口腔溃疡那种。以煤炭致富的冯名媛身上自然没有煤炭味,每天换着花样的各类香水让全天然失去了分辨能力。

二人第一次脱去束缚坦诚相见,是在山西大学南面的金岛酒店高级大床房。全天然洗完澡裹着浴巾慢步而出,被窝里的名媛左看右看就是觉得不对劲，最后恍然大悟，你怎么把地巾给围上了？

擦脚的地巾挂在浴室玻璃门的把手上，被全天然误以为浴巾。大囧之下他摘掉地巾，露出那条自带拉链小袋的天蓝内裤。冯媛笑得失却了贵族名媛的优雅，哈哈哈哈你哪儿买来的？全天然遭受二次打击，激情略有消褪，正色道，这是我的幸运内裤，当初去上海比赛就穿着它了！

冯小姐脑海里飞快做完加减法，脸上煞白，上帝啊！一条内裤你穿五年？！全天然说那倒没有，获奖后我只在重大时刻穿，比如大学期末考，可惜高考没穿上。冯小姐松口气，那还好。说着把被子一掀，我身上穿着一件只有聪明人才能看到的衣服，你看得到……还是看不到？

全天然这一刻脑袋坚硬，舌头发直，我的娘，看来……我是弱智。

冯媛说我看你分明是匹诺曹，鼻子都长到下面去了。

那晚之后，杜胤尧QQ上问，怎么样？全天然说，什么怎么样。杜胤尧说少装蒜，老实交代！全天然只能回答，啊，那个，反正……还行，不如连夜写完一个短篇痛快，但是吧……还行，我心里还是有准备的。

床上固然还行，下床穿上衣服，继续互相看不惯。

几乎每约会一次，全天然就要打个长途向杜胤尧诉苦。他弄不明白每次去她宿舍楼下凭什么都要他礼节性等上十分钟，冯名媛才肯姗姗下楼，有这十分钟他能多写一两百字文章；周末看个电影还得在她指导下穿得像卖保险的学生会主席，西服三件套外加领带；得养成用手帕的习惯；吃个炸鸡翅要用刀叉，也不能点带大蒜的菜，更不允许点韭花酱，哪怕吃涮羊肉。

他暗自给女友起了个绰号"冯"（von），德国贵族的姓名中常见此字。

"冯"却纳闷作家男友脑子是不是少根筋，且不谈堪称玄学的穿衣风格，他居然还会去买一双暴走鞋来穿。暴走鞋又叫"飞鞋"，看着像增高鞋，其实鞋根和鞋头底部藏有轮子，掰下来就如同脚踩风火轮，哪吒再世。"冯"毫不留情地批判说幼稚小学生才会穿这个，差不多就是哪吒的年龄。全天然辩护，外面新出个什么包再贵你都要买下来，这么时尚多用的鞋子我倒是买不得了？诸如此类，二人总能在每一分钟每一小时找到对方身上天大的新缺点。

更可气的是，冯小姐分明学的是工商管理，这专业要文化没什么文化，要说多有科学含量也就那样，四六不靠，居然觉得自己有资格过问男友的写作。她好几次问，你下本新书写到哪儿了？能卖到成语言苏穆哲宁那样火爆吗？全天然嘴巴一偏，那都是商业成功，我是作家，啊，作家。冯小姐说人家也是作家，也都是青文赛出来的呀。全天然说他们那是奔着畅销书去的，畅销书又不是文学，我搞文学的，文学作品基本不畅销，不能类比。

冯小姐恍然大悟状，又问，那你文学上搞成功了吗？什么时候拿诺贝尔奖？

全天然脖子一歪，你这人……

恋爱刚满一个月，国庆假期到来。"冯"跟父母去欧洲旅游，全天然窝在许西村忙着给连载未遂的长篇收尾，争取再现苏穆哲宁《王》的辉煌，甚至是超过他。假期最后一天，"冯"落地北京机场没多久就打电话来问，你是不是去上海了？全天然心里是一点准备都没有，矢口否认。"冯"说别狡辩啦，你的贴心女读者都在贴吧里说了。

全天然头皮一麻。假期里他全心写稿，没上百度贴吧。果然，短信机关枪重现江湖，在"全天然"和"笔迹杂志"吧发帖，说前天全天然到上海来看我，还请我吃了一顿很高级的意大利菜呢。

短短几句话，信息量过大，全天然删了自己贴吧的帖子，又去找"笔迹杂志"的大吧主。对方在QQ上发来意味深长的"哦……"，删帖后安慰他，其实吧跟女读者吃个饭也不算什么事儿。

电脑另一头的全天然险些一掌拍碎鼠标，说我就没踏出太原一步！

"冯"那边就没这么好解释了。他把短信机关枪的来龙去脉丰功伟绩诉说了一遍，"冯"轻蔑一笑，表示，你们男的啊自己做事不干不净,一出问题就泼脏水给女性,都是女方的问题,我妈说得果然没错。全天然脑袋里每根血管都差点爆开,你说谁不干净?啊?谁不干净?我他妈的,肉头财主家的女儿,还真把自己当名媛啦?当上名媛就干净了吗?沾着血的煤炭堆上起来的还觉得自己是白雪公主,他妈搞笑不是!

"冯"到最后时刻还保持住了准名媛的得体,又是一声蔑笑,行吧,你我到此为止,你可以安安心心去找那女读者吃意大利菜了。全天然为这段恋情画上一个十分不体面的句号,说去你妈的女读者,去你妈的名媛。然后挂了电话。

当晚他给杜胤尧打长途,因为这种破事难以向秦哥启齿,会被艾苦笑话。他分析了下,之所以跟"冯"恋爱,无非母校女生太少,冯小姐穿着打扮又洋气,足以满足自己的虚荣心。至于"冯"当初为什么看上他,可能是对名媛之路有所误解,认为必须要找个知名文艺青年练练手。

杜胤尧刚转行去当电视编剧,正在商务牌局的间隙去撒尿,说,嗐,分了也不错,别颓了,以后来北京找个更好的,影视圈姑娘多了去了,我给你介绍。全天然说我没颓,唉,这压根不是姑娘的事儿。

短信机关枪并没有就此作出深入灵魂的反省,又是短暂匿迹。全天然权当是德国人的潜艇又沉下去了,不知哪天抽冷子又给他肚脐眼来上一发鱼雷。艾苦忠言逆耳,说你不骂醒她她肯定还要出来兴风作浪。全天然说我也不敢啊，万一骂了她，她一想不开非要绑着我自爆呢，投鼠忌器啊我他妈。

向来善于和女读者打交道的杜胤尧也是头一次遇到这么棘手的人物，爱莫能助，还问全天然这姑娘真名叫什么，在哪儿念书，今年多大？或许能想办法找她家长老师反应一下。全天然说这就缺德了，不行，啊，不行，都是年轻人，把老家伙们牵扯进来干吗呢，年轻人的问题咱们年轻人自个儿解决。杜胤尧说那你解决吧，说说看怎么解决。全天然想了半天，我只能烧香祈祷，她手机让人偷了，父母破产了，把家里电脑也卖了。

杜胤尧说，你这人。

全天然说，我有预感，她还会回来的。

这年快结束时，东南亚遭遇特大海啸，死伤惨重。中国政府向印尼捐了五亿多，算上民间捐款大概十亿，其中就包括全天然——确切说，是短信机关枪以他名义捐了两百多元，然后网上四处宣扬，著名作家全天然极富爱心德艺双馨，不愧是南语言北天然。

上百个复制粘贴的帖子里，短信机关枪列举全天然得过的奖、发过的文章、出过的书，给人造成另一种印象：这个全天然，完全是借着捐款之名四处打广告推销自己，而捐款金额并没有像他的履历那样璀璨夺目。

全天然看到这些宣传,先在椅子上瘫了半天,一言不发,被秦襄大哥及时劝住,才没有发表声明说压根没捐款——否则只会让笑话越闹越不可笑。他对贴吧其他管理员发了话,以后机关枪或疑似机关枪的账户发言,一律删除不问内容——去他妈的自由主义互联网精神。

此事过后,他很少再去贴吧转悠,似乎忘了还有这么个宣传阵地。至于贴吧管理员是否遵从指令,他也不太在意。实在是,他妈累了,21 世纪的读者太难伺候。

5

2005 年春节晚会,赵本山和范伟演的小品是《功夫》。全老娘说你看范伟,像不像以前你们学校门卫室梁大爷。全天然说,还真的挺像。遥想多年前,新世纪第一年,那个夏夜,全天然去上海前,就是绕过了梁大爷,在高中操场上开一个人的誓师大会。梁大爷去年夏天刚退休,回宽城跟儿子一起住。此一夏,彼一夏,五年说长不长,说短又很沧桑。

年初五,银行开门,全天然去了次附近的农业银行。吃过"炸小鸡腿"配韭花酱的晚饭,他表示要和老爹全国起单独谈话。老娘说你们聊吧,我还有毛衣上最后一截袖子没织。

父子二人还是隔了张茶几,全爹坐沙发,他坐椅子。茶几上没有酒,只有热水泡枸杞。去年老爹查出重度脂肪肝,从今往后在家滴酒不沾。客厅还点着荷花味的线香,令他想起艾苦当年的香囊,以及她的天生幸运,至少她父母不会逼着她做这做那;还有夏天一身栀子花味的朱颜,以及仿佛一粒沙子的秦哥,几乎都不受来自家庭内部的压力。至于鹿原杜胤尧许飞扬这些哥们,父母虽然施加压力,但他们都选择出逃,选择游击战术,选择以跑代打、避实击虚。

只有他全天然,需要咬着牙,在正面战场上,从正面对老爹发起总攻。

茶几上放着他的农行存折和新长篇《山海精》的出版合约。

2003年在北京上清桥杜胤尧的住所,给老爹打完电话,他回到学校仍不甘心,再打了次电话,说出心里话:他凭自己的实力,以后完全可以不干本专业工作,也不用回老家考公务员,就是纯粹靠写作为生。

全爹有半分钟没说话,全天然都怀疑是信号不好。全爹问,你们圈里,啊,现在谁是龙头老大?全天然说,嗯,那个……暂时是成语言。全爹说大名鼎鼎啊,那这成语言,啊,一年能挣多少?

全天然一时算不出这笔账,只能含含糊糊道,那个,差不多,一本书怎么也能有一百万吧。全爹说一百万,嗯,一百万，你呢，他的一半能赚到吗？全天然说暂时不能。全爹问，那三分之一？五分之一呢？两只巴掌里一根指头总得有吧？全天然不能只给自己留下半截指头，忙说，有，那必须有。全爹"哦"了声，这成语言，现在出了几本书？这全天然还是清楚的，答说四本。全爹又"哦"了声，说，得了，四本，那就是四十万。

父子之间遂达成了新的约定：如果大学四年里能出三本书，赚四十万，全天然就能如愿得到想要的自由。其实他心里大致有个底，成语言也不至于每本书都能卖出一百万册、赚一百多万。但"南有语言，北有天然"，都是平起平坐的人物，他不能占"南语言"的便宜，没面子，不像话。

此时此刻，全天然银行账户里躺着五十多万，还有第三本书的合同，已经完成目标。全国起端着枸杞水，略略俯身，扫了眼存折，拨两下合同，微点头，往后一仰，说我还有个疑问，儿子，你给解答解答？

全天然以双掌撑膝，重心前移，眉目凝重，您说。

老爹就开始说了。出书是拿版税收入，合同上写着印数乘以版税点再乘以定价，看来是行业通行算法。全天然的第一本书定价十二元，根据全爹打听来的，一般版税点是7％到10％之间，且算最高的10％，那每本书能拿一元二毛，第一本书印量七万册，合计八万四，刨去所得税姑且算七万八；2004年第二本书定价十四元，还是算10％版税点，印量八万册再扣去税且算十万元；此外可能还有其他稿费收入，零碎加起来，啊，且往高了算，五万多，总额也就是二十三四万。

全天然目前读大学，三年半，除了学费和第一台手机，就没再问家里要一分钱。他今天租房子明天换电脑换手机，还要吃喝，要买新衣服新鞋，要付手机通话费，付上网费……姑且就算一年两万，三年半用掉七万，银行卡里最多也就剩十六七万。

如此，问题来了。全爹问，你现在多出来那二十好几万是怎么来的呢？全天然心里真是一点准备都没有，反问，我那几本书的印量你怎么会知道？老爹放下茶杯，起身进卧室，转眼拿着两本书出来放到茶几上，一本《有点偏》，一本《天性使然》。全天然出书，从不往家寄样书，老爹也不提，原来是自己早就买好了。书的首印、是否加印，都在版权页上写得一清二楚。

他的两本书都没有加印，但至少卖得差不多了。

全天然面对再度坐下的全爹，说，那二十多万吧……是版权，啊，是我把书影视版权卖了。全爹端起杯子吹了吹，热气扑面，你是不是以为这书我买来以后就没看过？两本都是杂谈和散文，每篇最多六七千字，哪篇能卖二十万？拍电影还是拍电视剧？啊？还是第三本书还没出，人家就来买了？

他哑口无言。老爹说，别以为你爹是个就会喝酒喝茶看报纸的土包子，以前在部队里我是后勤的，搞数字脑子特别灵，自从你出了书，我也没少学习出版知识，因为，我想知道我儿子到底行不行。

他儿子现在换成以肘撑膝，垂头不语。其实他自己就剩七八万的积蓄，老爹刚才的算法都是给足了脸面。回老家过年之前，他在许西一天抽两盒烟，最后下定决心，问几个最好的朋友借钱，言明节后必还，百分之一千、万分之一亿会还，当然，利息没有。

艾苦和商隐各借了他六万，朱颜五万，花可这个穷搞摇滚的还借了一万。杜胤尧新近到手一笔剧本费，最富裕，一口气借出十五万，还说，不借给你也迟早被女朋友们挥霍完，正好能让我花钱的速度缓一缓。

全爹见儿子闷声不响，放下茶杯，双手十指交叉扫了眼客厅，四十万，两套我们家房子都值不了这么多，你们这代人了不得，说实话，我挺佩服，不过儿子诶，开口问朋友借钱，那滋味好受吗？

全天然挪了挪左脚根，椅子发出轻轻的"吱呀"代替发言。

开了口，钱的确有了，全天然知道自己面子也从此没了。开口如自残，他算是残了。残了的全天然当初要给诸位债主写欠条。花可和杜胤尧都没要，朱颜商隐收下了。艾苦说我的欠条就放你那儿,丢不了。全天然说苦大师啊,唉。

老爹说,不管好不好受,借到就是赚到,当初定那四十万,我是故意说个不可能的数,啊,结果你还是拿出来了,我不知道这里头多少是借来的,但能借到手,一得有能力,这样有钱的朋友才认你,二要会做人,人家才信你,三能拉得下脸,过你自己那关——这说明我儿子还真有点儿本事,啊,该知足了,再拦着你,我全国起这个爹就当得不像话了。

做儿子的抬起头看着对面的男人。男人伸出左手,止住儿子的欲言,我全国起给你划的道儿,你全天然不走,想走你自己的,我认了,但从此以后,无论你那条道儿上有多少坎坷多少风雨,你都记住,不用指望我,我这边已经没有道儿再给你全天然走了,这,你也得认。

他深吸一口气,背部挺直,点头。老爹露出久违的笑容,俯身翻到两本书的扉页,从上衣口袋摸出支钢笔,既然如此,咱们就定下了,还烦劳大作家给我签个名,我得好好收藏起来。

他接过笔,打开笔帽,压住封面页,问,就光写名字?老爹说,赠言,嘿,就写个"认"字吧。他又点头,签完。左人右言,是"信"字,他四年前已遵守诺言。现在,左言右人是"认",人说的话挑的道儿,是个人就得认下。

老爹逐一看过,把《天性使然》还给他,说签了字就算画了押,合同一式两份,啊,各自保管,这份就是你的——

我猜，很少会有人把你自己写的书送给你吧？

全天然摇头，说还真没有。全爹笑笑，那现在就有了，走你自己的道儿去吧，到北京去投奔你那什么秦大哥去吧，啊，希望……他是借你钱最多的那个。

秦襄

1

"我们都在写作,唯有秦襄是在思考。"这话出自艾苦。

2001年9月,纽约双子楼被撞。1999年曾上街游行的秦襄室友感慨,天道有轮回。大洋彼岸一片慌乱,这边平安无事。艾苦和全天然开始大学生活,压力骤减时间宽裕,除了创作,另一大日常要务是和秦襄通信。用全天然的话说,"信生活频繁"。

第二届青文赛群英荟萃,除了艾和全,陆篆没了消息,花可主业搞摇滚。倒是西秦的毛琦,尽管读高三还常给秦大哥来信,恳请开列书单。他不是秦襄所看好的人,回复的书单都较为敷衍。

全天然也请大哥开书单,但信里更多是耿耿于怀被迫学理工,属于小沙龙醉酒那夜的多次复刻。秦襄不知如何回复,只是单薄劝慰,每封回信二三百字绰绰有余。

艾苦高级,通信聊的多为写作和阅读感悟,秦襄可回二三千字，内容涉及对几本书和作者的看法，《笔迹》和青文赛今后的发展思路，对大众智慧和大众审美的二元化观点，等等等等。

唯独不聊网络小说。在他看来，网上根本就没有文学。艾苦私下对朱颜道，要激怒秦襄倒也简单，和他聊网络文学就行。

两人通信也甚少谈及成语言。继杂文集《猛》后，他又出版长篇《翻墙计划》，据说上市一个月就出现盗版，在三轮车上被沿街贩卖。又据说，有家公司已花五十万买下影视改编权，正在写剧本，选演员，预计最快后年年初即可开播。

五十万人民币，在北京或上海繁华地段足够买一套百平米的新房。

秦襄在"911事件"两个月后给艾苦的信中写：

"有天回过头看，或许，你们这批人的出现，比你们的作品更值得被写进文学史，甚至社会学教材。"

热火朝天的"80一代"里还没人想过这个不详的命题。用"你们"而非"我们"，因他自认和艾苦、全天然、成语言不是同代人。自己究竟算哪代人，他也没有答案。若能超脱时代，是幸运。若思想超脱时代，羁绊和作为都留在当下，又是不幸。

没人理解他的愁思，包括艾苦。她考进浙大，新书出版,《笔迹》实习,受邀讲座。春风得意马蹄疾,马蹄一快,沿途很多细节就无法察觉,无法与之探讨至深。

"北大秦襄,清华丁天"在《笔迹》读者中广为流传,但也到此为止。丁天在学生会什么职务,秦襄新出哪本书,知者甚少。作为标签和次等旗手之一,似乎光有那句话就足矣,其他的,无人在意。众人更关心头号旗手成语言的一举一动。

但青文赛选手是认识秦襄、和秦大哥保持联络的,来京旅游、探亲、上学,都会找他。商隐一语成谶,他真成了青文赛驻京办主任,未名湖畔石狮子,不动如山,光迎八方来客。艾苦在信里说,大家都知道来了北京找秦大哥,都需要秦大哥,但你自己需要什么呢?这是个谜。

的确是谜。他大三伊始就准备考研,动机无他,想晚点找工作——不是找不到工作,是不知究竟想做什么。和小弟全天然的意气风发相反,他这个大哥深感无力,也只在信里对艾苦诉说:

"十年难遇的机会,自认力量薄弱,找不到发力方向。对于你们这批人的崛起,没人比我更高兴,可能也没有人比我更担忧。"

他觉得在这场"青年人的文学狂热"里,自己是种半抽离的存在。

2002年4月,北京乍暖还寒,他如愿考上本校中文系研究生，又能在校园待三年。导师齐宇轩年届五十，系里公认的怪人，虽著述颇丰很具江湖名望，却跟其他教授交往很浅。考研前，秦襄想办法去办公室找齐教授，特意附上自己的《宫里人》。那天齐教授心情好，接过书翻了起来，速度如机枪。翻完之后，问秦襄，野心何在？

秦襄听过他的性格传闻，如实回答，纯文学。

齐宇轩笑笑，不如哭丧：你这本书，一般，不过沾了成语言的光，你是青文赛出名的，但又不喜欢成语言。

秦襄：为什么这么说？

齐教授：这里是北大，没人会喜欢成语言。

秦襄不语。

齐宇轩：写作是很长久的事业，年纪轻轻出一本两本书，以后回头看，不算什么，磨的是长进。

秦襄：晚辈受教。

考上齐教授的研究生之后，新一届同门兄弟姐妹，秦襄是唯一没提礼品就去拜访的。

齐教授：不必谢我，带硕士生是院里强制规定，不然我一个都不想带。

秦襄没说话。

齐教授：你没带东西，很好，不像他们，送的都是不想要的，全是累赘，坏心境。

秦襄：那……您希望……

齐教授：真要有心，以后遇到好茶叶，带三两，记住，只要三两，多了不收——遇不到，不如不送。乱送等于乱来，我最烦乱来，苍蝇无头，还嗡嗡生厌。

秦襄领首，告退。

导师干脆利落，让他连世俗陋习也学不得。全天然第一本书《有点偏》也在4月上市，双喜临门。书还在排版时全天然就找过他，请大哥作序。秦襄左思右想觉得不妥，最后告诉小弟，何德何能，不敢代为写序，但可在封底写段推荐，也很简单：

"真性情，真想法，真文字，快言快语，纯属天然。"

全天然如获至宝。封底上还有另外两人推荐，分别是二届的艾苦和三届的杜胤尧。本来还有第四人商隐。商隐回绝道，噢哟，我算什么啦？无帮无派，无名之辈，不可以的。

全天然：你可是余守恒的外孙女啊。

商隐：那就更加不可以了呀。

秦襄得知后打长途给商隐：你这样不太好。

商隐回：管好你自己的路，勿要替别人走。

刚出书的青文赛作者都学会了新鲜风气，要在折页上放个人简介，还要放照片。上世纪九十年代已经有出版社这么做，但作者往往年纪偏大，有些照片甚至是从旅游照、生活照里截出来的形象。

"80后"这批作者青春年少，无论如何不能输给前人。

两获一等奖的朱颜在 2000 年准备出版《听到彗星划过》，朱母翻遍女儿从小到大的相册，每次提名都被朱颜驳回。她很幸运，高中校服里有套西装，花了两百多，穿了没几次。结果折页上的照片被全天然调侃成：我的娘，求职照。之后秦襄出版《宫里人》，明智选择不放照片。花可《野蛮生长》也如法炮制。艾苦吸取朱颜教训，没穿校服，而是一袭蓝裙，侧对镜头，拍照的是她父亲的朋友，市摄影家协会主席。虽然成片未能得到百分百认可，至少躲过一劫，没被嘲笑。

出来跑，迟早要还的。现在轮到全天然了。他对作者照要求"个性十足"，最好是爱因斯坦吐舌头那种，或贝多芬跟命运之神互掐脖子的斗狠气质。无奈他发质太硬，被雨淋过后脑袋就像只蒸完桑拿的刺猬，可塑性很差，硬要走狂放风格，只会给人一种早上起来没洗头的错觉。朱颜在 QQ 上温雅回击，给这张照片取名为"起床气"。

贝多芬计划流产后全天然又别出心裁，想让人给自己画幅油画，代替照片。得知雇人画画的大致费用后，他立刻蔫了。最后结局是，读者翻到《有点偏》的折页，会看见全天然先生的后脑勺。

朱颜表示，没脸见人。

《有点偏》上架前夕，全天然给秦大哥寄来签名本，扉页上写着："送给我的偶像秦襄秦大哥"，落款是"南有语言,北有天然。全天然"。

付梓之前全天然就给他发来过电子文稿,秦襄没给点评意见。现在拿到实体版本,他只翻扉页和目录。在宿舍的架子上,青文赛作者只有艾苦、朱颜、花可的书可以摆在上面。远在西秦读高三的毛琦,倒是比全天然还早一个月出版散文集《余音》。折页上也有作者照片,据说是西秦当地影楼拍的,看上去"上了猪皮那么厚的一层白粉"。

他还起了笔名:苏穆哲宁。

苏穆哲宁寄来的签名书,和全天然《有点偏》一起待在秦襄储物柜的深处,一如当年的首届青文赛优秀选集。

这年,青文赛选手迎来出版爆发,除了全和苏,9月艾苦出版长篇小说《海兽卷》,10月朱颜出版短篇集《人民广场》,成语言出版第二本杂文集《浪迹》。全天然适时提出了"十二黄金"概念,自说自话把秦襄列进入。他得知后婉言拒绝,理由是年龄超出。

艾苦:是不是因为觉得在胡闹?

秦襄:是不想再沾你们的光。

艾苦:我知道你在想什么,70后生人,《宫里人》觉得打磨不成熟,杂志屡投不中,一赌气投去青文赛,没想到真得了奖,但总觉得德不配位,沾了弟弟妹妹的光——本想路边打劫,结果成了皇宫贵胄。

秦襄:知我者,艾苦是其中之一。

艾苦：那你到底算不算青文赛的人呢？

秦襄：身是，心不是，一代人有一代人的精彩，精彩和热闹是你们的……我只希望除了成语言，你们这代人还有别样的领导者。

希望只是希望，希望总是羸弱。青文赛成名之时，其他妖魔鬼怪随之而来。在杭州读书的艾苦寒暑假去上海《笔迹》实习，带回若干叫人消化不良的消息：

第四届青文赛截稿前夕，编辑部收到大量疑似造假的比赛报名表，有的是投稿者找快印店复印的，更多是地下黑作坊伪造的杂志，用纸粗糙，色差明显，油墨劣质刺鼻——这些都被组委会视为无效投稿，无论参赛者是故意的还是被骗的。

有些城市的培训学校开设了"青文赛写作辅导班"，号称有八成的把握让学员杀进决赛，师资来源鱼龙混杂，但无一和青文赛组委会、评委有关。

街边卖盗版的三轮车上有售《成语言全集》，为《猛》《翻墙计划》《浪迹》叠加，厚厚一本只要十块钱，买者众多。还有挂羊头卖狗肉，名曰《猛浪计划》，封面作者"成语言新"，后面加个"著"，乍看之下"成语言新著"，内容却是其他人写的，和成毫不相干……

秦襄在电话里听完，感慨：盛世即乱世，鲨鱼巡游四海大快朵颐，免不了下面有小鱼贴着肚子，捡残渣剩饭。

艾苦：怎么就没人卖《艾苦全集》？气死人。

秦襄：这些人毫无品位可言，有品位的谁会买盗版？读书如进食。

艾苦：也是。

秦襄：希望这些都是点到为止，不会再突破想象力和底线，唉，人心不古，可能我太幼稚。

2

2003年开年迥异以往，人人都在谈论非典，一如1998年他考进大学的暑假，人人都在谈论洪水。

开学后全天然来电，问他北京那边板蓝根好不好买。坊间传闻，板蓝根冲剂抵御病毒有奇效，京城各家药房都断货。全天然说我爹给了一大包，给你快递些吧，每天就当咖啡喝也行，心里图个安稳。

秦襄表示不必，什么都不如本身心里安稳。吃了传闻有效、科学上尚未证明的良药，等于承认向恐惧臣服。

疫情搞得人心惶惶。

4月初，张国荣自杀，萨达姆倒台。中旬，许飞扬顶着疫情来到京城。二人上次见面还是前年第三届决赛，"小沙龙"的饭局上。秦襄听说他从咸阳考去了广西某二本，被当地潮湿的"回南天"和吃不惯的米粉折磨得万分痛苦。

许诗人因缘际会,入选青文赛"十二黄金"阵容,但对诗作发表、诗集出版毫无裨益。今年寒假期间,他在家思考许久,认定留在二本院校念书是浪费时间和青春,决意出走。寒假结束后他根本没回广西,隔壁广东正是非典重灾区。

他在河南和山东游历几日,踌躇接下去是北上还是南下,忽然想起全天然当年的布道,北京有秦襄大哥,遂选择北上。

家人很快发现他没回学校。父母两地分居,母亲在咸阳照顾生病的姥姥,父亲在西安当警察。游历豫鲁时,许飞扬借朋友的证件登记住宿。往家里寄平安信时,先寄给第三届认识的选手,由他们转寄回咸阳。邮戳来自天南海北,父亲无从查起。

全天然称之为"迷踪拳式通信"。

初到北京,非典肆虐,高校封锁,许飞扬在北大门口傻等苦等。好在有本地家长隔着校门给孩子送衣服食物。每有学生前来,他就隔着校门问认不认识中文系研究生秦襄。

终于第三天,遇到认识秦襄的学生。对方带话过来,秦襄说知道了,得等。对方问等什么?秦襄说,等天黑。

天一黑,秦襄便从东面墙头翻过去,落地时脑海闪现成语言的长篇书名《翻墙计划》,不由苦笑。赶到大门口,许飞扬盘坐路灯下，形容枯槁。秦襄带他去附近小饭馆，三个炒菜两个凉菜一盆汤，三个大馒头，许飞扬风卷残云，秦襄一筷未动，说了不下七次"慢点"。吃饱喝足秦襄叫老板结账，许却掏出五十元纸币放在桌上。

秦襄：原来你还有钱。

许飞扬：全身上下一百块多点，要是在北京找不到你，就靠这点活着，最后留两块钱打个电话给我爹，让他押我回家。

秦襄：还是留了退路的。

许飞扬：找到秦大哥，就没有退路了。

秦襄：好。

才过了一星期，同样出走的杜胤尧从太原许西村来到北京，无意中和许飞扬会了师。秦襄托少得可怜的人际关系四处打探，终于在上清桥附近觅得一间便宜的房间，前三个月房租由他这个驻京办主任垫付。入住当日，许飞扬高举秦襄买来的燕京啤酒，朗声道：敬生命，敬自由，敬不羁，敬黎明，敬开始，敬伟大的文学和卑微的我们自己。

杜胤尧加了一句：敬逃出监狱。

秦襄：我这个大哥当得不称职，能力有限，以后还得靠你们自己。

许飞扬：秦哥大恩大德，我们没齿难忘。

一而再，再而三，秦襄没料想来京投奔自己的还有第三个人，第五届的散文组一等奖廖小棠，笔名李维坦，初赛作品《太极与太阳：从老子到尼采》。

李维坦并非被父母通缉，是正儿八经考来北京。他1986年生人，小学初中各跳两级，在兰州高中母校素有"神童"之称。投稿参加青文赛时正高三，父母也不阻止，8月去上海决赛时已被人民大学传媒系录取。

初到京城的李维坦立刻找秦襄大哥拜码头，双趣亭到蔡元培像也就两公里多，骑车二十多分钟能到。有了先前丁主席的经验教训，秦襄对新来的小伙子没展现出太大热情，有理有利有节，并旁敲侧击问是否在学校参加社团、学生会之类。

李维坦撇嘴：那帮土包子，瞧不上我，我也瞧不上他们。

秦襄没说话。

跟一进大学就封笔的丁主席不同，李维坦倒是笔耕不辍，连续在《笔迹》发表杂文，反响算不上热烈，至少能让秦襄聊表欣慰。

对李维坦不满的人是远在太原的全天然。他还没跟秦大哥会师北京，倒是李维坦这小子抢先一步。二人通过杜胤尧的搭桥初次加上QQ，全天然开口就不客气：李维坦，起笔名还带姓氏，讲究人呐。

李维坦：前辈，听说过鲁迅吗？

全天然被噎了下：当然，你是要自比鲁迅？

李维坦：不敢，先生一生起笔名一百四十多，但世人皆知鲁迅二字；前辈笔名真名合二为一，又有多少人知道"南语言北天然"？不必急着回答，答案您心里最清楚。

二人的聊天记录拢共也就这四句。

商隐的评价更是让人绝望：现在北京城有刀削面（秦襄），杭州片儿川（丁天），武汉热干面（杜胤尧），咸阳汇通面（许飞扬），兰州牛肉面（李维坦），哈哈，真是"京城五碗面"。

全天然不敢跟秦襄商隐发牢骚，往后明里暗里都管李维坦叫"小李子"，通电话提起时要拖长音，在QQ上要打成"小～李～子～"，是为精神胜利法。

国庆前夕，全天然来北京玩，秦襄在五道口附近请他、杜胤尧、许飞扬和久未谋面的陆篆（鹿原）吃路边烤串。李维坦识趣地称学校有事，没出席，算是避免尴尬。

全天然宜将剩勇追穷寇，端着酒杯说这个小～李～子～啊，不行，一点儿男人胆量都没有，哈，颓了，我全天然还能吃了他怎的？

杜胤尧杀他威风：这个李维坦我跟他喝过一回酒，我喝大了，他一点事情都没有——人家十四岁开始喝白酒，现在是一斤起步，你行不行？人家不来，其实是给你留面子。

全天然不说话，埋头啃炸鸡翅，骨肉嘎吱作响。

五道口聚会过后，10月中，"神舟五号"上天，秦襄第二本书《南北千里》上市。此书是杂文集，销量比第一本还好，甚至上了《京城日报》季度好书榜。

南北千（公）里，上海到北京的直线距离。作为一个小县城出来的青年，他写了在全中国两大都市的生活见闻，比如上海很多公交站走非对称路线，同一线路两个方向的车站往往不是面对面，甚至还会隔个红绿灯路口、拐上一个弯，让人难以捉摸；上海的第一中学、第二中学都简称为市一、市二，而不是其他地方常见的一中、二中；北京地铁站台内的两处自动扶梯，往往不是一上一下，而是全部都往上；到了四五月，上海梧桐树的果毛，北京杨柳树的飞絮，都是令人窒息的灾难，堆积的柳絮甚至能引发小火灾。此外书里还有些文化杂谈，写得并不较真，很放松，反而有了更好的销售成绩。

上榜后没一个月，同时有两拨人找他，表面看是文化媒体人，其实背后分别代表了龙方侍和穆怀恩。两位都是被写进当代文学史且仍健在的人物，一个七八十岁的资深元老，一个五六十岁的中流砥柱，据说彼此的关系还很微妙。

二十多岁的秦襄不胜惶恐，去找四五十岁的齐宇轩要意见。

自去年当上齐教授的学生，他越发觉得这位导师超然物外，潇洒到离奇。三两茶叶收得坦然，不送也无所谓。别家导师多多少少会让研究生帮着做点事，齐宇轩既不让学生当苦力，也不过问学术进展，更不喜欢他们来烦他，就想当个山上仙，隐于雾中。平常旷起课来比学生还厉害，都让博士生代课，因为要到处出差开会，飞在天上。

齐宇轩获悉秦襄的困扰，在长途电话里就回四个字：谁都别理。

秦襄如实坦诚：这，很难。

齐教授换个角度：你这本是散文，不是小说，小说是你看家本领吗？

秦襄：应该算是。

齐教授：看家本领要练好，其他都是出着玩儿。

秦襄不语。

齐教授：不要稀里糊涂地走进江湖——有小本事的自愿当跟班，有点本事的等着接受招安，有天大本事的要顶着刀子自己闯出一条路，没本事又运气好的人才会觉得自由自在。古往今来，都是这个道理。

秦襄沉默许久：学生受教。

李维坦获悉齐教授的回答，说，你导师可真算活明白了。

秦襄：希望我也能像他那样活明白。

李维坦：您其实很明白，但不想承认自己明白。

秦襄：什么意思？

李维坦：秦大哥比我聪明得多，这问题不该问我。

秦襄：我还是想问问，你就当我揣着明白装糊涂。

李维坦：您坐镇北京，心里想的却是一整代人的事儿，尤其是跟着您的人。

秦襄：姑且算是。

李维坦：以前是大哥好当，小弟难混，现在世道反过来，大哥好认，无非讲个年龄和资历，可厉害的小弟难找啊，兹要找到潜力股就得搞好关系——大哥也罢，兄弟也行，只是种说法，但这层关系要好生维系；古代师父收徒可以收很多，但真正出师、长脸、撑门面的就那么几个；孔门三千，贤人呢，七十有二，千分之二十四的概率，这您肯定比我明白。

秦襄：所以？

李维坦：所以，全天然许飞扬这种小弟，认亦可，不认亦可，水平有限，并不能给您长脸；杜胤尧我吃不准，有才华，但难以驾驭，你们最后可能混成相忘于江湖的兄弟；倒是有个人，据说此前一直对您示好，您却不以为意。

秦襄：谁？

李维坦：毛琦……不，现在该叫苏穆哲宁。

秦襄：从未在意过他。

李维坦：该在意的，他现在起来了。

苏穆哲宁是个惊喜，5月起在《笔迹》连载长篇小说

《王》，网上好评如潮。那是年轻读者从未见过的故事，发生在一个从未出现过的古代王朝，流落民间的王位继承人，性格张扬的盗匪，被诅咒的驯兽师，心怀叵测的法术异人，各种族和派系的力量在王权争夺中此消彼长，充斥阴谋诡计、权术斗争和生离死别的爱情悲剧，还有巫术、魔药和奇异动物。最后主角和几个配角均死于一场末世冰雪暴，冻成姿态各异的冰雕，深埋地下，几千年后方被世人发现，是"白茫茫一片大地真干净"的结局。

原先的毛琦现在的苏穆哲宁，去年刚考进上海的明德大学，学广告专业，常往"小沙龙"跑。据大厨迟敬德说，商隐待之如亲弟一般。

秦襄也曾问过商隐，为何对这孩子高看一眼。

商隐：怎么，吃醋了？

秦襄：不开玩笑，想问实情。

商隐：因为有缘分，他还懂得抓住缘分。

苏的老家西秦，古称银城，以井盐闻名，十分富庶，有名菜火边子牛肉。1999年商隐云游西南各省，到过西秦，尝过那道菜，至今难忘。现下遇到西秦小城出来的少年，自然要相助。

秦襄：我问的是实情，不是世情。

商隐：实情就是，我看不惯成语言一家独大，想要挖出和他对抗的新人，助一臂之力，满意了？

秦襄：他不是最好的。

商隐：最好的，又不认我。

秦襄沉默片刻：也对。

商隐：你也不问问，我心里最好那个人是谁。

秦襄不语。

商隐：你们眼里这只发光的玉兔，最早最早，是我从地上抱起来的。你老觉得自己看中的兔子最好，成语言你看不上，毛琦你不喜欢，自己又不愿出头，这个理由那个原因的，到底谁在害怕？

秦襄又不语。

商隐追问，说句实话吧，成和苏，你两权相衡，觉得到底谁好？

秦襄：那……还是成语言更好。

商隐挂断了电话。

苏穆哲宁还在《笔迹》上连载长篇时，商隐就已经为他联系好出版方，不顾《笔迹》长篇连载完毕才能出单行本的惯例，2004年1月提前出书。秦襄作为规则的维护者，再度提出异议。

商隐回：昏过去，成语言横空出世，遵守既有规则了吗？

苏穆哲宁不只是惊喜，是巨大的惊喜，惊喜到全国的图书经销商都在给出版社发行部疯狂打电话，要求加印补货。

于他们而言，无论成语言还是苏穆哲宁，只要能快速、大量地销出去，就是绝世好作者。

如此一来，成语言的铁杆读者开始不满。原先一元制小宇宙被打破，人人都在讨论《王》和苏穆哲宁。《王》杀入2004年一季度文学销量榜前三名那天，就有人在笔迹论坛为苏穆哲宁高唱赞歌：

"他不用得罪任何圈子和行业，不用在报纸和电视上宣告自己的态度就取得了惊人成就……是真正靠故事取胜的。"

4月下旬，哲学大家张岱年去世。之后"笔迹杂志"贴吧《大家来说说苏穆哲宁的小说比成语言好在哪些地方》和随之而来的删帖直接造成"开天之争"爆发。成苏两派拥趸开始在互联网每个力所能及的角落里进行争论、辩驳，甚至攻讦。

中学时代教给人的经验是，班上的第一名和第二名从来不会是好朋友。问题是谁第一谁第二。唇枪舌剑的高峰从4月一直持续到10月初，后续接连不断。那些刚从小学升到中学的年轻读者一批又一批加入这场注定没有结果也没有尽头的辩论，而两个作者从未就此表过态。

秦襄写给艾苦的电邮里，认为所谓"开天之争"粗糙莽撞且毫无意义，它虽然代表了新生代作者"偶像二元制"的诞生，但也开创了一种糟糕的先例：生于同一时代、本该有共同语言的年轻人，只因各自偶像是竞争关系，就在网络上筑起街垒和火炮，和素未谋面的同龄人唇枪舌剑，誓要代表偶像本人争个你死我活。

小弟全天然虽遭"短信机关枪"的骚扰，但还是在贴吧和论坛频频发帖，指责苏身为作家，（相比成语言）毫无社会责任和担当，只懂取巧，百分之一千、万分之一亿的取巧，利用前人留下的经典叙事套路去讲述忧伤的故事，以此博取眼泪和"眼球"。

"十二黄金"里，他也是唯一光明正大站出来发表批评意见的。

艾苦问：你这就不叫自相残杀了？

全天然：我这是说句公道话。

艾苦转头对杜胤尧道，他不是力挺成语言，只是讨厌苏穆哲宁抢了自己臆想中的风头。杜胤尧回，要是这帮小屁孩个个都有性生活，就不会气血旺盛在网上吵架了——Make Love & Peace.

李维坦的话则让秦襄心惊：看来我发的帖子真是个导火索。

秦襄：是你写的？

李维坦：本来就是想试试水深，没想到扔下去的是枚核弹。

秦襄：……唯恐天下不乱。

李维坦：大哥此言差矣，我不发帖，苏穆哲宁照旧比肩成语言，一切只是时间问题，这个您最清楚，古人说因势而谋,什么叫势,人众成势,气势汹汹,你,我,都阻挡不住,我只是顺势而动。

秦襄:那你到底支持谁?

李维坦:谁也不支持,就像秦大哥一样,成语言您看不上,苏穆哲宁也看不上,您最看得上的我猜就两个,一是陆篆,现在笔名是叫……鹿原?《复读班》风靡全国,可有用吗?最火爆的时候却销声匿迹,白白浪费大好"势头";另一个是杜胤尧,我说过,难以驾驭,果不其然现在当编剧去了,良禽择木,能说什么呢?说了也是白说。

秦襄:还有艾苦,朱颜,还有花可,还有匡薇。

李维坦摆手:几位女作者都很厉害,但不是角逐中原的材质,众人说《三国》,蜀汉,曹魏,孙吴,什么三分天下,其实您也知道,最精彩的只有蜀汉曹魏,赤壁之战广为流传,说到底孙吴拿出手的只有周瑜,黄盖是硬性需要。大众接受能力有限,三国之争其实只有两国。曹魏吃下蜀汉才有东吴溃败。当下有成语言,有苏穆哲宁,足矣,谁再进来只是个添头,配角。

秦襄沉默良久:所以我现下要等的人,等不到了?

李维坦:等不到,等到也是浪费,什么叫三而竭?天地,阴阳,新旧,强弱,正邪,从来都是二元,世事皆如此,秦征六国,楚汉争霸,隋唐演义,宋元,明清……万宗归一,就是两方相斗,其他人再进去,不是为时已晚就是甘当配角，这就叫大势所趋。

秦襄：配角，自有配角的精彩。

李维坦：配角，也有配角的无奈——据说苏穆哲宁高三时常给你写信，你又与上海的商隐交好，这是千载难逢的机会，当谁的小弟不重要，当谁的大哥才最重要，秦哥可要权衡好，小弟说话大哥可听可不听，大哥说话，小弟肯定会听，这分量不能比。

秦襄忽然有种想抽烟的欲望：你……比丁天厉害，今天累了，快回学校吧，走晚了宿舍就关门了。

3

2004年3月，青文赛在上海福州路书城做五周年纪念文集签售，李维坦因学校有事没能去成。7月里，秦襄要去听万长义《崇祯年间》（下卷）的讲座，再度前往上海。李维坦无论如何也要跟着，说哪怕帮您提个包也好。

故地重游，《笔迹》杂志社自然是要拜访的。时值第六届青文赛截稿前夕，露台上仍旧堆满落选的参赛稿，完全可以让现代派艺术家做成宏伟假山。

秦襄随手拿出几摞挑着看，就有两篇不错的。不能怪评审没眼光，第六届收到投稿六万多份，最后选出两百人决赛，一将功成万骨枯。只是谁也不能保证，这一将就是文学的未来，枯骨里不会绽放出新的花朵。

他对李维坦感慨，中国太大，人太多，希望那些漏网之鱼还有其他机会跃上龙门。

艾苦正在日本旅游。商隐也不在上海，但还是委托迟敬德在"小沙龙"设宴款待秦襄。在座有她舅舅、出版人陈一鸣，鹿原（陆篆）的堂妹陆小尧，朱颜，以及身处"开天之争"风暴中心的当红作者——苏穆哲宁。

当晚迟敬德端上的佳肴有活醉虾，盐焗鸡，酿丝瓜，果珍冬瓜，酒蒸蛤蜊，老鸭扁尖汤。李维坦不像当初全天然那样光喝不吃，将台上美食扫荡了一圈。秦襄筷子动得少，酒杯也动得少，心里浮现一个自造词："饕餮家"。

口感极好的绍兴黄酒，李维坦也没少灌，到最后一个眼珠能当四对眼睛用，一把搂过苏穆哲宁，拍着他肩道，老兄，哥们，我要是你，就趁现在风口浪尖赶紧自立门户开工作室，不！开公司！去跟《笔迹》分庭抗礼！记得算我一股，现在是商品经济社会你懂不？商——品——经——济！

商隐的舅舅陈一鸣听到这话，在角落里莞尔一笑。其他人则吓得不轻，包括刚走红不到一年的苏穆哲宁本人。

饭局尾声，李维坦在院子里哇哇大吐，方才吃下的美味佳肴原路返回，滋养植物。陆小尧和迟敬德忙着拍他背。陈一鸣走到秦襄身边轻声问，你这位小老弟今年才十八？是个聪明人，嗯，也许太聪明了……

当大哥的听了心有余悸。

因为不是青文赛的决赛时节，二人下榻的是滕州路招待所，住一间。隔日酒醒，李维坦被秦襄带去上海火车站。秦襄回山西广灵，李维坦却不回老家，直接到北京，因为找了实习单位，一家互联网公司。

两人要坐的火车都还没到点，索性在熙熙攘攘的大厅找个角落，坐而论道。李维坦不知昨晚在酒席上说了什么狂言，现在反倒豁出去，忍着头痛，跟大哥直言相待。

秦襄：人有七窍，其中六窍只管进，一双眼睛观察，两只鼻孔闻吸，一对耳朵倾听——唯独嘴巴特殊，就一个门洞，不但要吃要尝，还得出，出就是说话。七窍里只有一窍用来表达，说明出时要慎之又慎。

李维坦：我口说我心，对毛……对苏穆哲宁说的，也是对您说的，只是酒壮我胆。

秦襄：要他自立门户，是数典忘祖，得意忘形。

李维坦：能力出众者开宗立派，再自然不过，是万物演化的规律，人类以猿猴为祖宗起源，进化后自成一派，反倒把猿猴关进笼子，以为观赏和研究，难道也是数典忘祖？我只惋惜，是苏穆哲宁而不是我来开宗立派，我生得晚，进大学早，被称为"神童"，但以青少年写作来说还是来晚了，生不逢时。

秦襄：来得晚，或许还能后来者居上。

李维坦摇头：居不上了，昨晚尽管喝多，但喝多之前足够察言观色，苏穆哲宁是无比精明之人，我的话他其实听进去了，只是碍着其他人在场不便表明，故装惊惶，可能连大哥你也骗过了。

秦襄不语。

李维坦：您最早看中第一届丁天，志不在此，其次看中第二届陆篆，白白浪费机会，再看中第三届杜胤尧，不是当领袖的料，全天然更是毫无指望，艾苦、朱颜或可偏安一隅，但拉不出大旗，您可能还看中过第五届的我，但有所顾忌——唯独没看中的毛琦，苏穆哲宁，成为一匹黑马。

秦襄再不语。

李维坦：这次一门心思跟您来上海，就是为了会会他。成语言我没见过，但肯定聪明，不聪明的混不长久，混不出四年的如日中天。苏穆哲宁我见到了，也是精明——所谓一山不容二虎，是老话，过时了，山上两只虎众人才有热闹看，山头才会被关注，吸引豺狼熊豹，妖魔精怪。我想做山上虎，眼下这座已有二虎的山头，我不留了。

秦襄：那往何处去？

李维坦：互联网，搞网站，搞融资，那里群山连绵，会有我的山头。

秦襄：嗯，窗外有明月。

李维坦：什么？

秦襄又不语。

李维坦笑：您或许觉得网络只是单纯工具，毫无精神内涵，看不起，我也理解，但听小弟一句话，苏穆哲宁需得交好，以后受用无穷，一尊佛可兴一寺，一寺可兴一山，一山可兴一地……至少，不要忤逆他，留得人脉在。

秦襄：原本以为你有些道理，可越到后面越不着调。

李维坦：就当是酒醉未醒吧，啊，我的车开始检票了，秦大哥，咱们京城再会。

9月，俄罗斯发生别斯兰人质劫持事件。开学后李维坦忙于上课和实习，很少再来北大找他，一如当年丁天。丁主席这年也顺利保送本校研究生，很快当上了研究生协会的主席，毕业后留校进团委做行政只是时间问题。

六个月前在上海参加青文赛五周年文集签售时，丁主席还感慨，一晃眼居然都快五年了，人来人往，真是大浪淘沙，老了老了。

秦襄想，是啊，浪淘尽，身边依旧无人。

"京城五碗面"，丁主席、李维坦各奔远大前程，一个从政，一个从商。杜胤尧还在写作，不过是写电视剧本。他倒是一有时间就找秦襄喝酒，每次都带着不同的姑娘。艾苦比喻，"世上每片雪花都是不同的，杜先生带出来的姑娘也是不重样的"。全天然的说法是，要放在二十年前，老杜的坟头这会儿应该开始长草了。

还有个关于他的段子是,他小学时老师问未来的梦想,杜回答:光荣退休。

李维坦看人确有准头,杜胤尧缺乏成为一方领袖的要素:表现欲和表演欲。更重要的是,杜胤尧是写作者,却对文学丧失了信心。一次,杜胤尧难得没带姑娘出来见大哥,大哥总算能对他敞开心扉,寄予期许。

杜胤尧抱个拳,说,文学本质已死,我不像鹿原是殉道者。

他当编剧之后的一大感悟是,纯文学本来就不该流行和畅销,本来就是小众作品,广大人民群众需要的是麻将、扑克牌、家长里短电视剧。

杜胤尧说,纯文学最后的读者只剩作者和编辑,还未必有评论家,今天还有年轻人在写,但还有年轻人在看吗?

临走,杜胤尧留言,我虽是写作圈逃兵,但大哥终究是我大哥,今后跟您一起吃饭喝酒扯淡还是没问题的。

许飞扬还在写诗,写得很愁苦。秦襄推荐他去几家小杂志社实习,收入微薄。许无事不登三宝殿,每次来找大哥一定是又需要帮忙,但大哥往往力有不逮。

秦襄在信里对艾苦道:我这个大哥当得颇为失败。

艾苦回:你不是还有我和全天然吗,哈哈。

秦襄:唉,先别提他了。

自诩头号小弟的全天然，被狂热读者"短信机关枪"骚扰得苦不堪言，一边对朋友倒苦水，一边又百般不忿，说有这么个神经病这么折腾我，让我出丑，坏事传千里，我都这么牺牲了，怎么还没在网上走红呢？就像那个什么，啊，芙蓉姐姐，到处都在说她。

相反，网上最有吸引力的八卦传闻还是关于成语言的，比如他新买了什么汽车，在哪里给小学生当足球队兼职教练，是不是换了女友，以及苏穆哲宁据说在学校外面租了三室二厅的大房子，请了三个佣人，还养了条名贵的宠物狗之类。全天然问艾苦，这帮人啊，之前搞"开天之争"不都是很有精神的吗？怎么到我这儿被妖魔鬼怪缠住就都蔫了，都懒得说了？南语言北天然，白念叨这么多年！

秦襄私下对艾苦道，全天然，是境遇好一点的拉斯柯尔尼科夫。

平庸是慢性毒药，要一个人二十五岁之前就发现和承认自己不过是个平庸的人，委实有点难。至于艾苦，李维坦也点评过，很聪明，是好聪明，没有缺点的聪明，问题就在于这种聪明太完美。

世间总缺又傻又聪明的人。

还有个人认他这位大哥，正是李维坦要他好生维护关系的苏穆哲宁。

2004年10月，苏的《秋有明月冬赏雪》上市，是短篇小说和散文的合集，借着《王》的余威登上11月文学类畅销书月榜前五。他当年第一本书《余音》也在趁热加印。

苏穆哲宁被加冕为青文赛第二位现象级的作者，编辑部计划在明年初的杂志上刊登《秋有明月冬赏雪》的纸上研讨，准备邀人写点评。其中一位，编辑部定了笔迹论坛某资深版主。另一人选是苏穆哲宁主动指定的：秦襄。

自从到上海读书，他每个月仍给秦襄去信，请列书单。《王》爆红全国，这个习惯也没中断，仿佛在秦襄这里他还是在西秦小城读高三的少年毛琦。

李维坦大放厥词的"小沙龙"饭局上，苏对秦大哥频频举杯，还亲手给他打了一碗老鸭汤，连一旁的陈一鸣都没这待遇。

《笔迹》编辑要给秦襄寄苏的新书，供写点评。秦襄说不用。该书还没正式上架时苏就寄来样书，扉页上写："当年大哥出题，窗外有明月，是书名的灵感来源。"

可惜这本书，一如当初寄来的《余音》和《王》，被秦襄塞进储物柜深处。

截稿时间是11月中旬。他每日翻书三次，合上书，难以下笔，不是没有想法，而是想法太多，太真切，下笔如出刀，刀锋伤人。

短短几日他已养成习惯，傍晚在未名湖边闭目静坐，头脑放空与世无争。每次睁眼，手脚皆寒，湖面上远远地似有一人,如履平地朝他走来。那人面孔变幻莫测,有时是男的,像丁天,又似鹿原。有时又好像是女的,像艾苦,像商隐,又似有天鹅的颈项。

夜幕降临后,湖畔奇人辈出,都不惧怕北京入冬后的寒冷:三个人手牵手谈恋爱的,清唱走调的意大利歌剧的,还有武术社的练双截棍,耍青龙偃月刀。有天一个声音在他身后响起:

"兄弟,注意你好久了,练哪门功的?切磋切磋?"

回到宿舍,室友已经回来,桌上正在泡着方便面,面碗上盖的是《秋有明月冬赏雪》。

这是室友的坏习惯。

秦襄是图书馆常客。借的书不能长留,是种微妙的遗憾。为弥补遗憾,他针对每本有意思的书做笔记,几年下来累积厚厚好几本,有总结,也有重要摘抄,都排列在书架上。曾有一次室友泡方便面,随手抽来一本压盖子。秦襄发现后,气得一星期没和对方说话。

但这次他没有冒火,也没把书拿回。

室友从厕所出来,面色尴尬:不好意思,我……我……又被抓现行了。

秦襄没说话。

室友:我还以为是谁送来的……这不像你平时看重的书。

秦襄：的确不像，谢谢你，帮我想通一件事情。

他取出纸笔，开始写点评，直写到室友上床睡觉，写到凌晨两点。翌日又去学校附近网吧打成电子稿，略作修改，发去编辑邮箱，同时抄送艾苦。艾苦看完后发来短信，问，确定要这么写？他可是一直对你挺敬重的。

秦襄：他越敬重，我越要真诚，写文章时不考虑文章，只考虑世情，是俗物。

艾苦：唉，希望他能懂你一片苦心。

交完稿，他一身轻松，续写2004年感悟总结，在末尾写道：

"这年发生很多大事：刘翔雅典奥运会夺冠，韩国科学家宣布克隆出人类早期胚胎，美国人在火星表面发现水，马德里爆炸，摩洛哥地震，印度洋海啸，西哈努克亲王退位，埃尔弗里德·耶利内克拒领诺贝尔文学奖，表示应该颁给彼得·汉德克——可能还有，苏穆哲宁的《王》一年卖了一百万册……世界日新月异，风云迭起，但都和你秦襄无关，只能记上一笔。"

4

2005年元旦过后，《笔迹》刊登了那两篇点评。秦襄写道：

"出版这部散文集，显然是因为作者被此前巨大的胜利冲昏了头脑……整本书十多篇文章只讲了一个中心思想，就是描述甚至吹捧自己的忧伤和孤寂……文字优美，主题贫乏，不知所云……可喜的销量只能说明，爱好者和创作者都是可耻的……或者，双方都是那种无法长大的人。"

见血伤人的批评之后，是规劝：

"国外有'畅销书陷阱'之说，即一个作家靠一本书走红之后，继而出版的作品往往达不到上一本的成就，这是畅销书作者的宿命。年轻的写作者最需要的往往不是成功，而是成长……在这第三本书里没有看到成长，反而是种倒退……（苏穆哲宁）或许真正应该思考的问题是，他的第七本、第八本书还能是这种水平、这种趋势吗？沉溺自我，今后的转型只会越发艰难。"

相比秦大哥，那个跟苏穆哲宁素不相识的笔迹论坛版主，用词反倒显得柔和了：

"……俊美的主角，无病呻吟的忧郁气质，用青春年少作为一切理由和借口，对上海这座都市的印象再加工然后贩卖给从没来过上海的读者……所有元素都被插上标签，排列组合成固定模式。作者也随之被固化，每本所谓的新作都是种自我复制，一种'文学殖民'……"

但版主并没有像秦襄那样心存期许，而是更为悲观：

"一个小型的读写帝国正悄悄被建立起来,在将读者领进门的同时,也限制住了读者的视野……文学作品可能会全面退化为纯粹的消费品,读者不再对文学有娱乐之外的任何要求。"

在太原的全天然读到点评,激动得快要颅内高潮,专门给秦大哥去电,直呼牛逼。朱颜在QQ上对艾苦说:秦襄这次心善,不像另一篇点评,把话说死了。

艾苦:他对苏还是想忠言逆耳。

朱颜:换作是你,小说一年能卖一百万册,你觉得需要忠言逆耳吗?

艾苦:唉。

苏穆哲宁其实已经表明了态度。杂志上,紧随两篇点评之后,还有他自己的短文:

"可能我是黑马,也可能是黑天鹅……针对我和我作品的声音纷纷扰扰,好不热闹,可他们真的了解吗……鲜花会凋谢,掌声会熄灭,鸡蛋会过期……与其对别人报以太大期望,不如自己脚踏实地,胜者为王。"

秦襄再也没有收到苏的来信,倒是也没收到商隐的诘难。"小沙龙"女主人只告诉他,前几天苏穆哲宁来吃饭,喝醉了,昏过去了。"小沙龙"迄今为止昏过去三位青文赛作者,全天然,李维坦,还有就是他。

秦襄:不一样,全是求醉,李是半醉,他是真醉。

商隐：千杯不倒，难得一醉。

秦襄：能有一醉，倒也好，希望醒来是真的醒来。

商隐：他不会。不醉时他是聪明，你是清醒。聪明易被聪明误，清醒的人最痛苦，他比你幸运得多。

秦襄：你说是便是。

商隐：我认为，你还是可以给他写封信，再阐明一下。

秦襄：实在不必，糖甜药苦，世人皆懂，如果这都品不出来，那就是寡人无疾。

还有一人读到秦襄的点评时击节叫好，是大同二中母校新上任的文学社指导老师。老师虽教历史，但热爱文学，主动请缨到文学社兼职。在《笔迹》上发现秦襄，查知是自己学校出来的北大高材生作家，大喜过望，立刻去电编辑部要到联系方式，想把社员的习作发给秦襄看。

他欣然应允，兴致很高，读完文章就后悔了，不知如何回信。尤其对方积极热情，那些文章都是社员在稿纸上手写的，需要老师精选出来，再一个字一个字敲进电脑。在给艾苦的信里，他写，目前看来，母校只出了我这么一个，唉。

艾苦安慰：一个每年几万投稿的比赛，一个是几十人的文学社，自然不好比的。

其实秦襄早就向她提出过"卡夫卡猜想"：卡夫卡生前郁郁不得志，遗言里想把作品付之一炬。幸而妻子和朋友没这么做，才有了那个著名的卡夫卡，有了著名的甲虫，有了

《审判》，然后影响萨特、加缪、马尔克斯、贝克特、博尔赫斯、品特、昆德拉、村上春树、安部公房……

以人类渺小之力，还有多少漏网的"卡夫卡"把文稿埋葬在抽屉里？又有多少没被这些"卡夫卡"影响到的潜在的大作家？

不可细想，不敢细想。

对《笔迹》上的辛辣点评，苏穆哲宁规模庞大的读者却没什么激烈反应。艾苦的分析是，长达半年轰轰烈烈的"开天之争"把他们都搞累了，现在都在休养生息。况且《笔迹》是纸刊，不能和互联网的传播力度相比。

秦襄：所以网上永远不会清净。

2005年上半年是他留在校园里的最后时光，毕业论文五万字，研究商隐的舅外公余守恒的作品。研三另一件大事是找工作。但秦襄一直没想好何去何从。考公，做编辑，当记者，每样都可以试试，但每样都提不起很大兴趣。

"书我看多了，没一本是人生指南。"他在心里写道。

室友后来跟秦襄坦白，那段时间他整个人怪怪的，说不出的怪。室友跟着导师去外省开完会，每次回宿舍，开门前都要做一番心理建设，生怕一进去就发现秦襄的尸体吊在洗手间天花板上。

秦襄笑：我只是有些事想不通，不是想不开。

3月中，母亲忽然重病，急性胃穿孔，幸好抢救及时。

他赶回广灵老家照顾母亲一个多月。期间全天然从太原过来看望，想要留点钱，被他谢绝。全天然问起今后打算，秦襄说还没有想好。

自从出书之后，好像人生就失去大目标。隔壁那户人家早已搬走，老人的藏书母亲都买回来摆在家里，常清扫灰尘。他翻了好几本，再也找不到当年单纯读书的快乐。

母亲病愈后，他冒出去南方散心的念头，闻闻艾苦的香气，看看商隐的脸色，来回一星期足矣。母亲说你要做的事我都不懂，以前你还能问别人，出了学校，往后只能问自己。

闻言，释然。自己十六岁前没出广灵，十八岁前未出山西，二十岁前未下过南方。人生路途，下一步未知且即兴，方才有点意思。

南下的绿皮火车上，对面大叔带着半导体收音机。一早新闻播报，著名社会学家费孝通于昨晚十时许在京去世。同天，国内长篇小说最高奖项雕龙奖公布名单，历史小说大家万长义凭借《崇祯年间》（下卷）成为三位获奖者之一。十五年前，他的《贞观之治》已经获得过该奖。

秦襄想，一悲一喜，功德皆圆满。

只是，世界仍旧与他无关。

火车到离杭州只有一站的德清，出了技术故障。其他人换坐长途汽车，要不就等着下一班列车。德清边上是安吉县,竹海颇为著名,是电影《卧虎藏龙》的取景地。既是散心,就要随心所欲,他在安吉的招待所住下。

竹海里隐着一座小寺,叫明登寺。地方很小,游客也少。走进门香火味寡淡,竹香却是扑鼻。角落里有和尚在择菜,鱼池边还有野猫打盹,幽静松弛。

似是梦中之地。

择菜的和尚朝他笑笑,问上香还是参观?

秦襄张嘴,没答上来,转身走了。翌日上午,他顶着颗光头回来,说,我想出家。

此事惊动了方丈,把他请进屋内长谈,一直聊过饭点。僧人讲究过午不食,方丈陪着他饿肚子,最后说出家人不打诳语,你的三个问题我都不能回答——这些素点心请拿好,回去路上垫一垫。

临走前,方丈反倒请秦襄帮一个忙。

再过不久这座小寺院将扩建,成为当地打造的新景点之一,要印制门票。寺院的门票风格总是类似,方丈希望另辟蹊径,印竹林,竹林里有一僧人,如隐似现,八风不动,意境高远。自己找上门来的北大高材生,身材魁梧,五官端正,头型圆润饱满,就想请他穿上僧服袈裟,走在竹林里。

秦襄:可我不是出家人。

方丈:阿弥陀佛,你是有缘人。

离了吉安,坐长途车去杭州,住浙大边上的小旅馆。前台服务员盯着他左看右看,问,大哥,你……

除了身份证,秦襄再递上学生证,解释说,自我剃度,但没能成功出家。

服务员松口气:哦,我想呢,看你这面相气质,也不像是刚放出来的。

钥匙到手,他肩膀被人用力拍了下,转过头,对方说:真是秦大哥,你剃了头,差点都认不出来了!

5

鹿原来杭州也是为了找艾苦。艾苦大四快毕业,正在《浙江日报》实习,碰巧跟着老师去临安采访,当天回不了学校。他只能住在学校附近的小旅店,结果偶遇秦襄。

秦襄:都是有缘人。

鹿原:何止有缘,你不来杭州,我也要去北京找你们的。

他拉着秦大哥要促膝长谈。房间里没有青梅煮酒,只有两瓶矿泉水。秦襄以为要聊他一直在写的长篇,谁知鹿原一开口,就是天下气象。

鹿原说,到今年为止,曾经一马当先的成语言已出版《猛》《翻墙计划》《浪迹》《一起走吧》四本书,目前在《笔迹》上连载新长篇《踢个球》，声势丝毫不减当年，让所有预言"成语言火不过三年"的成年人哑口无言。

去年以黑马身姿出现的苏穆哲宁，《王》年销百万，顺势带动以前《余音》和后来的《秋有明月冬赏雪》，且不论质量如何，已是巨星级别，不得不认。今年3月他在青芒网连载长篇《天长地久有时尽》，阅读量和留言量令人咂舌，破了该网站的历史最高纪录。

和两颗天上的太阳相比，其他作者的光辉都被遮蔽了：艾苦的《地鸟》《海兽卷》《素》《喜鹊镇》，加上正筹备的《赵氏》；朱颜的《听到彗星划过》《静安》《人民广场》《晴天落雨》；还有杜胤尧的《月明林下》，匡薇《遍地流年》，花可《野蛮生长》……虽然成绩不俗，加在一起都无法与成、苏的市场体量和影响力比肩。

"十二黄金"其他成员尚且如此，更不用说那些不太知名、甚至是非青文赛出身的八十年代生写作者，默默无闻，每本书印量不足两三万，有人甚至还出不了书。

鹿原：门内盛宴，门外饿殍，富的越富，穷的越穷，秦大哥，这世界不该如此。

秦襄想起猛吃五菜一汤三个大馒头的许飞扬，颔首同意。

鹿原在长沙的文化公司供职，接触形形色色年轻作者，最终得出结论，新生代那么多写作者，那些相对弱小的不太商业化的，十分需要团结和凝聚，年轻人应当自己抱团取暖。

秦襄听得投入，感慨鹿原虽离家漂泊但从未放弃思考，想的有些问题也不谋而合。他还没想到答案，鹿原先找到了。

但，有些地方好像不太对头。

鹿原：我正在筹备的"80后作家联席大会"，就是这些作者的组织，大家庭。不过做大事都需要先造声势，所以制定这份"新生代文学一百单八将"榜单，到时候交给媒体去宣传、炒作，等到有人关注，引起争议，再放出联席大会的名头，让更多人加入。

秦襄接过现有的名单简历，六十人左右，鱼龙混杂。成和苏都在，还有那种传统作文比赛获奖、只在报纸上发过豆腐干的作者。

鹿原：名单还在不断增加，我已经是大会秘书长，秦大哥如能共襄盛举，至少是个副会长，甚至会长也有可能。

秦襄：我不是80后。

鹿原：年轻人应不拘常规，一切都能破格。

秦襄看看名单，再看看鹿原。

2000年初见时，他还叫陆篆，闷声不响的驼背高中生。2003年在北京五道口吃路边烤串，是落魄苍白的鹿原。2004年五周年签售后的饭局上，是满脸通红、酒后失言的鹿原。

此时此刻,浙大边上的小旅馆里,鹿原仿佛脱胎换骨,背绷直,胡子刮得清爽,就是脸上多了几颗青春痘,还换了付金丝边眼镜,看人都是直视,似能穿过对方眼睛看到后脑勺。聊起联席大会的他,依稀有些像聊学生会的丁主席、聊互联网的李维坦。

三位一体。

面对焕然一新的鹿原,秦襄表示自己要回去翻翻《水浒》,想一下叫什么星比较好。对方大喜过望,还给了他一个同志式的拥抱。

秦襄:你的长篇,要记得继续写。

鹿原:放心,只是暂时搁置。

当晚鹿原还要去萧山区找另一个作者,没能请秦大哥吃晚饭。他刚一走,秦襄立刻用房间电话打给艾苦的手机,说在这里遇到了鹿原,待不下去。

艾苦一头雾水:他是不是要来问大家借巨款、做事业?

秦襄:电话里说不清,一言难尽,反正,你做好心理准备。

挂了电话,他在前台给鹿原留了纸条:"这是你的选择,但你本可以不选这条路的,我原来希望你是依靠作品成为一方领袖,而不是某个形式主义组织的领袖。另外,我什么星也不是。"

然后去火车站买票，逃回北京。

上次连夜出逃，还是因为商隐居高临下向他索求一吻。

因走得仓促，只能买到站票。火车第二天一早走，他在候车厅座椅上睡了一宿。上了火车，他坐在厕所隔壁的过道，味道刺鼻，满心虚无。有个乘客打热水冲泡面，路过他边上不小心洒了滚水，连声对他道歉。秦襄膝盖潮湿通红，垂目看地面，如方外之人。

一路坎坷，回到北京就开始发烧，连躺三天才缓过来。

那张纸条并没阻碍鹿原的脚步。他在杭州说服艾苦加入了榜单和联席大会，又在上海"小沙龙"被商隐一顿痛骂，继续北上，一路经江苏、山东、河北，到了太原许西村。全天然不战而降，成了"一百单八"里的天贵星。鹿原刚走进太原火车站，全天然立刻向北京发去红色警报，表示老鹿一点没颓，是魔怔了！

秦襄闻风而动，四下寻觅避难所。可京城里跟他熟的几个选手全是鹿原的目标。无奈之下想到花可。摇滚青年的特长就是居无定所，神出鬼没。摇滚圈的牛鬼蛇神要想窝藏个文学青年，还是容易的。

鹿原在北京的几天，秦襄时而躲到丰台一影像店的阁楼上，时而躲到宣武区的某间地下室，还在后海一家网吧的VIP包间住了两晚，费用全免。只因发型缘故，加之身材魁梧，花可的朋友没人相信他是北大研究生，都开玩笑地打听监狱里的见闻——自从杭州遇到鹿原，秦襄的头发像是忘记了生长。

白天他不愿常在室内，在外四处游荡。想起当年鹿原进京讨债，似乎也是这么流离。如今身份对换，叫人唏嘘。网吧附近的路口有个老头摆象棋残局，引人来战，十块钱一次，赢家可获利百元。围观者常低声点评，这是"丹凤朝阳"，这是"五子夺魁"，这好像是"红娘嫁衣"。

秦襄连看两日，一看就忘了午饭。

有天下午地摊很闲，老头问：看了两天了都，来一盘吧？

秦襄摇头：不会。

老头：不会下还看那么久？

秦襄盯着棋盘：残局，为什么叫残局？

老头：嘿，你这人有意思，因为残局是败局，看着能赢，其实败局已定。

秦襄：所以，无非是怎么输。

老头：输了又如何，输完残局，才能摆好棋子重新开局，那时候才真有了赢面。

秦襄看看老头，老头看看他，笑出两枚金牙。秦襄从裤袋摸出五块钱纸币，蹲下放在棋盘上一角，说，这是学费。

鹿原没在京城找到秦大哥，还在其他人那里碰了不少钉子。丁主席、李维坦跟他本就交情至浅，都推说如今不在写作圈混，不参与此事。杜胤尧命好，正跟着编剧师父在海南三亚开剧本会，逃过一劫。

花可直接跟鹿原说，等有"天操星"了记着留给我啊，其他免谈。

京城圈里唯一喜迎鹿原的是诗人许飞扬，一改往日从不请客的作风，特地请他吃饭，在只有四张小桌的东北饺子馆，三两酸菜猪肉馅饺子，一瓶啤酒。许飞扬推说胃不好不能喝酒，光喝免费开水，饺子只夹了两个。鹿原吃完饺子话头未止，许飞扬又追加一盘醋熘土豆丝，问，这菜味道可以吧？鹿原说可以，不错。许飞扬对着老板喊，再来一盘！直到第三盘土豆丝上来，许飞扬还在跟鹿原再三确认，这一百单八将里没有花可吧？

花可在歌词之外也写点诗，跟许的诗歌理念大相径庭，关系素来不睦。杜胤尧在北京请客吃饭喝酒，一直是有许无花，有花无许。

满肚子炒土豆丝的鹿原一离京，秦襄就回到了学校。

5月末，"中国博客研究中心"正式创建，鹿原的"一百单八将"名单也正式对外公布，先发于湖南纸媒，又被各大门户网站和旗下博客争相转载，成为热门话题，比早先的"十二黄金"还要火爆。

名单排名靠前的都是熟人："天闲星"鹿原，"天机星"艾苦，"天平星"朱颜，"天贵星"全天然，"天微星"许飞扬,"天慧星"杜胤尧……

还有些是未经本人同意就光荣上榜的,包括成、苏,消失已久的"天立星"李媛,很难联系上的"天孤星"匡薇,金盆洗手的"天魁星"丁天,以及"天威星"秦襄。花可被列为"天杀星"。许飞扬和花可看到此处,同时骂道:天杀的鹿原!

全天然:老鹿啊,屎太硬,是真魔怔了。

秦襄:随他去吧……他自己说的,大千世界,道无唯一。

榜单公布前夕,秦襄正等着答辩。导师齐宇轩在广州参加学术会议,准备回京时恰逢南方特大雷暴雨,当天走不了。答辩就在第二天一早,几个同门女生在北京急得直抓头发,秦襄是直挠头皮。

齐教授却毫不在意,毕竟这是不可抗力。过了半小时打来电话,说明天答辩我跟同组老师打过招呼,不会为难。

秦襄如释重负,连声道谢,导师已挂了电话。

答辩顺利通过,齐教授的同事对他们眼中充满同情。秦襄掐指一算,研究生三年,除了上课,只在学校见过导师四面,包括一次在食堂,一次在操场,一次在男厕所。

齐教授还毫无悬念地缺席了他们的毕业典礼。中午几个同门聚餐,就着酒兴痛骂导师,秦襄没怎么插话。回到宿舍犹豫半天,打给人在洛阳参加会议的齐宇轩,感谢多年教导。

齐教授似乎中午也喝了酒，没用最短的语气词回应，而是说教导不敢当，以后少骂我几句就行。秦襄忙说学生不敢。

齐宇轩：这有什么不敢，我从小爱和老师吵架，一直吵到本科毕业。

秦襄：学生愚鲁，以后遇到问题，还需请教您……

齐教授：带硕士生是迫不得已，再说我管不了一辈子，真要育人，你们这年纪也为时已晚——祝你一帆风顺，前程似锦。

场面话说完，又挂了。

7月17日，万长义在上海的家中无疾而终，距他二次荣获雕龙奖还不到三个月。三天后，全天然本科光荣毕业，总算来到心心念念的北京，得知大哥有离京的打算，心里是一点准备都没有，如五雷轰顶，问哥哥哎，我刚来你就要走？咱哥俩换防呢这是？再者说了以你的学历跟能力，在北京就找不到工作？

秦襄：不是找不到，是我自己想走，衡阳雁去无留意。

全天然：那到底是为什么呢？

秦襄：老子出关，莫问青牛。出了北京，就不是北京了，你以后也许明白。

远在杭州的艾苦告诉朱颜，未名湖畔的石狮子，终于要迁徙了。

该月下旬,全天然、丁主席、杜胤尧去火车站送行。李维坦和许飞扬都说有事来不了。杜胤尧身边还带了个姑娘,腰细胸大,脸上雀斑星罗棋布,始终跟在杜身后半步之遥,也不说话。其他人只能跟着把她视为空气。

一直到大厅检票口前,全天然还在苦劝。

秦襄:北京实在待太久了,树挪死,人挪活,我想去南边看一看。

杜胤尧:南边哪里?上海?广州?深圳?还是杭州?

秦襄摇头,笑而不语。

丁主席:到了那边打算做什么?出版社?杂志社?还是报社?

秦哥:都不是,是去当老师。

全天然:我的哥哥唉,当老师?上辈子杀猪,这辈子教书。

在北京的几位青文赛作者,除了秦襄和丁主席,全天然是大学熬出来的,杜胤尧许飞扬是逃出来的,花可高中退学,要是再算上成语言、鹿原、商隐……似乎没人对学校有好感。

但他选择回到学校,回到原点。

秦哥问全天然:还记不记得以前我们讨论过,成语言爆红的根本原因?

全天然：当然记得，因为学校操蛋，老师操蛋。

秦哥：所以我就想看看一己之力能否改变局面，况且，还要在那边等一人，那人可能还在念小学，可能在吃奶，甚至还没生下来，但我一定会等到。那人不会是第二个成语言、苏穆哲宁，也不会是第二个鹿原，更不会是第二个我。

说完跟众人挥挥手，进了检票口。

走出火车站大厅，几人都在琢磨刚才那番话。丁主席发了两支中华，说，太屈才了。杜胤尧说那倒也不一定，我家好几个亲戚当老师，教师证不难考，以秦哥学历，又是男的，哪所好中学都会抢着要。

丁主席：再怎么重点，也不过是……教书匠，还能当教育局长不成？

杜胤尧：我也觉得，当老师能赚多少呢，吃力不讨好，都是成全别人，唉，这步棋恐怕是走错了。

久不说话的全天然掐灭没抽完的半根烟，道，你们都错了，秦大哥啊……他绝对是咱们当中最聪明，也是最有种的人。

鹿原

1

"跳出三界外。"

这是小说《复读班》里对班上众人的概括。

高考复读,虽然进学校门,上学校课,吃学校饭,但透过现象看本质,只是学籍挂在此地而已。学校对外宣传的高考升学率与复读班无关;高一高二高三的学生并不认同复读班是校友;教课的也不可能是一等师资,全是二等,来教二等的学生似乎再合适不过。

午休时,复读班的学生会在操场上徘徊,即便没有班主任在场,也不参与篮球、足球、乒乓之类的活动。体育约等于爱好和娱乐,复读的人在这里如同犯过罪的囚徒,不配娱乐。

陆篆当年写《复读班》,专门咨询了辉城一中复读班的人。轮到他自己复读,决意要到安水二中。辉城一中都是他认识的以及认识他的老师,颜面难存。

他在安水二中是住宿生,周末回辉城。《复读班》的大获成功现在反而成了困扰,陆篆大名,很多看《笔迹》的学生都知晓。为了低调学习不受干扰,母亲特意送礼给老师,让他在复读班里用化名"陆斌"。

父母之所以没陪读,一是要上班,二来,安水二中的宿管风格堪比监狱:虽然四人一间宿舍比较宽敞,但即便是白天住宿生也不能出校,房间窗户外都安着不锈钢栅栏,晚上楼门用大铁链子锁起,楼管老头就睡在离门最近的房间,外面围墙三米高,顶部镶着朝天的碎玻璃片,还装有铁丝网,夜里保安会不定时牵着狼狗打着手电在墙下巡逻。

同学们插翅难逃。

复读班老师主要起到监督和提醒作用,教书是其次。真的好老师都在教高三尖子班。校方的理论依据是,这帮人来复读,大多把悲剧归咎为发挥失常;第二次考好了,他们会觉得总算发挥出真实水平;若是又没考好,说明底子就这样,或意志力不足,精气神垮了,和老师关系不大——《曹刿论战》说得很清楚,一鼓作气,再而衰,三而竭。

反正,复读的钱已经收了,落袋为安。

开班第一日,那个大热天还要喝枸杞开水的班主任放下雀巢咖啡玻璃瓶,徐徐道:"你们都尝过失败的滋味,我就不多说了,未来一年请大家管好自己,世上最怕认真二字,自律的人才能成功。"

下面很多人点头,更多人沉默不语。

课堂纪律其实无需担心。当年应届班那些家境优越又调皮的差生,不是去国外念书就是进民办高校,很少有人愿意再来吃一年苦。能进来的多是心有不甘、条件一般的学生。高考于他们而言绝非过场,是改变命运的跳板。同学间没有普通班级的那种情谊。大家深知自己失败者的罪孽,压力巨大,坐在这里的唯一意义就是反复写卷子做习题,专注于下一次高考的涅槃升天。

陆篆是例外,他虽然断了和全天然艾苦的通信联络,但一直在写小说,长篇小说。

他复读的事,出了陆家,就只有《笔迹》的责编老师知晓。责编老师答应保密,同时犯难,我们这里收到很多读者给你的来信,还有些出版社和杂志社要联系你,怎么办?陆篆给了陆小尧的家庭地址和邮编,说有事就联系我妹吧。

堂妹是他唯一可以信赖的人。

陆小尧因为某些家庭原因也在安水念高二,不过是在一中,和二中隔得远,也住校。平时两人见不到面,周五才在安水汽车站碰头,一起坐长途回辉城。他不放心把稿子留在宿舍,带回家又怕母亲发现,便交给小尧保存。

陆小尧则会交给他杂志社转寄的读者来信,说,又有出版社的约稿,要《复读班》的续篇,或者长篇版本也行。

堂兄粗粗浏览完信件,说,替我全部回绝,就说我在写不一样的作品，真正的小说。陆小尧脑后马尾辫一翘，拿出本《地鸟》，说艾苦找不到你，给了杂志社，也转寄来了。

陆篆翻到扉页，看到"陆篆惠存"几个字，说，你存好，有朝一日我会回礼的。

他宿舍的枕头下面只有一本《白鹿原》。安水二中其实有个挺大的图书馆，还很开明，和宿管像是两个世界。艾苦的《地鸟》9月出版，10月中旬图书馆就购进了，他一度打算借走。当值的图书馆老师据说是招生办主任的老婆，左手举着啃了一半的鸭梨，右手拿过他的学生证看了眼，退回说，复读班的不能借书。

男孩听了，把半张脸埋起来。

好在图书馆的阅览室对复读生没有歧视。午休时他在里面用练习本写长篇。时间一久，招生办主任的老婆记准了他，有次抱着捆杂志路过身边，扫一眼，说原来不是写习题啊，写小说？还是日记？

陆篆说，小说，请帮我保密。图书馆老师说难怪落到复读了。陆篆说，复读了也要写，辉城人都驴犟。老师用安水方言说，嘚哈喽，辉城，怪不见，你叫哪来的名字，有天要是进了你的书，我就让复读生可以借书出去。陆篆问，这也可以改？老师说，改弄不改，就是对我家那口子一泡话。陆篆说，随便吧，我也不是为了别人写作。

他在课堂上写，在阅览室写，在宿舍熄灯前写。熄灯后躺在床上他还要反复盘桓，刚才几百字哪里还有问题，还有没有更好的表达方式，翌日一早五点起来，不刷牙不洗脸，打开台灯翻开练习本修改稿子。

睡他下铺的复读生家在农村，连周末都不回去，成天埋头苦读，一度被陆篆这种精神所感染和威胁到，有次特意跟着早起看他写什么，发现真相后问，陆斌你是不是疯了？

"陆斌"回答，没疯，我找到了自己的道。

复读班的风气是管好自己，换言之，不要理会他人。陆篆写小说的事到下铺就停止。室友去刷牙，边刷边想，少了个高考的竞争对手，其实也很好。

2002年第二次决战高考。考前一整个星期，母亲每天到牛舌山的寺院烧香祈求。这次儿子总算没在考试期间生病，这次的成绩也不像去年那样令人扼腕痛惜——离一本线差了足足二十三分。

陆篆家再度陷入如丧考妣的气氛中。母亲至少两个晚上没有合眼，最后决定继续复读。不考一本，一生白整。这回复读的学校选在了比二中更好也更贵的安水一中，而且她打算辞职，在学校旁边租个房子陪读，正好能把陆小尧也一起照顾到。

陆篆父亲三兄弟，老三做生意，赚钱最多底气最足，率先打破各加盟共和国互不干政的原则，在家族聚餐时对弟妹说，要不就歇根吧，二本也是大学，进个好专业，以后再想办法出国留个学,吃洋驴,镀层金……总比干耗下去要强。

陆母又开始搓手磨刀,说,啊呀来,我们家不比你家,没得钱留学,再得说出国留学,人家不先吃一下你本科读的什么学校?本科上得落头,外国会有好学校收他?

堂弟山鬼在一边听到,比一口气吃五个卤鸡腿还爽。他活了十几岁,天天等着有人呛一呛在家说一不二的老爸。山鬼他爸还想回一口嘴巴,活生生被自己老婆用脚底板给拦住了。

奶奶开始不停咳嗽,饭桌上的注意力一时转移了过去。陆篆和陆小尧就坐在彼此对面。堂妹掰开一颗盐水花生的软壳,声音闷响,却不把花生米送进嘴,只看着堂兄,马尾辫一动不动。

陆篆摇摇头,幅度之微几乎无人能察觉。他端起纸杯里的雪碧汽水,往自己碗里剩下的米饭上浇了一些,用筷子搅拌几下,埋头吃起来。

7月也不全是坏消息。

陆小尧春节过后向第四届青文赛投了三部短篇小说,其中《锦衣》登在《笔迹》的6月刊。安水一中文学社成员纷纷向她道喜。但也有不好的传闻,毕竟她身份特殊,谁知道那个写《复读班》的堂兄是否曾面授机宜,甚至越俎代庖?

陆篆对陆小尧参赛其实一无所知,他光顾自己写长篇,精气神都扑在上面,陆小尧就算找他指点估计也不会有所帮助。高考前半个月,堂兄抽空读完杂志上的《锦衣》,点评说不错,但还不够好,技法不熟,长句太多,应该有一定的运气成分在其中。

陆小尧说,是吧?我也觉得,投过去三篇,这篇写得最没感觉。陆篆说评委眼光难以预料,说你靠运气真不是贬低,没运气的人只能自哀自怨。陆小尧问,那我另外两篇你也看看吧?

陆篆说没必要了,也可能只缘身在此山中,你觉得好的,评委未必觉得,那两篇落选必定有原因,不看也罢。

第四届决赛通知书寄到辉城,这次轮到陆小尧的父母为难。女孩不比男孩,一人出远门终究无法令人放心。因一些历史原因,陆小尧不愿让父亲陪同,母亲又在景区工作,暑假正是高峰,抽不开身。

陆小尧提出人选,陆篆陪我去。理由有二,一是他两年前去过比赛,经验丰富,熟门熟路。其次,堂兄二次高考失利,此去上海正好可以散心,调整状态。陆篆的母亲思来想去,觉得侄女有道理。儿子又没考好,她认为是安水二中的监狱寄宿把他管傻了,的确需要调整。

说是道理,实则掩护。只剩下兄妹二人时,陆小尧说,长篇写完了吧?这趟去上海正好可以和《笔迹》责编老师面谈。陆篆默然许久,说,费心了,你两篇落选的投稿也带去,我请他们给些修改意见。

陆小尧脑后马尾辫一晃，说，不必了，顺其自然。

2

原本是兄妹二人互相打配合，最终出行的是三人。

山鬼吵着也要到上海开眼界。自当年"我哥是陆篆"的口号之后，现在他口头禅是"陆家有文脉"。堂兄堂姐都在《笔迹》上发表作品、参加决赛，令他燃起炽热希望。况且这次期末考他成绩不错，排进年级前三十——虽然只是非重点的辉城二中——父母觉得应该予以奖励。

出发前陆篆对弟弟妹妹言明，到了上海不住滕州路招待所。山鬼懊丧，问为什么。陆篆说你我都不是选手，滕招只给选手住，这是青文赛不成文的传统。

根本没有这项传统，唯一的原因是他不想让山鬼在滕招的过道里大喊"我哥是陆篆"，引起不必要的关注。

第四届决赛日定在8月7日星期五下午。兄妹三人坐了一天一夜火车，于当日上午抵达上海，旅社都没入住，找小饭店草草吃了盒饭，直接赶去比赛场地立民中学。校门外家长围聚，校门内长长的自行车棚下选手排队登记。

排在陆小尧之前第三位的是个男孩，穿格纹短袖衬衫和咸菜色短裤，对工作人员说拜托你们再查一查，是不是邮政局遗漏了,叫全东玉,绍兴的,今年高一,参加小说组。

工作人员解释,录取通知书都是挂号信,不可能丢失,名单我们看了三遍,真的没有你。男孩说不可能,不可能的,求求你们了,帮我再查一遍好不好?我投了六篇,不可能一篇都没中,真的,求求你了!我稿子都带来了。说着取下身上的帆布书包。

排在后面的选手有埋怨他浪费时间的,也有投以同情的目光。陆小尧不忍看男孩眼角的汗珠,扭头望向校门口。陆篆站在铁门之后,面无表情。身旁山鬼抓着发烫的铁栏,对堂兄道,这人真是,不行就明年继续参加,死缠烂打有什么意思?驴蹄踢错人。陆篆问,你写过六篇小说吗?山鬼说,没有,就一两篇,只写到一半多点……

陆篆说,那就歇根。

八月夏日炎炎,蝉声大作,下午气温最高,很多家长都找附近冷饮店、咖啡馆避暑,只有少数几人撑着阳伞坐在校门口花坛边等候。陆篆让堂弟去冷饮店,自己留在原地。开赛半小时后,《笔迹》责编老师如约从教学楼里出来,到校门口和他碰面。

今年高考之前,他就把完成的长篇文稿寄给了责编,希望能登上连载。责编老师带来遗憾消息,编辑部开会讨论过,这部小说上不了连载。他们也转给了一些纯文学期刊,都没有接收,理由是不够成熟。

责编老师建议说，你先练习短篇吧，长篇长篇，来日方长，对了，这次考得怎么样？

陆篆盯着对方胸口的青文赛工作证看了几秒钟，一鞠躬，起身道，这长篇，我回去就开始从头写起。

冷饮店里山鬼边吃着赤豆冰沙，边看着不争气的电扇，用一本《笔迹》给自己扇风，见堂兄进来，诧异问，你在外面站那么久居然没出汗？陆篆说，刚被冷水泼过，不热。

当晚入住安顺路上的一家小旅社，离滕州路招待所有四五个路口。旅社北面就是东华大学，成语言曾就读然后退学的高校。陆小尧住一间，兄弟俩住一间。晚饭时陆小尧从堂兄脸上读到足够信息，很少说话。山鬼问今天的题目是什么。她答，"沙漠里行来一艘船"。

山鬼说，这可怎么写啊，科幻？

陆篆总算开口，有意思，很贴切。堂弟再问缘由，他却不答了。陆小尧说，坐了很久火车，又写了文章，太累，今晚大家都早点睡——山鬼，不要想着晚上偷偷跑去滕州路，不然我要告诉三叔。

山鬼说，姐，不要凭空污蔑人……

陆篆道，没事的，晚上我把我的床移到门口。

第二天评委们忙着打分，是选手的休息日。三人睡了个懒觉，陆小尧最早起来，发现来了例假。中午他们参观了《笔迹》杂志所在的南宫路99号大院，山鬼还想去浦东，上东方明珠看一看。陆小尧以身体不适为由,先回旅社。兄弟两人坐地铁二号线,快到人民广场时,陆篆说,我想去福州路书城看看,东方明珠你自己上去吧。

车到站,门开,他扔下堂弟独自出去了。

书城巍峨,进门没走几步,畅销书专区就是醒目的成语言三本书《猛》《翻墙计划》《浪迹》,边上更是一堆熟人:秦襄《宫里人》、艾苦《地鸟》、花可《野蛮生长》、全天然《有点偏》、朱颜《听到彗星划过》,还有室友毛琦的《余音》。更边上是第一到第三届的青文赛优秀作品集和《笔迹》杂志的历年精选本。

第一次读高三算起,他就不再出入书店。短短两年,青文赛人才济济,占据书架一大块,专取名"青春文学"。人呼马啸,旌旗招展,热闹里独缺他自己。陆篆一本书也没翻开,如坠雾中,直到上了二楼的现当代文学区才缓过呼吸。

在书城里又一坐一下午。到了旅社,山鬼已经回来了,带着两大塑料袋纪念品,说东方明珠门票够贵的,一百块一张,不过值了,一切尽收眼底。他还逛了逛滨江大道和正大广场,出来时迷了路,索性打车。

陆小尧问,你这一趟花了多少钱。山鬼说还不到带来的一半呢,放心。陆小尧说带那么多钱要当心,景点小偷多。山鬼说怕什么,那可是陆家嘴,哈哈,我们陆家的。晚上他还想去逛南京路,堂兄堂姐均表示很累,加之忽然下起暴雨，只能作罢。

颁奖典礼还和往年一样，上午十点，在五洲酒店二楼浩海厅。陆篆缺席，且再三提醒堂弟到了现场不许喊"我哥是陆篆"。山鬼问为什么。他答，因为，以后这个名字将毫无意义。

弟弟妹妹去颁奖典礼，他如约去了信缘里"小沙龙"。商隐已在院里的阴凉处备下桌椅，红茶，水果，点心。两人聊了一个小时，最后陆篆总结，我家苦恼的根源不在于我没考上好大学，而是我父母没机会考大学。

商隐掐灭香烟，说那就跑吧，像我舅外公，当年不愿待在资产阶级家庭，也不想昏过去，就跑到延安，开启新生活。陆篆问，跑了，怎么生活呢？百无一用是书生，何况我读书还很糟糕，靠写作为生吗？我长篇都上不了连载。

商隐为他添锡兰红茶，加一勺柠檬和接骨木果酱，笑道，朋友，你可是陆篆啊，写过《复读班》，青文赛里，《笔迹》读者里，谁人不识君？实在不行，就到北京找驻京办秦主任，哈哈。陆篆说大家都太喜欢麻烦秦襄大哥了，我不行，唉，人要走出自己的路，真是，沙漠里开船。

商隐说，写作，本就是沙漠行舟，上面晴空万里，下面都是干尸木乃伊，这些干尸木乃伊，当年也是殷红鲜活的、有野火壮志的。

陆篆闻言，把半张脸埋起来。

商隐吐个烟圈,反正,窗外有明月。

陆篆答,唔,跳出三界外。

商隐说,昏过去,你这一点对不上。

陆篆答,在你这里对不上,在我这里就可以。

他在商隐的指点下换乘公交车回到旅社,一进门,山鬼大喊,姐姐拿了一等奖!小说组一等奖!上海戏剧学院老师还找她谈话了!祖宗显灵!

陆篆从堂妹手里接过奖状,摸了摸上面的字,说,千里之行,这才开始。

陆家又出了个青文赛一等奖。美中不足,颁奖礼上山鬼的偶像成语言没有出现,替补偶像、在《笔迹》上开专栏的"北天然"也没出现。山鬼拿出数码相机要给堂兄看陆小尧上台领奖的照片,陆篆摆手,说回去路上再看,对了,没乱喊我名字吧?唔,那很好。

回辉城的火车是下午两点,退房后还有一顿午饭要解决。山鬼兴致很高,说,走,吃西餐,我请客!陆小尧一听"西餐"二字就退缩,说算了算了,随便吃点。山鬼说,这么高兴的日子,必须吃,走!听我一次!

旅社东面就有家小西餐馆,山鬼前两天就惦记上了。三人落座,兄妹研究菜单半天,摸不到门路。山鬼说研究个驴仙哦,服务员,上套餐,三份!最好再来点酒,吃牛排要配葡萄酒。

喝酒的性质不能和吃西餐相比。老家饭桌上三人均不能沾酒。眼下天高皇帝远，可以胡作非为。但要喝就三人都喝，全部拉下水，回去之后才能团结一心，不出卖彼此。所以最后这句话，山鬼没了豪迈，而是请示大哥兼领队。

陆篆无动于衷，魂不守舍。局面僵持了几秒，陆小尧拍板做主，说，那就喝吧，今天的确意义非凡。山鬼说，对，今日痛饮庆功酒，回去之后要保密。

酒是店里最便宜的长城。山鬼为了表现，非要坚持自己开瓶塞，结果木塞断在半当中。三人你看我，我看你，最后服务员拿来根筷子，说这种事情蛮多的，没事，用筷子戳下去，还能喝。

每喝一口酒，舌头上都会留下一点木渣滓，酸，涩，还有颗粒在捣乱。这就是陆小尧十七岁初尝胜利果实的滋味。堂弟一口酒下去脸就红了，两杯酒下去就放出豪言，说自己以后也会得一等奖，陆家连中三元。边说边做投篮手势，志在必得的样子。

陆篆就驼着背干坐在那里，一点意思都没表示，哪怕应付一下堂弟，说两句场面话。端上来的半熟牛排也吃得少，光是转动酒杯，玩弄叉子。

返程火车上，山鬼一直和呕吐的欲望作斗争，最终失败，跑去厕所。陆篆从《白鹿原》上抬起头，对陆小尧道，当初爷爷没有看错，陆家有文脉，就在你我身上。喝了半杯葡萄酒的陆小尧脑袋一直昏昏沉沉,闻言却清醒了,问,你是不是要走?

陆篆看着车厢尽头扶着座椅慢慢走来的堂弟,说,以前秦襄说过一句话,小杖则受,大杖则走,我现在是该走了。

回到辉城,他和母亲彻底撕破脸,当天晚上就吵。隔壁邻居都听得真切,就是不想复读了,不要再道德绑架,再逼他他就去死之类。吵架不是文学创作,翻不出花劲,就这样几句翻来覆去。

吵完还摔东西,驴闹门庭。但富有生活经验的听众判断出,砸的无非笔盒、书本之类。第二天陆母眼圈泛红地出门买菜,陆父眼袋深重,行色匆匆。往后几日闹剧重复,陆篆吵得最凶的那次,陆父当晚就跑出门,据说是到厂里的职工宿舍凑合了一夜。

"老实男人,一辈子听老婆,这下眼不见为净。"邻居们讨论道,"这孩子也太不懂事,以前文文静静,细声细气,怎么现在鬼上头,吃错了草。"

留在家里打阵地战的母亲由着儿子吵闹,实则在采取拖延战术。安水一中复读价格更贵。她东拼西借、凑起学费,甚至不惜拉下脸面去跟山鬼他爸开口。离安水一中高复班开学还有一星期,陆小尧晚上接到个电话,对方只说三个字就挂断:"开船了。"

他走时是夜里,驴蹄包棉,悄无声响。

第二天一早母亲敲门喊他吃早饭，很久没应，感觉不对，找来钥匙开锁。屋里早已没人，窗户大开，布帘轻轻起舞，窗外千阳灿烂，还有蝉鸣助兴……像极了小说《复读班》开头的跳楼场景。楼下没有尸体，也没血迹，只是花坛草丛塌下一大块。

陆篆在书桌上留纸一张，上书八字——浪迹天涯，写作为生。

落款是他为自己起的笔名：鹿原。

2002 年 8 月的尾巴上，《复读班》的作者就这样逃走了，自由了，复活了。

3

在家靠父母，出门靠朋友。鹿原出逃时带着身份证和五百块钱，钱是在上海"小沙龙"喝茶时商隐借他的，并事先说好，他要是不出逃，乖乖去了复读班，这钱是要还的，反之不必。

他从辉城搭过路卡车去安水，再坐长途到省城肴州。肴州理工大学有个当年的高三同学，坐他前排，关系还算不错，就是人猥琐了点，以前课间老给大家讲黄色笑话，说完笑得比谁都夸张。老同学说，你太驴了，搞了一出林冲夜奔。鹿原说，务必保密。老同学说肯定保密，唉，我也有过出走的梦想，不过不是搞文学，是跑去日本当男优。

老同学不太上课，常泡网吧，和一个小网管很熟，说这是我高中兄弟，活不下去跑出来了，你那边有空铺吗，加他一个。鹿原得知小网管来自陕西，感叹，天助我也。

除了付钱租床位，鹿原还掏钱请小网管吃酒，就为了让他不当班的时候捧着《白鹿原》用乡音念上一段，是为原汤化原食。小网管拿过书来一翻，说你走运咧，我老家关中，这是关中话写的。鹿原说，这是天注定的缘分，你是我遇到的第一个关中人。

鹿原找的第一份工作是在理工大学打印店做帮手，每月两百块钱，不包吃住。不是考试周，工作不太忙。下班后他去网吧开台机子，重写那部长篇。如果小网管不当班，他就请对方喝酒，吃羊肉冻，读《白鹿原》。小网管其貌不扬，收入不高，没女孩愿跟他处对象，平时很闲，总能满足鹿原的要求。每读完一章节，听众鹿原都有种微醺感，不愧为最顶级的享受。买酒菜犒劳朗读者，是最值得的奢侈消费。

至于辉城老家的鸡飞狗跳，奶奶和父亲吵架，奶奶和母亲吵架，父亲和母亲吵架，母亲和顾客吵架，和单位领导吵架，他从眼线陆小尧那里一一获悉，从不在乎，说，我意已决。

有次他发低烧，没上班，玩命喝水，在床上躺了一天。

晚上小网管走到床头问，今晚不用读了吧？鹿原睁开眼，虚弱地讲，要读，要读。小网管扬扬眉毛，说就怕读到一半你睡过去了我都不知道。鹿原笑容苍白而真诚，说，你读，就是给我治病。

国庆假期大部分学生都出去玩，打印店没生意，网吧也比往日冷清。鹿原豪奢一次，买了叉烧、白切鸡、粉皮、花生米和烧酒，在小网管面前一字摆开。小网管感慨，撩咋咧。鹿原开玩笑道，今天是梁山好汉的规格。

小网管说，我没看过《水浒传》，只知道武松和潘金莲。

他比鹿原大三岁，初中毕业出来打工，上学时只看古龙黄易倪匡，还有色情小说，打工后不再碰书。网吧那么多游戏和电影，付钱上网看书的会被当傻逼。但就是这么一个人，也知道青文赛和成语言。

小网管借酒吐真言，青文赛，就是一伙写文章的中学生嘛，别看我文化低，以前上课不听，我都知道，这年头理科生比文科生吃香，来这里上班前我在韩国料理店打工，边上就是教育部直属科技大学，市里省里还有北京的领导常往里面跑，快毕业的时候，国企外资都跑进去抢人。科大有个楼，我进去送过外卖，墙上挂着一排不知死活的老头老太照片，全是院士！

鹿原咪口酒说，是啊，理科比文科受重视，重点综合大学的校长基本都是理科出身，我也听说过的。也难怪，你看我们，几千年封建王朝，做大官的都是读四书五经的文人，搞建筑、算术、技术的都是工匠，不入流，没有政治话语权，翻翻历史教材，留名青史的多是文人武将，身处庙堂之人，不重商不重理，最后打不过外国人船坚炮利。现如今理科处处压过文科，是在还几千年的债。

说到债，小网管问，那你现在天天晚上敲字，能拿多少稿费？鹿原说我写作不是为了钱。小网管撇撇嘴。鹿原说，真的，好作品都不是为了钱写的，太有钱也写不出好作品，我那老家的堂弟，也号称一直在写作，他家太有钱，是写不出来的，只会编些稀奇古怪的荤段子，贻笑大方。

小网管眼里放光，问什么荤段子，说来听听，不说你就算请我吃满汉全席我也不给你念书了。鹿原勉为其难，讲了一个，问，"日，我要射了"这句话，从谁嘴里讲出来不算搞黄色？小网管想了半天，没有答案。鹿原脑袋一耷，说，后羿，后羿射日。

小网管笑到下巴朝天，说你堂弟是人才，真是人才，哈哈哈哈，比你厉害，他要是出书，我肯定去买来看。

江淮省在地图上东西窄，南北宽。安水和辉城在南边，算江南的一小部分。肴州地处北面，靠近黄河。但不管南边北边，冬天屋里都没有供暖。国庆一过气温骤然下降。他住的群租屋租金便宜，条件简陋，空调是妄想。鹿原从小怕冷，无法想象寒冬到来后会不会冻得手指和脑神经分家。

小网管教他驱寒的土法：把一根杭椒洗干净，蘸黄豆酱生吃，平时不吃辣的人吃到半截就额头冒汗浑身发热。小网管说以前在韩国料理店打工就看到韩国留学生这么吃，解馋又御寒，就是吃完之后特别费白开水。

鹿原生吃完人生中的第一根杭椒，辣得龇牙咧嘴。用这个火辣辣的土办法，他勉强度过2002年的最后两个月，干掉的杭椒没八斤也有七斤，大便总是带血，喝多少白开水也无济于事。网上热火朝天讨论青文赛"十二黄金"的名单，鹿原在论坛上看到，无论哪个版本他都会入选，心里一点也不高兴，想，虚名换不来暖气。

跨完年，大学进入期末考试周，白天鹿原最忙，晚上小网管最闲。一次网吧通宵时他问鹿原，快过年了，不打算回家？鹿原说出来跑，就是要把自己当作无家可归之人，才能绝境重生。

"就没想过老家父母？做梦也没梦见过？"

"从未。"

小网管喷个烟圈，道，你是狠心之人。

鹿原把半张脸埋起来。

小网管说，我大说过，狠心之人方能成就大业，他当年心不狠，没抛开我和我娘下去南方特区闯一闯，结果一辈子开个破车跑郊县客运，毬毛还没鼻毛长，见到个小交警还得点头哈腰。

鹿原道,和我父亲一样。

小网管说,你是我认识的头一个活的作家,可能也是最后一个,嘿,以后要写写我的故事啊。鹿原笑道,我会把你和杭椒一起写进去。

考试周一结束,大学和大学边上的餐饮娱乐进入冬眠期。老同学要回辉城老家,群租房其他人也大包小包陆续离开。小网管走之前特意染了头金棕发,间杂几簇紫毛,说是要显出和乡里人不同,算是脑袋衣锦还乡。鹿原要请他吃饭,小网管说不啦,我大身体前阵不太好,刚开完刀出院,我得尽早回去看看,他从小到大揍了我一路,可还是我大。

小网管走时花不少钱买了营养品,还给了鹿原半条长河烟。鹿原说我不会。小网管说你迟早会的,作家嘛——这个春节,你可保重啊。

鹿原以为对方的意思是当心点,别被冻死。

第二天下午鹿原去网吧写作,晚上回到房间,临时起意,一摸枕头,存钱的信封不见了。没人知道枕头下的秘密,或是有人装作不知道。群租房的室友几乎走光,谁都有嫌疑,说是谁又都没证据。鹿原抱着重点怀疑的心去找开麻将室的房东。房东说小网管啊,他已经结清房租,开春之后不租了。再去网吧,得到同样的回答,他不准备在这里继续干了。

鹿原这时才意识到,小网管的临别留言也许另有番深意。

就在这个月头上,《笔迹》还发表了他一篇散文,题目就叫《他跑了》,一是展示新笔名,二是向全世界宣告,自己已经离家出走,以写作为生:

"我在第二届认识个朋友叫花可,女孩子,十七岁那年离家出走,过想过的日子,写想写的文章,是位豪杰。她刚从家里跑出来到北京,住在地下室,房东给了她一把剪刀,叮嘱放在床边以防不测——和她相比我可以省了这个心了。"

现在看来,出来跑江湖,劫财或劫色,往往难免要遇到一样。《笔迹》编辑部获悉他的悲惨遭遇,特事特办,月底之前就打来了稿费,比原定标准还多一百块钱。鹿原去电,表示多出的部分务必从他下次的稿费里扣除。

他一个人过了春节,严格来说,是一个人和一堆杭椒。年初三他一觉醒来,首先感觉到的不是寒意,而是怀疑,总觉得老同学回家之后会说漏嘴。他去杂货店给陆小尧家打电话,接起的是她妈。

鹿原挂断,心里有个声音道,此地不能久留。

年初四,春运返城高峰到来之前,他买了去南京的车票,住了一星期又觉得不放心,再到南京隔壁镇江市下面的丹阳。丹阳以眼镜批发闻名,他在中国眼镜城找了工作,跟温州老板打工,一开始不懂验光和配镜,工资很低。

幸而远在太原的全天然和北京的秦襄都读到《他跑了》,

通过责编老师重新跟他取得联系。全天然在电话里说老鹿，你真是不鸣则已，一鸣他妈惊人，啊，搞出那么大动静，我的娘，离家出走那是没有后路的悬崖，比我狠得下心，你最近过得怎么样？兄弟我现在也算发达了，能接济你一点，你可别嫌弃，改日你飞黄腾达了再加倍还我就是，啊，你要是不给我银行卡号，就是看不起我，我就上辉城你父母家举报你去。

秦襄大哥拮据，没提钱的事，只问，你长篇写什么？鹿原回答，叫《循环聚餐》，一部家族史，严肃文学，我打算借鉴马尔克斯的魔幻现实主义风格，结构很复杂，人物众多，很多都有真实原型——我的祖先，我爷爷、奶奶、叔伯、弟弟妹妹……还有我妈，浓墨重彩。

秦襄说，好，到时候不介意的话发我看看，对了，你《笔迹》上的文章……不怕被父母看到吗？不怕他们吵到杂志社？鹿原说我邮箱投稿，不要样刊，稿费打到卡上，他们吵到编辑部又怎么样？

秦襄说，毕竟家丑不外扬啊。

鹿原道，不是家丑，是对所有人立下的军令状，不达目的，绝不回家。

全天然赞助了两千块，他花得如鲠在喉。3月头上《笔迹》责编老师找他。常州有所高中，下星期五想邀请青文赛著名作者去做讲座，讲座费可观，问他愿不愿去，前期宣传只在校内，不会外传，应该是安全的。

鹿原说，眼镜是不折不扣的暴利行业，我过段时间正准备离开此地，来得正好。责编老师说你去了那边，只需要讲一讲阅读和写作的感悟，离家出走什么的就……鹿原说，放心吧，不给你们惹麻烦，添尴尬，我不是成语言。

常州中学的讲座，他准备的内容确实没超速，没有逆向行驶。以前在辉城他几乎不对众人讲话，除了刚获奖那次，站在领操台上意气风发，还能旁敲侧击数落语文老师。离家出走半年，面对老板斥责、顾客投诉，他已经习惯，懂得分寸感。在礼堂讲台上只是平缓讲述从小如何在新华书店蹭书阅读，如何在练习本上写作，如何反复修改，如何为了一个动词的推敲而失眠。

到互动提问环节，有人问你长篇什么时候会写完呢？鹿原答，很久，也许，也许要一辈子。下面零零落落有掌声。第二个问题是女生问的，请问，你见过成语言吗？鹿原点点头，下面一片喧哗。女生又问，他真像照片上那么帅吗？下面一阵笑。鹿原迟疑片刻，道，论长相，肯定比我帅气多了。下面一阵掌声。他自己却把半张脸埋了起来。

提问之后是签名。讲台前排了很长的队伍，一时洛阳纸贵。有个男生没有带纸，也借不到，索性脱下校服外套，说签在这里吧，我不洗了。鹿原看他几秒钟，照办了。男生之后是个短发女生，肤白如瓷娃娃，眸子黑而大，手上什么东西都没有，对鹿原道，我读过《复读班》，还有《他跑了》。

鹿原没说话。

女孩说，这帮人，只是在消费你罢了。

说完，转身离开。

鹿原陷入恍惚，很快就被下一个学生唤醒。笑意盈盈的教务主任送他出校门时，他还在想那个短发女生，却理不出头绪。从小到大，他最亲近的女孩子是堂妹陆小尧，写一手好字、从来唯其命是从的陆小尧。至于这个女生，他想，应该就是个愤世嫉俗的青春期文学女青年罢了，喜欢故作惊人之语，留下深刻印象，让你琢磨，让你费神，自己却跑了，毫无风险，毫无担当——这种人，他以前在辉城一中见过类似的，都敬而远之。

两个月后他已转进到盐城的射阳县。某日下午忽有人敲门，过去一开，短发女孩站在门外，问，被消费的，还记得我吗？

4

身经百战的杜胤尧有过一个理论：假设在一间人不少的房间里有一个漂亮女人，正跟别人说话，忽然这时走进来个帅气男人，无论二人隔多远，都能很快察觉对方存在，哪怕只是看似不经意一瞥——性别反过来也一样。有人将其解释为气场、频道的相通。

杜胤尧认为这是同类间的直觉。同理可推，两个特立独行但都目标明确的人，初见面也会有这种共通感。这就是为什么那女孩会在离高考不到一个月的时候跑过长江去投奔鹿原。

艾苦在QQ上反驳，你就不要把诱拐少女这种事涂抹得那么清新脱俗了。

诱拐，是他们对此事的最终定性，是丧尽天良，惹人艳羡。离家出走路上忽然多出来个念高三的姑娘，无论怎么解释都很难让正人君子信服。好在知道这事的人不多，只局限于鹿原的几个圈内朋友和朋友的朋友，还有他们的朋友。

自从发表《他跑了》，鹿原已然成为青文赛的负面形象代表之一，是家长老师眼中的"坏孩子"。和他一比，另一个"坏孩子"成语言不过是大学退学、抨击教育制度而已，并没有和父母断绝往来、离家出走。这个女孩的事情若再传出去，说不准有人要往《笔迹》编辑部的玻璃窗砸砖头。

朋友当中只有秦襄不愿采用"诱拐"说法，对全天然道，他肯定有自己的难处。全天然说，哥哥，这算哪门子苦衷，哈哈哈，这，分明就是人性，连苦行僧老鹿也不能免俗。

投奔鹿原的女孩叫倪彩，巧的是，《复读班》的女主角也是这名字，故意和哲学家尼采谐音。鹿原一开始还不相信，倪彩拿出身份证甩过去，说你要相信命运。鹿原接过一看，叹气，唉，是劫。

生人初见倪彩，大多会想到"神游"二字。她脸上带着种半梦半醒的神情，好像迷迷糊糊、涉世未深，一不小心就让人给卖了。

可"人贩子"鹿原知道，倪彩是个天不怕地不怕的女子。小学时有个男生课间掀她裙子，她一路追杀到男厕所，捏着男生的睾丸让他磕头认错；初中时，后妈仗着孕肚抽她耳光，她敢一脚踹回去；高中上课无聊，她自说自话跑到教学楼顶抽烟；例假时想喝酒就喝酒，想吃冷饮就吃冷饮；冬天穿衣服不看气象预报，只看心情。

鹿原在常州中学的讲座，台下只有高一高二学生，倪彩是从高三文科班溜出来的。鹿原离开时给文学社长留了邮箱。倪彩威逼利诱，要来邮箱地址，冒充一个北京的女大学生读者给他写邮件，有一搭没一搭地探讨写作心得。又问一个在交大读计算机专业的网友要了个程序，作为邮件附件发给鹿原。他用网吧电脑，不怕中毒，毫无戒心。附件点开后表面看是一首在线歌曲，其实却把他的详细 ip 地址传了过去。

射阳县城就这么一家网吧。

鹿原听完暴露位置的前因后果，连声长叹，劝她赶紧回家，甚至不惜以报警相威胁。倪彩不为所动，反过来威胁，她要是被遣送回去，头一件事就是把鹿原的行踪举报给辉城的父母。

鹿原苦苦哀求，为什么要缠着他不放。倪彩从书包里翻出《笔迹》，指着上面的《他跑了》，说你跑我也跑，路上有个照应。鹿原这才意识到，自己的文章不仅仅是军令状，还成了夜雾中的灯塔。他晋升为比成语言还要果敢的偶像。

倪彩说，你别想多了，我是在学校待腻了，想呼吸自由空气，跑出来转转，为了你的名声着想，我可以冒充你女朋友，但你晚上要是敢动手动脚，你再有名我照样阄了你。

鹿原深信如果坚持赶她走或者自己连夜逃跑，她也有可能阄了他，就说，我很敬佩你的原则分明，但是……你真不打算高考吗？倪彩莫名，你不也没考大学吗？鹿原说我和你不一样。倪彩点点头，这我知道，你是文学青年，没我活得洒脱。

倪彩家里做生意，她跑出来时除了身份证还有一万块现金，外加一块鹿原觉得不怎么好看的红石头。倪彩说，果然啊，隔行如隔山，你对值钱的东西一无所知，据说当年为了这块东西还闹出过人命。鹿原说，真正的好东西，都值得性命相搏，写作也一样。

倪彩说又是写作，你平时就没别的爱好？鹿原想了片刻，从床头拿起那本跟随他离家出走的《白鹿原》，说可惜，你不是关中人。

倪彩说,关不关中,关我屁事,对了,你那长篇写多少了,拿来让我看看。

鹿原道,休想。

全天然给他打来座机长途,问,嘿嘿嘿,如何?鹿原问,什么如何?全天然说,装蒜呢你,就是,啊,生活方面,如何?鹿原总结了一下,白天他去奶茶店打工,倪彩在家睡大觉。晚上他去网吧写作,倪彩在边上玩游戏。吃的方面她从不亏待自己,餐餐大鱼大肉,鸡腿鱼脊鸭胸猪头肉,他则负责消灭翅尖脖子碎肉鸡屁股。晚上倪彩睡床,他在靠门口的地方打地铺——倪彩枕头下还放了把剪刀,正是从《他跑了》里花可的事迹学来的。

全天然长长"昂"了一声,弄了半天,你过着狗一般的日子?

鹿原说,狗应该不用扫地拖地倒垃圾通马桶。

全天然说,你这恋爱谈得真是……比我当年还憋屈,对了,你那长篇写得怎么样了?

狗也有龇牙发火的时候。

倪彩有个坏习惯,坐到哪儿都把双脚翘在什么东西上,餐桌,阳台扶手,窗框,浴缸,哪怕坐在断头台边,她也会把脚放在刀口下。有次她坐在床边抽烟看电视,两只脚就搁在床头柜上,不巧,床头柜摆着那本《白鹿原》。鹿原回家后看到,牙齿作响,三步并两步抓住她的脚一提,把书解放出来。倪彩抽回脚丫大喊你干什么?流氓!鹿原也喊,你在干什么?文盲!土匪!地痞!

被他这么一凶,倪彩反倒不说话了,晚饭时往鹿原碗里夹了根鸡腿。鹿原没说话,狠咬一口鸡腿,咬得理所当然,咬得气壮山河。

但鸡腿下不为例。

某天早上,倪彩睡眼惺忪去上厕所,发现鹿原就跪在阳台上,双手合十,闭目念念有词。倪彩吓了一跳,问你干吗呀?鹿原说,今天7月7日。倪彩说,哦,卢沟桥事变。鹿原皱眉道,亏你之前是高三生——今天高考,我在为堂妹祈祷,希望她考进上戏……她帮了我很多。

倪彩笑得睡意全无,说今年2003年开始高考日期改革了你不知道?改到6月7日开始,高考都过去一整个月了!

鹿原闻言,半张脸埋了起来,不再说话。倪彩的尿意也被他弄得烟消云散,叹道,唉,本来你也该6月高考的,我也该6月高考的,既然已经错过了,就将错就错吧,希望你妹妹考上想去的学校。说完倪彩在他身边跪下,双手合十。

片刻后,鹿原睁眼道,我沉心写作,把俗事都忘了。

倪彩说,忘了也好,忘了就是脱俗。

去年暑假离家出走以来,鹿原逐渐养成打一枪换一个地方的习惯,每处落脚不超过三个月。7月中旬他们退了射阳的租房，继续北上，在宿迁骆马湖北面的小镇上找了房子。在新住处安定下来，他给陆小尧家打去电话，这次是堂妹亲自接的，她已经被戏剧学院的戏文系录取。鹿原欣慰道，现在你可以好好写东西了，上海那个地方诱惑很多，要把持住。

回住所路上他兴致颇高，在杂货铺买了瓶三块二毛钱的白干。家门口却站着两个男的，年龄似乎跟鹿原差不太多，一个背大书包，一个提大行李袋，鞋子都很脏。鹿原问你们找谁？其中一个高高大大的男孩回答，里面的女士不让进。另一个又黑又瘦的说，从没见过这么会骂脏话的姑娘。

鹿原说，啊，这个。

高高大大眼神一亮，问，你该不会就是鹿原吧？鹿原犹豫片刻，点头。二人对视一眼，齐声道，鹿原大哥，我们投奔你来了！

前来投奔的两个男生都是1984年出生，属老鼠。倪彩管他俩一个叫舒克，一个叫贝塔，统称"老鼠兄弟"。

又黑又瘦、看着营养不良的是舒克，真名樊龙，和陆小尧同届，今年高考成绩一言难尽，据他说数学交了白卷，外语答题卡上每道题都涂黑了两处空格，属于自杀式高考。他跟家里人说自己不是读书的料，不如出去打工挣钱。樊龙的老爹是后爹，这话正中下怀，就给了他点钱，让他赶紧出去混社会。

贝塔真名郑策，确如坦克，一米九身高，壮到十头驴拉不过来。小时候他有"神童"美誉，初中和小学都跳过级，进高中就不行了，到大学就彻底变了，号称是因为"研究哲学和神学太过深入"，功课门门不及格，还在宿舍阳台上弄明火祭祀，燎黑一大片墙，好在没出人命，被学校开除。

"老鼠兄弟"一个来自南方一个来自北方，学历不同，遭遇不同，但都读到了鹿原发表的《他跑了》，都认为自己看到了人生新方向，遂来投奔。

樊龙是全天然QQ列表里的读者，郑策在某个哲学论坛跟秦襄认识许久，分别弄到了鹿原现在的地址。他们下了长途车被同一个黑车司机拉过来，在后座上发现对方和自己目标相同，异常激动。

鹿原决定暂时收留二人，倪彩把电视机遥控器一砸，大喊声，靠！你打算干什么？学耶稣收个十二门徒吗？

"老鼠兄弟"仅剩的钱都用来买来的车票了。鹿原是光毛驴，也没钱，要给他们买车票离开只能问倪彩借钱。倪彩一毛不想拔，说那你们就打地铺，你，睡阳台，你，睡浴缸，就等着冬天被冻死吧。

郑策摆手道，不会的，那时候我们可能已经发财了。

倪彩白眼一翻说，也可能已经发疯了。

郑策接话，等鹿大哥写完他的长篇，我们就发财了。

樊龙使劲抽抽鼻子，说先别说么远的……冰箱里还有剩饭吗？

小镇不像城里土地金贵，他们租一室一厅，单间面积却不小。正处夏天，还能对付。鹿原私底下对倪彩说，年轻小伙子满腔热情，基本三分钟热度，等他们在这里体验了苦日子，过几天肯定就走了。不然就郑策那坦克身躯，你我加起来再乘以三也赶不走他呀。

于是乎，四个人就暂时一起住。他们的邻居倒也宽厚，没报警。当然，好奇心还是有的，四十平米房子，莫名其妙住进去三男一女，平时都在干什么？

最开始，鹿原对两位门徒还是有所期许的，暗想两人或许真是怀才不遇，不容于世俗，在自己这里找到了桃花源。过了不到一星期，他就对"老鼠兄弟"彻底失望了。

舒克樊龙同他一样爱写作，就是投稿不中。鹿原一直在写新长篇，舒克却总是拿高中旧作品投给杂志社，不写新的。要不就去网吧，在贴吧和论坛四处宣传自己。到了半夜也不睡觉，自己坐在浴缸里，硬拉着鹿原蹲在浴缸外面聊文学，似乎文学就是聊出来的而非写出来的。他还表示自己想写科幻，结合一点软色情元素，肯定畅销，什么"三个乳房的外星公主"，"需要三个人结合才能生孩子的猎人星座夫妻"……

贝塔郑策则崇尚无为而治，白天蜷在阳台上睡大觉，不怕太阳晒，不怕蚊子咬，鼾声滚滚雷神在世。一到开饭就自动醒来，都不用叫。大晚上又踪影全无，第二天清早才带着一身泥巴回来，偶尔能看到同野狗搏斗留下的痕迹。倪彩问他干吗去了，贝塔答，观天象，同宇宙对话。还有次带了一个橘红色塑料圆锥体回来，高度到膝盖，底部一圈黄漆。舒克和鹿原不知何物，贝塔自己也不知道，只说路边捡的。

倪彩不愧家里有好几辆车，说土鳖啊土鳖，这是雪糕筒，车子抛锚，要在车后一段距离摆上，提醒后面的驾驶员前面有车停着。贝塔反复端详雪糕筒，说形状正好，晚上我戴在头上，宇宙发来的信号能更清晰。

倪彩气得要命，对鹿原说以后别被我碰到那什么全天然和秦襄，见一次打一次！

鹿原本以为天天粗茶淡饭，没一点荤腥，睡阳台睡浴缸，足以打发走人了。没想到"老鼠兄弟"太随遇而安，7月底来的，快到9月还不肯走。小镇消费低，鹿原在加油站超市打零工，其他三人都没工作。倪彩带出来的现金还能撑很长一段时间，但她再也没耐心同鹿原的门徒周旋了，跟鹿原摊牌，要么他们滚，要么我走人。

鹿原的本意是，最好你们三位一个都不留，彻底清净。可是驴蹄硬过尿，事实面前不能不低头。倪彩这人虽说是劫，然则也是福。没有她半路杀出的加盟，他早就入不敷出了。有了倪彩，他才能不担心房租饭钱，不用打十几小时工,可以留出很多时间专心写作。

9月头上,鹿原说要去上海开一个会,想带上两位门徒见识大千世界,倪彩留在原地当留守女士。舒克非常兴奋,打算连夜写稿面呈《笔迹》编辑,结果最终只写了两百字开头。贝塔对雪糕筒依依不舍,但鹿原坚持不让带。临走前贝塔关照倪彩,请务必照顾好它。倪彩说放心,你们一走我就扔进骆马湖。

三人都没什么钱,倪彩不肯大力资助,只能坐最便宜的慢车,一路上走走停停总算到了上海,住在滕州路招待所,三人一间,一晚只要六十块。堂妹陆小尧已经到上海戏剧学院报到,正在华山路校区就读。鹿原不想让两个门徒找到她,平添麻烦,只能不和陆小尧取得联系。

抵达当天他们就去了信缘里"小沙龙"。商隐正好不在上海,大厨迟敬德被搞了一个突然袭击,来不及准备,中午只能请他们一行去弄堂面馆就餐。面馆老板开了眼界:贝塔吃了三碗面,两块素鸡双份爆鱼,三个酱蛋。樊尨是两碗面四块大排。老板说怪怪,这家店开张到现在二十多年,头次碰到这么能吃的——当年有一个刚刚劳满释放回来的小青年,也不过吃了三块大排两碗面。

迟敬德有一点令鹿原颇为感动,出走之后,熟人里他是唯一一个没问长篇进展如何的。晚上迟大厨在"小沙龙"摆上一桌菜,还有黄酒。三个男人风卷残云,汤汁都没剩。樊龙不懂黄酒后劲之足，出门到院子里抽烟，冷风一吹直接哇哇大吐，最后让强壮的贝塔扛着走出了信缘里。

翌日凌晨六点多，两位门徒鼾声阵阵。鹿原悄悄起床打点行囊，准备出门。有个人的鼾声忽然停了。他转身，见床上贝塔正看着自己，便解释说要去杂志社开会，得早点到。贝塔声音很轻，鹿原听来却觉得耳膜要穿孔：

"没有会议，你是要去赶火车。"

这是倪彩的主意。他带两个门徒一走，她立刻退房，前往潮汕，等着鹿原去汇合。那里天气温暖，适合过冬。鹿原此前和商隐联系过，又借了一千块钱，经迟敬德之手分装两个信封，舒克贝塔各一个，就在厕所洗手台上，是遣散费，也是告别信。

鹿原："你早知道了？"

贝塔："你仗义，打扰了那么久，是该好聚好散，我那份钱你拿走。"

鹿原转了转身体，说还是不了，留给樊龙也行。贝塔说他是狼我是狗，还是拿走。鹿原从厕所出来，说你俩保重。贝塔闭上眼睛翻了个身："后会有期。"

第二个鼾声重新响起。

鹿原背着书包走出招待所，空气清冽，入肺沁心。这座超级大城市正渐渐恢复生机：挥舞扫帚的环卫工人，赶去菜场买新鲜菜的老太，身背木兰剑从公园归来的老头，咬着包子赶路的上班族,戴耳机跑步的老外,等公交的中学生——其中一个正手捧《笔迹》,看得入迷。

三年前,2000年8月某个清晨,他也站在招待所门口,眼前景象几乎一致,除了要上学的中学生。那是对他而言最重要的日子,第二届青文赛决赛当天。比赛在下午,他怎么也睡不着,很早起床,在招待所大厅遇到全天然,一起出去吃早饭。

那时他胃口甚好,大便通畅,对未来一脸乐观,是长子长孙,《复读班》作者,家里的希望,其他选手索要签名的对象,从未高考落榜,从未离家出逃,从未体验过挨饿和受冻的滋味。那时他做好了决赛凯旋的准备,也有成为殉道者的觉悟。

2003年9月的这个早晨,他又站在招待所门口,往事如烟,今非昔比。青文赛代有才人出,他自己却成了流亡者,靠一个小姑娘混饭吃。

正在过去和现实之间联想,那个看《笔迹》的中学生等的公交车到了,他合上杂志,摸出硬币。鹿原有感而发,清点了自己的裤袋,有钱,有身份证,有车票——回到倪彩身边的车票。

就这一刻,醍醐灌顶,祖宗显灵,鹿原有了全新的想法,这个想法里没有倪彩,也没有偶像的概念,没有狗一样的日子,只有全新的目的地,他自己才知道的目的地。

5

"老鹿老鹿，老是跑路。"

这句顺口溜的版权归杜胤尧。全天然说，啊呸，分明是战略大转移，找着方向就朝前走的是人，没了盼头原地不动的，那是坟。这段对话发生在秦襄请客的五道口烤串摊上。鹿原本人也在场。他来北京是为了要债。

去年开始，出版市场开始流行主题文集：策划一个主题，找正当红的年轻作家约稿，只要中短篇，集合成册，尤以"青文赛""80后"这类选题卖得好。鹿原出走后在打印店、眼镜城、黄页推销公司、奶茶店、加油站都打过零工，收入菲薄。北京有家文化公司找来，请他出面组稿，策划费开到三千，比工资高得多，他只能应允。

以《复读班》作者的名号，他不会组不到稿子，秦襄、全天然、艾苦、朱颜都愿意帮他。这本《80潮：文学新人作品珍藏本》2003年上半年就出版了，合同上写明的两个月内必然到账的稿费和策划费，却始终没发下来。直到他带着二位门徒出发去上海，这钱都没见着影子。

在上海摆脱两位门徒，从滕招一出来，鹿原就想，不如来北京要钱。拿到钱一来可以还了诸位兄弟姐妹的债，二来还有笔策划费，以后也好继续周转。

到了文化公司一打听,当初和他联系的责编早已离职,临走还领走了稿费和策划费。公司财务给他看了付款凭证还有收据,有那编辑的亲笔签名,说咱这儿已经银货两讫了。

艾苦曾在文章里写,北京,文艺圈的耶路撒冷。这座偌大的耶路撒冷,鹿原毫无根基,更谈不上眼线。那个卷款逃跑的编辑可能去了其他公司,也可能去了其他行业,甚至去了其他城市,一切不得而知。

鹿原在北京住宣武区某间地下室,和《他跑了》里的花可一样。为省钱,他每天用借来的电磁炉煮挂面,拌上杂货店买的卤肉酱,一天两顿,一顿半斤,想埋个鸡蛋在碗底都是奢侈。白天他就蹲在外面晒太阳,脚边躺了一只断尾巴缺耳朵但神情安逸的野猫,与他的愁眉苦脸相映成趣。

两三天刷一次牙,很久没洗澡,这些并不可怕,那些和他住在一起的群众演员、流浪歌手、外地来找工作的大专生都这德性。爱干净的是那些从全国各地陪孩子来北京上艺考班的家长,事情多,嘈杂,还不好惹。有天他在公用厕所里刷牙,看着镜子里憔悴又疲惫的自己,更像那帮砸锅卖铁也要帮孩子实现明星梦美院梦的玩命家长,想,我才二十一岁啊。

秦襄请客的五道口烤串聚会上,他总算吃到了荤腥,还结识了第三届的北漂杜胤尧和许飞扬。全天然嚼着鸡翅问你们记得当年秦哥出的题吗,窗外有明月,我后来一想,这是五言诗的第三句啊，其他都是"ang"押韵结尾，咱兄弟姐妹几个的答案能组成一首诗了，啊，"夜照愁绪长，剑影指八荒，窗外有明月，何处觅天狼。"

鹿原说不对，不对，我倒觉得应该是"青灯镜中亮，夜照愁绪长，窗外有明月，广寒洒露霜。"全天然说老鹿，你作诗就作诗吧，用"赵静"（毛琦）的答案干什么，啊，还跟秦哥的放在一起。

鹿原说，唉，意境，主要是意境都对了。

秦襄说，我也觉得对了。

鹿原随身带着长篇的稿子，虽然远未完成，秦襄还是抓紧时间看了。全天然悄悄打探，问写得如何。秦襄叹口气，《百年孤独》是他的"旧约"，《白鹿原》是他的"新约"，未来几年恐怕他是陷在里面拔不出来了。

全天然也"唉"一声，老鹿嘛，屎太硬，是殉道者。

秦襄道，他一直在逼自己，要么成功要么发疯，和他一比，你我都是俗人。

鹿原摆脱"老鼠兄弟"、来北京之前，跟堂妹陆小尧重新取得联系。五道口聚会之后，他在北京僵了三日，陆小尧来电，说有新情况。

《复读班》当初走红全国，有不少忠实读者。其中一人外号"三酒"，绍兴人，家里做生意，对鹿原极其崇拜，常通过《笔迹》编辑部寄信给鹿原，陆小尧是二传手。他从陆小尧那里听说偶像在北京困顿住了，说赶紧来绍兴！我给你安排差事，包吃包住，清闲！能写写文章。

"三酒"极有诚意，还汇来南下的车票钱。鹿原想，也没别的办法，反正在北京待下去毫无意义。临走那天他到胡同口小理发店剪了头发刮了胡子，到公共小澡堂洗了澡，在火车站小卖部消费了三袋方便面、一瓶红星小二和一盒点八中南海，为狼狈的首都之旅画上了一个还算体面的句号。

新工作在绍兴老城区五脂巷的一所私人图书馆，当管理员，工资不高，但有地方睡觉，有钱吃饭。鹿原被全天然誉为苦行僧，殉道者，能有一套桌椅，一摞纸，一支笔，就是好环境。

绍兴最著名的景点是鲁迅故里，中学课文里的百草园和三味书屋都在此地，路名也叫鲁迅中路。抵达绍兴第一天他就去参观，不由想起当年初到上海参赛，虹口公园里那座鲁迅墓。先生诞于绍兴葬于上海，这两点一线是从生到死。鹿原则是先去上海再来绍兴，他隐隐的期望是，寓意向死而生。

绍兴的日子波澜不惊，私人图书馆很少有人上门。"三酒"不出差时常请他吃饭，饭桌上很少聊文学，最多问下长篇进展，因为对方根本触不到他内心的那道门槛。他和外界的联系又只剩下陆小尧，用公用电话。堂妹到上戏就读后开始在《笔迹》发表若干小说，还为自己取笔名：鹿宴。但电话里，鹿原还是叫她小尧。

二人通电话，陆小尧开头都要说"展信佳"。这是约定的暗号，表示身边无人。如果有天陆小尧不说这三个字，就表示和鹿原的暗中联系已经暴露，是家人在边上逼着她打这通电话的。好在，这个情况还未发生过。

陆小尧告诉鹿原，他母亲前几天上班路上被电动车撞倒，左腿骨折，现在正躺在床上；他父亲请假服侍在侧，却常被老婆劈头臭骂，扔东西；此外，鹿原走后，他房间里的东西一直没动过，还维持原样，母亲卧床前每隔一星期会进去擦灰扫地通风……

鹿原打断说，不要谈那些无谓细节，她才五十岁不到，骨折很快就会好的——倒是你发在《笔迹》上的新小说，我看了，好，但还不够更好，青春文学，校园题材，现在的确热门，但你在大学里写三年最多了，之后就要考虑往严肃文学转型。

堂妹说，好——你的长篇，写得如何。

鹿原答，在磨。

堂妹又说，我最近，谈了个男朋友，叫……

鹿原答，我听人说了，蛮好。

堂妹说，嗯，蛮好的。

他在绍兴前前后后待了两个月多一点。2003年圣诞节前又有人来找，是第二届青文赛的选手，当年在滕招就住隔壁房间，算是邻居。对方湖南株洲人，在上海参赛时因为吃不到好辣椒整天愁眉苦脸，眼下正在长沙念书，对他说，不如来长沙当编辑吧，搞青春文学赚钱，这里是广阔天地，大有可为！

鹿原自《复读班》后不愿再写青春校园，但并不反对靠别人的青春校园来赚工资糊口。漂泊在外的人没资格挑食。江南绍兴过于安逸，黄酒甜糯麻醉，空气催人柔软，他选择再度出发。从北京到绍兴再到长沙，全天然调侃，老鹿这是跟臭豆腐干上了。

湖南盛产革命家、米粉和辣椒炒肉，乍一听和青春文学八竿子打不着。但全国著名的"四大书市"，北京甜水园，广州海印桥，武汉武胜路，还有就是湖南长沙。1997年，原先的黄泥街书市的商户集体搬迁，来到定王台安营扎寨。

来长沙之前，鹿原对昔日邻居的话还将信将疑。直到站在周末的定王台书市里，他不仅是信服，更是折服。人头攒动过道狭小，只能缓慢前进，空气闷热，待不久就有头昏脑涨之感。

如果说上海的福州路书城是装修讲究的国营餐厅，那定王台就是连绵一大片的个体户夜宵集市，八仙过海各显奇招。除了鹿原能想到的和想象不到的书籍，还卖教材、文具、光碟、瓷器、字画、玉器等等。那些新华书店里一分钱不让的书，在这里都打折卖。

带他逛的前邻居还说，你算来得晚，小时候我跟我爸去过黄泥街，哈哈，该有的书和不该有的书，正版盗版的，少儿不宜的……全都有，号称图书批发界的"金三角"，那些刺激的杂志都是上秤论斤卖的。

鹿原感慨，什么新事物，一开始都野蛮生长。前邻居说你别小瞧这些几平米不到的小店，一年能赚个十多万，甚至几十万。鹿原点点头，转而问，可这跟青春文学有什么关系？前邻居说你别急，跟着我走，我带你去见个老板，唉，这里太挤了。

开店做图书批发和零售，等于处在直面读者的前沿阵地，哪些书和杂志卖得好，哪些是虚假销量造声势，哪些根本无人问津，定王台商户的心里一目了然。上百位店主，鱼龙混杂，总有不甘于只做下游环节的有志之士，希望溯流而上，变身内容提供商，如此一来上下游皆在手中，根据市场需求提供内容，保证稳赚不赔。

前邻居带鹿原去见的老板，店面规模在定王台能排进前五，姓高名渡，1968年生人，身材五短，左手不离一串乌黑佛珠。他的店主营日本漫画、港台言情、军事和科幻类期刊，以及《笔迹》杂志。尤其《笔迹》，每个月进多少销多少，基本没有跨月份的存货，哪怕卖完了还是常有中学生来问。至于成语言和艾苦等青文赛著名作者的书，更不要妄想会在架子上逗留超过三天。

高渡在 90 年代做过服装批发和餐饮生意，2000 年还在湖南财经高等专科学校边上开了家不太正规的小网吧，生意兴隆，但很快面临激烈竞争，对手比他更不正规。去年北京蓝极速网吧纵火伤亡事件，引发全国各地对网吧大整顿，不正规的小网吧均被关停。

高老板心思活络，决心另辟财路，2003 年初成立如云文化有限公司，联络省内几家卖书号的出版社，专门出新生代作家的青春文学长篇。得知鹿原是青文赛元老、著名选手，高渡大喜过望，你就是鹿原！我读过你的《自习室》，写得很好！

那是成语言的成名作之一。前邻居连忙咳嗽，提醒高老板，是《复读班》，《复读班》。高渡一拍脑门，说记错了，反正都是学校里的故事。

高渡的文化公司没有办公地，手下编辑开会就在他定王台的书店里。编辑不是刚毕业的应届生就是大专在校生。会议一结束大家就四散到网上约稿组稿。大部分编辑都没电脑，只能去定王台附近网吧办公。至于工资，长沙城市居民人均工资每月七百元，高老板给毕业生四百五十元，在校生两百元，没有五险一金——这种慷慨很快为他博得"高铁鸡"的外号。

鹿原是青文赛著名作者，每月有六百元高薪，业务压力也迥异于同事：高铁鸡让他去约青文赛作者的长篇，尤其

"十二黄金"。

他是《复读班》作者,声名在外,但其他有名的作者也很现实。洲际核导弹是国之重器,长篇于作者而言是文之重器,交给谁出版,慎之又慎。在"十二黄金"的观念里,直接和出版社签约出书才是人间正道。

鹿原可以轻易约到短篇中篇,长篇则屡屡碰壁:秦襄,全天然,艾苦,朱颜,花可、杜胤尧……哪怕是堂妹陆小尧,面对邀约也推说长篇还在写,离完成还有段时日。

鹿原:"你们第四届的选手,也可以推荐给我。"

陆小尧:"这个……当初我们没有住滕州路,你知道的。"

鹿原哑然。当年他为了避开关注,特意没带堂妹堂弟住滕招,陆小尧自然也认识不了同届,现在天道轮回,自食其果。

2004年春节过后,鹿原还专门去武汉寻访匡薇的下落。找了足足三天,好不容易找到地方。对方只开了条门缝(门后三道安全链都没解下),跟他聊了一分钟不到就婉拒好意,说下本书已经谈妥出版社。连匡薇的脸长什么样都没看清,灰溜溜回到长沙。

和匡薇同在第三届的许飞扬倒是兴冲冲,通过全天然主动联系鹿原,说自己这里有很多诗作,足以出版两本诗集,鹿原可以随便挑选。鹿原为难,老板要的是长篇,诗集难卖，所以难出。

许飞扬："看在多年兄弟的交情上，帮个忙吧。"

和他只在烤串摊见过一面的鹿原回复："我有我的难处。"

许飞扬："嗯……你到底是看不上我，还是看不上诗歌？"

鹿原还想回答，对方已经挂断电话。

3月，上海福州路书城将举办青文赛五周年纪念文集的签售会，据全天然说"十二黄金"里几个相熟的兄弟姐妹都会去，此外还有秦襄。签售当天，成语言也在。签售现场在书城四楼，闻讯而来的读者从四楼一直排到一楼大门口。

《笔迹》本来也邀请了鹿原，但他没有应允。签售会的消息在网上和杂志上都做过宣传，他生怕辉城的父母会过来抓他，更怕倪彩或者"老鼠兄弟"找上门。签售会全程，鹿原就在马路对面的公用电话亭里抽烟，乍暖还寒，不住跺脚，还看到陆小尧走进书城，她是作为第四届的作者代表来参加签售的。

陆小尧显然精心打扮过，高跟鞋长风衣，头发放下，散在肩膀，像换了个人。此前她还来电问，这次的签售堂兄来不来。鹿原说，应该是不来的。堂妹声音黯淡，说，那好。没看到父母，也没看到倪彩和昔日两位门徒，鹿原抽完半盒烟，终究没有走进书城和堂妹亲人相认。

晚上是老规矩，商隐在"小沙龙"设宴，鹿原不得不出现，因为带着约稿任务，必须要对"高铁鸡"有个交代。全天然为了五周年签售可谓盛装打扮，脖子挂三四根项链，牛仔外套上全是钉子，一不小心就能扎到人，偏要让鹿原加塞坐到他边上，还说，老鹿你怎么才来啊？鹿原说白天到上海的火车票买不到，没办法。

饭桌上，几个老朋友基本都在：秦襄、朱颜、艾苦、全天然、杜胤尧。丁天丁主席是初次见面。花可本是要来上海的，结果在酒吧路见不平跟色狼打架，小腿骨折，只能作罢。成语言自是不会来商隐的饭局。苏穆哲宁在外地做活动。堂妹陆小尧签售完就走了，也不在。

"小沙龙"饭局，照旧上的是陈年花雕。迟敬德端上来长龙般的佳肴，龙井虾仁用的是开了背的新鲜河虾。鹿原一天没吃东西，却不动筷子只动杯，跟在座每人都"打了一圈"。艾苦还纳闷，鹿原酒量什么时候那么好了？杜胤尧说不是酒量好，恐怕是有话要讲，这是在壮胆。

他的确有话要讲，拍着另一边的秦襄肩膀，说："……那个（《复读班》）不是我的荣耀，是耻辱……幼稚，造作，矫情，当时没想明白……"

秦襄眉头微皱，似乎不敢苟同。秦襄另一边的丁天说，实在谦虚了，哈哈。女主人商隐不嫌事情大，点根烟道，我倒觉得他很清醒，有的人脑子越醉，这心里啊越明白。秦襄看了她一眼，扭头问鹿原，那你现在想明白了？

鹿原说，想明白了，不光我把自己想明白了，我把大家都想明白了。他伸出右手食指，指了一圈众人，说我今天其实就在书城外面，看着读者排队，一直排到门口，从没见过这样的场面，我敢担保，四年前咱们谁都没料到会有今天，是不是，对不对？

全天然说，对，对，老鹿，吃菜，啊，吃菜，对了，你那长篇现在进展如何啊？

老鹿不想吃菜，也不想聊自己的长篇，冒着手掌被钉子扎穿的危险拍拍全天然，举起酒杯，喝干，继续道，可我不上来，为什么呢？我知道你们当中有些人不想见我，为什么呢？我问大家都要过稿子，要过长篇，但没人给我，看不上我的公司，我鹿原完全理解，理解。

全天然说，理解就好，理解就好，啊，理解万岁，来，吃菜吃菜。

鹿原又给自己倒酒，接着说，还有人说，嗯，我听到了，听到这种说法，说，鹿原他自己也在写长篇，为什么不给自己公司出版却老问别人要稿子，还不是心里清楚那小公司不行，不够驴。我告诉诸位，这是误解，误解，第一，我长篇没写完，还在写，可能要写很久很久。第二，大家也对自己有误解，在座的兄弟姐妹，最多也就出了三两本书，算是早期作品，唉，秦哥，秦襄大哥，我们里面你是最懂的，早期作品都不成熟，都不是巅峰，那么看重这些……有什么意义呢？没有，是不是？

秦襄拍拍他肩，指着碗里已经堆积如山的菜，对的，你先动一筷子吧。鹿原拿起筷子，拨弄了一下顶上的葱爆海参，没夹起来，说，所以，各位，再过个五年，十年，你们回头看看今天出的书，翻一翻，一定会后悔，一定会感到……脸红！

饭桌上的青文赛作者鸦雀无声，只有女主人商隐细细掐灭香烟，对大厨迟敬德道，我这个"小沙龙"哦到底什么风水啊，每趟秦襄来吃饭，都要有人喝醉说胡话，真是昏过去，哈哈哈，可以上腌笃鲜了。

鹿原没住滕州路招待所，摇摇晃晃在信缘里门口独自打车离开。艾苦这次是借住在朱颜家，不顺路。全天然、杜胤尧、秦襄、丁天四人一辆出租，满身钉子的全天然被大家勒令坐在副驾驶座。车子开到第一个红绿灯，全天然长叹一声，老鹿这一出，唉，我心里是一点准备都没有，我的娘。

闭目养神的丁天笑笑，张嘴不张眼道，我有点搞不明白，他这次来上海，到底是当面找你们约稿呢，还是要来得罪兄弟姐妹几个？

杜胤尧说管他呢，反正鹿原今天是，嗯，进退失据。

秦襄看了后视镜一眼，见师傅专心开车，就说，我能理解他，怀才不遇，拔剑四顾心茫然。全天然又叹一声，希望他这话不会传出去，唉，太得罪人了。杜胤尧摇下车窗吸几口新鲜空气，说你这种天真实在要不得，文艺圈，写作圈，每个人都有七根舌头，肯定会传出去，还好许飞扬这次没来，不然能跟鹿原两个人一起抱头痛哭。

"脸红论"的确传了出去，直传到苏穆哲宁的耳朵里。苏碰巧读过陆小尧发表在《笔迹》的短篇三部曲《锦衣》《玉食》《声色》，有意结交，从她这里听说鹿原流离的困顿，还想通过她给老鹿汇款，也算对当年滕招室友的情意回馈。陆小尧却不敢，说，他要是知道真相，会跟我断绝关系，但绝不是对你有意见。

苏穆哲宁听说"脸红论"时商隐也在场，拿起支红圈香烟，说这个鹿原，昏过去……他帮她点上烟，接话道，我们是燕雀，他是鸿鹄。商隐笑，你别急着对号入座。苏穆哲宁说这是指着鼻子骂，不想对号也对上了，唉，随他去吧，当初在滕州路，我就知道他跟我们所有人都不一样。

6

鹿原带着宿醉后的脑袋，两手空空回到长沙向老板复命。"高铁鸡"板着脸问，你那几个朋友不给，那成语言呢，成语言也去签售了吧？鹿原说，成是巨星级别，找他要书稿的出版社不计其数，抢不到。"高铁鸡"捻了四五颗佛珠，问苏穆哲宁呢？你认识吧？鹿原努力想了想，答，当年是我室友。"高铁鸡"说太好了！赶紧找他约稿，他现在正当红，我这边《王》一进来就被中学生抢着买，你跟他说我出价高，有机会我去上海亲自跟他谈合作！

鹿原不置可否，心想，我还希望曹雪芹活过来把《红楼梦》补完呢。

上海之行无功而返，车费住宿费是他跟高渡立下军令状才拿到的预付款。从此以后鹿原的底薪降到其他人一样的水平，每月四百五，同时还要忍受高老板怒其不争的白眼。

幸而4月和5月，他各约到一名青文赛一等奖作者的书稿，业绩榜上不再是鸭蛋。两本书的内容和印刷质量都不算上乘，作者也没大名气。"高铁鸡"买断版权，按每千字二十元计费，作者到手也就三千多，鹿原提成三百，加上底薪刚够到长沙人均工资。

高渡在签约前总和作者打包票，要把他们打造成下一个成语言或苏穆哲宁。但在圈内待久了就知道，这种买断型单行本几乎不可能在市场上获得巨大成功。哪怕花几千块钱到沙漠随便买块一百平的土地，天天在里面勘石油，也比这个靠得住。

6月和7月他又没了业绩。"高铁鸡"没开除他不是出于心软，主要是工资太低，其他同事往往做不满两个月就走人了。

在长沙待了半年，鹿原养成新习惯，每次吃饭前拿只小碗放满白开水，把上来的菜在水里涮一涮方能入口，但还是有舌头无法忽略的辣味。当年在肴州的出租屋里被小网管教过，靠杭椒蘸黄豆酱过冬天，他以为自己能吃辣了，到了长沙才发现那是小儿科。

他租在树木岭一带，房租低廉，屋里没有厨具和灶台，只能去楼下小餐厅吃饭，盖浇饭价廉物美，美中不足的就是过于火辣。第一次去时，老板看到他这个吃法，不由哈哈大笑，说，朋友外地来的吧？长沙每只炒菜锅都是辣的。

鹿原用纸巾擦着汗，说你们……是火辣辣的城市。

时间稍久，脸上长出了第一和第二颗青春痘，之后是第三第四第五颗。

8月中旬他又去往江西碰运气，找南昌大学和江西师范大学的选手谈合作。这又是次失败的旅途，高渡开的条件太低，除非作者不打算在写作圈长远发展，只想出本书镀层金，为个人履历增光添彩，才会无所谓拿多少稿费。

想到回去后又要面对"高铁鸡"的白眼，他觉得长沙并非大有可为的广阔天地，而是又一处容不下他的伤心地，要做好离开的准备。至于下一站去哪里，心里没有方向。北京有秦大哥，但他不想去北京。太原有全天然，但全天然只会劝他去北京。再回绍兴找"三酒"，他实在拉不下脸多次麻烦人家。躺在南昌小招待所的床上，眼望天花板，外面天大地大，竟容他不下。不光写作的路难走，世界上哪条路都难走，除了绝路。

准备离开南昌的前一天下午，他想去师范大学边上的书店逛逛。走到门口，里面一阵吵闹，书店老板正揿着一个人的后脖往地上摁。后者手攥一本马尔克斯的《百年孤独》，高嚷你这是盗版书！根本就没买版权，是中国出版界的奇耻大辱！我不是偷，是伸张正义，同学们你们别光看热闹呀，关键时刻要见义勇为！

老板说，切卵蛋，你才是读书人的奇耻大辱，墙上写着偷一罚十，要么交罚金要么跟我去派出所。说完提起竹竿一般的偷书贼往外走。偷书贼一个趔趄，差点摔跤，抬起头，从围观者里发现一张认识的面孔，大声道，陆篆！是你！

鹿原的确认识他，想认不出来都不行。

此人名字古怪，叫战国。上次相见是四年前的上海，第二届青文赛的颁奖典礼一结束，大部分选手退宿回家，剩下全天然、艾苦和鹿原等人因为车票日期的缘故还住招待所，等着第二天早上再出发。

战国就是这天晚上摸到滕州路的，在走廊大声问，还没有青文赛的人？我战国特来见天下英雄少年！当时战国长发披肩，瘦如麻秆，一双眼睛小如芝麻，几乎挑战人类极限，一副圆眼镜并未能给双目增添多少人间气质。

起初他自称本届诗歌组的入围者，但没能及时赶到上海，抱憾错过决赛。艾苦不太相信，让他拿出决赛通知书看看。战国又改口说的确是投了稿的，没能入围，在网上跟人打听到滕招，就从外地主动赶过来找大家，想要青梅煮酒以文会友。

全天然悄悄对鹿原道，搞了半天，这"拖把精"就是一瞎凑热闹的社会闲散人员。但众人没有轰他走。既是文学同好，就不能赶人家。住鹿原隔壁的株洲选手说算了算了，五湖四海皆兄弟，世上哪来那么多坏人？这次我们出远门不就是为了多认识点人？

战国老家在哪，几几年生人，这些问题他一概不答，只说，不要问我从哪里来，我的故乡在远方。他自称诗人和浪客，一路颠沛流离，却不会几句诗，出口吟的是："天与地，娼与妓，长太息以掩涕兮，吾与成语言到底谁牛逼？"

说完就猛灌全天然买来的啤酒，如饮白开。全天然好不容易抢下几罐，去上厕所时对鹿原说，估计战国不是真名，啊，是，是有姓战的，但这虚张声势的名字撑在他那张脸上，我怎么就那么不信呢。

喝到兴头，战国还说自己如果"酒兴到了，诗性和兽性都会大发"，不信打赌，此言一出，连男选手都不敢留宿他。战国似乎也没钱另开房间，直接在大堂破沙发上对付了一宿，第二天一早就走人了。全天然说，这"拖把精"要是早来两天，你看花姐和商隐不把他摁地上，拿皮鞭抽到只剩骨头。

昔日上海初遇，如今南昌再会。四年里战国头发可能没有剪过，几乎及臀，远看去分不清发束和腰身究竟哪个更粗。一身青灰长袍，一只破帆布包，或许自从买来就没洗刷过。眼镜还是同一付，左镜片新添了些许裂痕。

战国这一叫，围观者目光都移到鹿原身上。他深知自己无法溜走，只能表示愿意破财买下那本书，这才平息一场风波。

故人重逢，喜不自胜，喜的人自然是战国。鹿原请他在桃花路上一家小餐馆吃饭。战国几乎把盘子舔穿的吃相，令他想起当年"老鼠兄弟"在弄堂面馆震慑老板的场景。

早在滕州路招待所时，战国就从不回答"我从哪里来，要到哪里去"这样的哲学问题。酒足饭饱，听完鹿原四年来的经历，他连嘴边油渍也来不及擦，正色道，陆篆，不，鹿原，你现在做的差事，一言以蔽之，完全是在浪费名声，挥霍青春！

后者反正闲着没事，表示愿闻其详，将他带回招待所，彻夜长谈。战国盘腿坐床上，一手提啤酒瓶，一手攥着辣鸭腿，侃侃而谈："人混于世，如练搏击，就是拳击，你看过吧？你现在一手在写长篇，遥遥无期，就相当于蓄力，等着挥出制胜一拳，但另一只手却拿来当个小编辑，这不是给对手扇风给他凉快吗？你另一只手应该快速出击，打刺拳，求的是快、准、狠，用目前的资源获取最大的好处，跑马圈地，让你拥有别人所没有的优势。"

鹿原："那……该打什么刺拳？"

战国灌口酒，打出两个嗝："你现在孤身一人，在平面上就是一个黑点，当然，比较大，因为你是鹿原，写过《复读班》，你那些兄弟姐妹也是一个个的黑点，点连在一起是什么？是线，但不可以是直线，要曲线！曲线首尾相连，是什么？"

鹿原："圆圈。"

战国挥着鸭腿："是面！点，线，面，跑马圈地，圈的就是面，这个面里有无数同龄写作者，你是创始人，最大的黑点，这就是你的地盘，你的刺拳！"

谈话谈到凌晨三点，鹿原已对今后道路有了更为清晰的规划，但仍不放心，"80后作家联席大会"这个主意好是好，但由我来操持是否合适？青文赛"十二黄金"除去个别，其他个个都是人才。

战国摆手说，要成事，天时地利人和，缺一不可——天时，现在青春写作正盛，新生代、80后作家当红；地利，你已说过长沙的情况，可以说是上海之外的第二战场；人和，"十二黄金"除了你，没人更合适。

鹿原："成语言，我们之中的头号旗手。"

战国："言辞犀利，容易得罪人，一嘴巴的火药。"

鹿原："苏穆哲宁，冉冉升起的新星。"

战国:"不做无利可图之事,一肚子的精明,不信我们打个赌,两年内此君必会自己开公司,自立门户。"

"秦襄秦大哥,资历学识深厚。"

"读的书太多,一脑门的玄虚。"

"全天然呢?"

"前两年混得不错,但最近不行了,且一胸腔的哀怨,不成气候。"

"杜胤尧。"

"哈哈,一裤裆的勇猛,毫无格局意识。"

"艾苦。"

"离长沙太远,离上海太近,据说也不爱交际。"

盘点一圈,战国说不要再想啦,就是你了,《复读班》作者,青文赛元老,名声赫赫,离家出走无牵无挂,衣食简朴一心理想,你主持大局,你朋友愿意帮忙,不出名的作者会听你感召,哪怕成语言、苏穆哲宁也会卖面子,所以舍你其谁?用我们老家的话,你是冬天的蚊子。

鹿原说,冬天的蚊子最容易死。

战国回,错!能活到冬天的蚊子最顽强,绝无仅有,万里挑一!

鹿原把半张脸埋起来。

战国一拍他肩膀,你从辉城逃走,又从上海逃走,再从北京逃走,居然还要从长沙逃走……事不过三,别再逃了兄弟，天将降大任，你逃不掉的。你真要想逃，就回老家，跟父母低头认错，读个成人夜校，慢慢熬个不值钱的文凭，做份不喜欢也挣不到钱的工作，讨个中学学历的老婆，一辈子慢慢悠悠写你的小说，外面的精彩外面的风起云涌都跟你无关——你愿意吗？你要是愿意，我现在就把刚才吃下去的饭菜吐出来全部还给你，宁可饿死街头！

翌日二人动身前往长沙。出了火车站，鹿原还没有先向"高铁鸡"复命，就去了定王台另一家店铺，跟店员说要见老板高湘。

定王台的老板四分之一都姓高，属于亲戚拉亲戚。高湘、高渡虽然都是单名，都有三点水，却无血缘关系。"高铁鸡"那支是宁乡高氏，高湘则出自浏阳高氏。高湘不像铁鸡那样心思活络、涉足过其他行业，九十年代头上高中毕业后就在黄泥街做图书批发生意，两次破产，两次东山再起，一直做到黄泥街书市搬至定王台。

论溯流而上，他比"高铁鸡"走得更远，2001年就成立锦绣文化，搞了一本面向中学生的《彩虹园》杂志，主打港台日韩明星写真，兼有些校园短故事。2002年又做了纯文字的《星愿》，名字来自任贤齐和张柏芝主演的电影《星语心愿》。

这两本杂志让他在定王台小有名气，但也仅此而已。走出湖南，甚至走出长沙，听过这两本杂志的人就不多了。相反,上海《笔迹》气势如虹,在全国市场上碾压同类期刊,每年又有青文赛源源不断提供人才,尤其成语言和苏穆哲宁相继爆红,把潜在的好作者都吸走了。

高湘当然不安心只做个"长沙王"。

鹿原和战国带着作家联席大会的计划找上门,在高湘看来如老天相助。他是出名的饮茶狂人。为了对《复读班》作者表现出足够敬意,会面地点选在了历史悠久、消费高昂的"岳麓庄"茶楼包厢。此地可凭栏眺望湘江,将橘子洲头的景色尽收眼底。

鹿原对高湘道,高总一看是有梦想的,这点你我一样,有梦想的人只怕一件事情,怀才不遇,是金子却不能发光——我们设想中的80后作家联席大会就是要避免这一情况,在成、苏之外形成第三个恒星体系,不被前两者光芒所遮蔽,要让他们被看到,被读到,被听到。人杰地灵的长沙将是这第三个恒星体系的中心。每年大会、负责日常事务的秘书处、内部刊物编辑部都将设在这里,让越来越多的新生代写作者汇聚于此,形成一个年轻作者的阵地。"这个阵地你不去占领,别人就会占领。"他说到最后还引经据典。

喝完两泡小青柑普洱,双方定下了合作条件:高湘为鹿原等人提供一个办公场地,他公司的编辑可以在业余时间为联席大会出力。但他无法满足金钱要求,毕竟《星愿》的盈利情况并不乐观,"只有你们把事业做大做强了,才有资格谈真金白银的付出。"

作为回报，联席大会未来吸纳到的作者都要为高湘的杂志供稿，其次，鹿原至少要在未来一整年内担任高湘策划中的新杂志的主编。

鹿原说有办公场地就好，我在"高铁鸡"那里开会都是站在书店里。高湘笑说，高渡嘛，他公司是不是叫么子，如云文化？到现在都没在工商局登记。鹿原闻言愕然，原来自己打工了半年的单位是无源之水、无本之木。高湘见他表情，补充说，我2001年做《彩虹园》，也是今年年初才在工商局登记完公司手续，相当于无证驾驶了三年，哈哈哈。

鹿原更愕然。

高湘敬他一杯茶，说，湖南人霸蛮，讲究先下手为强，用实力说话，这点你硬要记得心里克。

战国也敬茶，说，高总，成大事是该不拘小节，就像养盆栽，得先让它长起来然后再修剪，长不起来，剪刀都懒得动。

高湘说好比喻，到底是文化人，对了，听闻鹿老弟一直在写长篇，什么时候写完？我很想拜读。

从"岳麓庄"出来，鹿原深吸一口气，说高湘到底有格局，有眼界，和"高铁鸡"有云泥之别。战国问他要支烟，道，你错了，没区别，都是商人，不信我们打个赌，问问高湘手下编辑每个月工资多少，肯定不会比"高铁鸡"高太多，而且也不缴金。

鹿原没说话。

战国说，你以为他看中什么"占领阵地"，其实他看中的是你，你出任主编就是一块金字招牌，青文赛作者甚至《笔迹》作者就被他引流引过来了，联席大会做好做坏跟他毫无关系，所以不肯出钱，只给几张桌椅，但给了也总比不给好……今后还得靠我们自己。

鹿原说原来如此，唉，我本想对青春文学敬而远之，一心写严肃文学，没想到现在……战国拍拍他肩膀，伟大的事业都需要受点委屈，很正常。

其实资金问题并非迈不过去的坎。在南昌和战国夜谈时，鹿原就想起了绍兴富商家庭出身的"三酒"。但开口向忠实读者借钱可没那么容易，关口在他自己心里。

回长沙的火车上，战国以闯荡许久的江湖经验开导他，这种崇拜者的热情其实没那么长久，短则一年，长则三五年，等以后世俗缠身，岁月消磨，他就慢慢把你给忘记了，鬼知道哪天会突然想起来曾迷恋过这么一个作者的这么一篇文章——现在开口要钱正是黄金时机。文学事业从来是烧钱的，以后我们成功了，他借此扬名，谢你一辈子还来不及。

战国判断很准，"三酒"和偶像通过电话后答应赞助一万五千块钱，两月后又追加一万。这可不是小数目，高湘在工商局正式登记成立的锦绣文化，注册金也就五万人民币。

有了资金、场地、人手，鹿原正式向高渡提出辞职。

其实不提也没事。"高铁鸡"从未和手下签过劳务合同，那丁点工资都是现金给付。"高铁鸡"却出人意料想挽留鹿原。他自己也打算做青春文学杂志，已经联系长沙、武汉几所大学的文学社和若干网络论坛创作校园小说的写手，如无意外 10 月就能新刊上市。杂志不像单行本，得稿率很高，鹿原完全可以留任副主编，工资多两百块钱。

鹿原没笑，也没说话，战国清楚这时该他开口，说高湘的新杂志，鹿原可是主编，月薪一千五——公鸡不下蛋不拔毛不出肉，光站那儿打鸣有什么用？

7

2004 年 12 月，《星愿》改版为《爱琦》，出了试刊号，封面采用日式漫画风格。之所以改这个名字，因为高湘的女儿名字里有个"琦"。2005 年元旦过后，"高铁鸡"的《宝儿》也姗姗来迟，封面是美女大学生的上半身写真。

由于封面风格和《笔迹》相去甚远，这两姐妹在中学里都没捞到什么好果子吃。老师们常误以为前者是漫画书，把后者当成时尚杂志，反正就是不像文学期刊。这种封面也等同于放弃了绝大多数男读者。当然，定王台出来的文化公司老总们早就深谙这样一个事实：青春文学，校园小说，女读者永远比男读者多。

那些青文赛出身、奔着鹿原名号投稿的作者，拿到《爱琦》样刊后都惊讶不已，尤以"十二黄金"的兄弟姐妹为甚。全天然在 QQ 上对艾苦说，老鹿编的这本杂志啊，我都不好意思拿在手上出门。艾苦回，哈哈哈，他给我寄的样刊估计邮政半路上丢失了，但我跟他说收到了。全天然说，苦大师你这奸贼，唉，我心里是一点准备都没有，一年前谁要跟我说老鹿会编这种杂志，我非把那人捆成粽子扔进武烈河不可……

事实上，鹿主编实际承担的工作就一件事：不断约稿。至于稿子质量如何，版面如何设置，采用什么封面，甚至每期卷首语，都由《星愿》老团队出身的副主编负责。这种奇特的权力限制与其说是高湘设下的，倒不如说是鹿原自己划定的。

2004 年 9 月到来年 1 月他想尽办法四处约稿，为的是不辜负当初对高湘的承诺。等试刊号和第一期相继上市，就把主要心思扑在首届联席大会的筹备上。

大会秘书处的办公地就在《爱琦》编辑部，确切说，是房间一角的两张桌子外加一台 486 电脑。秘书处成员最初由《爱琦》编辑兼任，他很快便感到处处受掣肘，使唤不动。编辑只能在业余时段帮忙，且没有酬劳，自然毫无动力，行事消极拖沓。

鹿原遂听从战国建议，从附近大学招来两个兼职的学生，一个每周一三五，另一个每周一二四，每月各给一百元的车马津贴。他始终认为这点钱少了，战国却坚持这个数目，同时自己从鹿原那里领取每月六百元的酬劳。

两个学生对津贴没什么异议，完全是冲着鹿原的盛名而来。在他们眼中，鹿原和成语言、苏穆哲宁是一个级别，一个段位，还常问，鹿哥新长篇几时面世？当年在中学里看你文章，很多同学都很兴奋。

鹿原碍于给钱少，不能铁面回答，只能说，还在写，呵呵，长篇靠磨。

关于大会正式名称，鹿原战国也有过短暂分歧。鹿原建议稳妥起见，最好用"80后写作者"这一宽泛称呼。战国不敢苟同，说你要想别人重视这个大会，首先自我要重视，不可自降身段，成大事切忌胆小心虚——不信我们打个赌，去问高总，或你朋友，肯定会觉得"80后作家"更好。

名字敲定，但申请社团执照遇到了阻碍。鹿原和战国去民政局社会团体登记处交材料，办事员问，业务主管单位是哪个？鹿原说，没有。办事员说这可不行啊，成立社团法人必须有业务主管单位，你们是作家联谊会，应该去找市作协，市文联。鹿原纠正，是作家联席大会。办事员白了他一眼，反正，得去找业务主管。

在市文联，二人连大门都没能进去，因为只说找作协的，却不知具体找谁。门卫老头说，不知道找谁我怎么能放你们进去，等你们想清楚找谁再来喽，这里是机关，不是公园嘛。

事情就卡在这个环节上了，连高湘都爱莫能助。文联作协属于庙堂，搞图书批发是身在江湖。古来只有受不了庙堂之高的人归隐江湖，而江湖人士被召入庙堂的时代，要么距今太远，要么还没到来。目前，眼下，二者并不相通。

吃了闭门羹的鹿原和战国愁眉苦脸坐在《爱琦》编辑部。高湘又泡上一壶好茶，说民间做事，总是很难的，我的经验是能借庙堂东风就一定要借，借不了，借不到，没办法了，那就只能自己生长。战国问，高总做杂志，应该也认识点出版方面的领导，不如找机会疏通渠道？高湘摆手，长沙噶里做出版的领导我一个也不认识，不一样搞起杂志，因为我借的不是本地的东风。

高湘包括"高铁鸡"等民营老板做杂志，最大的关键是刊号。这东西和书号一样，仅体制内的出版社、杂志社才有。高湘等人的做法是，在全国范围内找寻那些经营不善的地方性小期刊。这些期刊有正规的业务主管单位，资证全面，困境是毫无销量，连工资都难以照常发下，有时不得不用方便面和毛衣来抵账，导致人才流失严重。民营老板主动上门，愿意出钱。期刊则去申请下半月刊号，借给老板们使用。如此一来杂志社有钱发工资,老板们可以做杂志,两全其美。

这就是为什么《爱琦》《宝儿》的封面上,总在最角落的位置用最浅的颜色印着看似无关的大字,诸如"海珠""百姓文艺"之类,和时尚靓丽的风格格格不入,却必须要有,这才是杂志真真正正的本名。

高湘总结,"海珠"是庙堂之名,"爱琦"是江湖之名,互相成就,低调发财。

战国跷起大拇指,说实在是高,但是那万一有天"海珠"的上级单位不许你们这么搞怎么办?高湘笑道,那就换一家,那么多半死不活的小杂志,有的是等着我们送钱上门的。

民营老板可以这样曲线做杂志,但联席大会没办法这么操作。鹿原给上海的《笔迹》责编老师去电,老师是作协会员,告诉鹿原一般常见的部门构架,他心里才算有了底,又给长沙作协去电,从总机转到相关部门,说了来龙去脉。对方问,你们这个组织不局限于长沙或者湖南的作者吧?鹿原说,对,全国的。对方说全国的我们管不了,你要找北京,找中国作协。鹿原说,民政局让我找你们。对方笑说,民政局真是胡乱搞,我们只是长沙地方的,你们这是全国范围的,莫说长沙,就是湖南作协,怎么可能去搞全国的业务,造反啰。

电话是免提打出去的,战国在边上听完,说好家伙,要搞到北京去了。鹿原挂了电话,两分钟没说话,喝完一杯白开水,道,不搞了,我们自己做,不去登记了。战国说,啊。鹿原笑道,当初你说的,养盆栽,先长出来再说,我们也霸蛮一回。

被幕僚壮了胆的鹿原就此开窍,节节升高。

为节约资金,两人还住在树木岭的老式民房,挤一张一米五宽的床。2005年春节前某个周末晚上,战国在浴室洗澡,鹿原在纸上一字一字推敲大会章程,那台已经只剩黑白两色的彩电正播放98版《水浒传》,放到第三十一集,卢俊义上山。鹿原看看电视屏幕,猛一拍桌子,大喊,有了!然后狂敲浴室门。

战国说鹿原你干什么?吓得我都阳痿了!

鹿原没有细究洗澡和阳痿之间的因果关系,说,我有主意了!

80后作家"一百单八将榜单"的创意由此而来。

反应过来后,鹿原对战国说,我想呢,怎么每次洗澡你都花那么长时间,我还以为你是在洗自己的长发,搞了半天……

战国说,你别岔开话题,这个榜单,说说,怎么弄。

鹿原的战略构想是,召开首届大会前先炮制这份榜单,吸引公众和媒体注意力,然后顺水推舟把联席大会的消息传出去。榜单牵涉的人数太多，不可能全靠电话、邮件、QQ，必须自己亲自跑一趟才行——青文赛选手、圈内作者不可能认战国，只会认鹿原。

战国的反应是，太好了，我可以独占整张床、心无旁骛洗头发了。

这年3月中旬到4月底，鹿原独自走遍十一省三市，拜访青文赛和《笔迹》知名作者，边为《爱琦》约稿，边宣传榜单和联席大会。驻守长沙本部两张桌子的战国则在网上论坛和贴吧散布消息，呼吁有志的文学青年共襄盛举，顺便同若干70后作者吵了几架。

有"三酒"资金赞助，鹿原买了部二手的西门子手机，便于工作联络。除了同事和圈内好友，陆家上下只有陆小尧知道这个号码。3月底他抵达南京，有天正和两个作者在鸭血粉丝汤小店里畅谈联席大会的美好未来，堂妹忽然来电。辉城老家的奶奶昨晚起夜摔了一跤，中风住院。去年9月堂弟山鬼也考到了上海，在明德大学念书，此刻陆小尧和他正准备一起从上海赶回辉城。

鹿原回，知道了，我在忙。陆小尧说医院下了病危通知。鹿原去摸衣袋里的烟盒，一时找不到打火机，重复，我知道了。

南京到隔壁江淮省的安水很近，坐车只要四小时，但他已经买了当晚去杭州的火车票，找艾苦。在粉丝汤店谈完正事，他犹豫再三，还是去火车站赶杭州的车次。上了车他给堂妹发去短信，大意是，自己重任在肩，眼下也不能见家人，请陆小尧随时用短信汇报进展。

鹿原走了小半个中国，回到长沙，有点为难。

榜单上大部分作者都很配合，准确说，都很欢迎他。包括当初约稿长篇未果的对象，一听不是来要稿子而是要进榜单，纷纷换脸，盛情款待，还表示要是大会缺资金自己可以解囊相助，献绵薄之力。就连当初因为出版诗集翻过脸的许飞扬，素有从不请客的美名，都请他吃了好几盘醋熘土豆丝。

偏偏就是青文赛那帮老兄弟老姐妹里，大哥秦襄从杭州出逃，在北京还一直躲着他，杜胤尧号称在三亚开会，不知真假，花可丁天李维坦等人也不配合，导致榜单的含金量有点低。

战国问，全天然搞"十二黄金"的时候问过丁天意见了吗？问过你和匡薇李媛了吗？没有吧？当初他能那么做，你现在为什么就不能？这又不是黑名单，是荣耀，把他们放进去，他们还反过来告你不成？告你什么呢？诽谤？污蔑？还是给了他们莫大的荣誉？伸手不打笑脸人，什么叫盛情难却？你把他们放进去，他们要是找你，我就绑上铁链跳进湘江。

鹿原说，我是只缘身在此山中，你看得更透彻。

战国说，嘿，无非人情世故罢了，虚长几岁有点经验，不值一提。

大会召开的具体日期，鹿原是经过深思熟虑的。战国本意是5月底榜单一出来，全国造势趁热打铁，最晚在6月中旬就得开了。鹿原却说不急，开大会是临门一脚，天时地利人和，哪方面都要考虑，以"开天之争"成苏两派读者吵架斗狠的德性，对我们榜单肯定要争议一番，跟着开大会就是雪花架在火上烤，眨眼就没影声音。"一百单八"和"十二黄金"一样，都需要炒熟炒透，等这概念深入人心了，再借另一股东风把会开了。

战国问，什么东风？

鹿原说，青文赛，青文赛就是最大的东风。

每年8月初是青文赛决赛时节，各大媒体都在关注，都在等当届结果。现场比赛和颁奖典礼当中会间隔一天，即"打分日"。这天选手很放松，评委编辑很忙碌，媒体暂时还没素材可写——趁此间隙召开首届大会，通过本地媒体放出消息，那些大报记者第二天采写青文赛的新闻，出于职业习惯自然会带上联席大会的消息，哪怕一两句也是占大便宜。

战国听完构想，说你完全开窍了。鹿原一愣，笑说，被老哥你带坏的。

2005年8月7日，星期天，首届"八零后作家联席大会"在长沙工商学院小礼堂正式召开。本来大会成员名单上共有二百余人，但来现场的不足八十。长沙夏日的"火炉"威名是众人打退堂鼓的原因之一，原因之二是组委会不报销交通费，也不提供住宿。

现场会员以湘、鄂、赣、粤四省居多。未能到场的一概被列为缺席入会，并提前发来庆贺的短信和邮件，由大会主持人战国在台上宣读。此外，高湘，《爱琦》全体编辑、工商学院副院长和部分当地媒体也受邀出席。

嘉宾致辞冗长，工作报告枯燥，下面人都在翻阅免费赠送的当期《爱琦》。之后大会选出领导层。鹿原毫无悬念担任秘书长，毕竟，"三酒"的赞助资金都打在他账户里。但他在筹备阶段就一再声明，自己资历不足，不能出任会长，可一时又没有其他适合人选。最后采取折中方案，正会长一职暂缺，鹿原兼任常务副会长，另有副会长二人（必须在会议现场才能当选）。

秘书处之外还有理事十八人，被戏称"十八罗汉"。战国是其中之一（他的年龄谜题被有意或无意地忽略了），以及缺席大会的全天然、杜胤尧、艾苦和朱颜——无论他们是否愿意。

上午会议结束，下午还有会员座谈。当中的午饭组委会也不负责，众人自行解决。高湘做东，和鹿原、战国、两位副会长在"汇湘园"二楼包间就餐。鹿原面前照旧是一碗白开水，涮菜用。

战国长发往身后一甩,举杯道,去年和鹿原在南昌一见,到今日大会顺利召开,足足一年,个中坎坷挫折,道尽辛酸呐,现在终于正式迈出第一步,来来来,我敬鹿原,也敬高总,没有你们二位就没有今天的联席大会,我先干为敬!

众人纷纷起立碰杯。高湘不喝酒,以茶代之。刚坐下,鹿原手机震动,陆小尧打来的。他到包间外接听,堂妹连"展信佳"也忘了说,语气迟缓道,哥,奶奶……走了。

自从3月底他在南京接到堂妹电话,奶奶的情况都不太好,不说话也认不出人,4月中旬稍微缓过来一点,能说几个词,但都一直卧床。5月又昏迷过,抢救回来,7月初再度昏迷,没救过来,也没咽气,就是不吃东西,全靠输液。

鹿原走到饭馆走廊尽头,窗外阳光灿烂,让人一时睁不开眼睛。当年他出逃也是在8月,跳楼前的白天也是这种天气,白日灼人,能将心神蒸散。他换只手举电话,说我知道了,你别太难过,奶奶她……是去陪爷爷了。

陆小尧沉默几秒,问,你们活动还顺利吗?鹿原说很顺利,正在陪高总和几个副会长吃饭,唔,你在上海好好写东西,虽然没把你放进"一百单八"榜单,但你也是我们会员,写得好了,以后肯定能当上理事,甚至是副会长,秘书长,来接我的班。

陆小尧说,啊?

鹿原臆想电话那头，女孩脑后马尾辫许是一抖，接着说，我还是想好好写小说，写我那部长篇，现在做这件事，包括编《爱琦》杂志，不是为我自己，是为大家，等一切走上正轨我肯定要离开，到时候就是其他人的事了……我不能辜负陆家的文脉。

陆小尧说，明白的，你们那边要是缺钱，我还可以捐款，《笔迹》给我发了稿费。

鹿原说，唔，先谢过了，有需要肯定会跟你说。

陆小尧叮嘱，你下次来了上海，一定要告诉我。

挂了电话，在窗口抽完半支烟，他一手扶墙，慢慢走向喧闹的包间。短短十米不到，他忽然想起爷爷在临终前还说过句话，"别哭，有人死就有人活，一死一活，世间才有生机，老人不死，新人不活，还像话吗？驴蛋尖，都别哭上脸，哭了我在那边也看不到。"

服务员端进来一大盘双椒鱼头。战国正跟两个副会长说"一百单八将"榜单里成语言和苏穆哲宁的名额内幕。

关于成、苏二人是否进榜单，当初鹿原和他也有过讨论。鹿原意见是，既然我们对外宣布联席大会是第三派别，是两人之外的扎堆抱团，还是别放进去好。战国反驳，没有成、苏还能叫 80 后榜单吗？放出去肯定不能服众，再说榜单也没有排名，三十六天罡七十二地煞，把他俩放进三十六，也看不出高下。

高湘听完，说你们最后还是先下手为强了。战国拍拍落座的鹿原肩膀，又和高湘碰了杯，当初就和高总说过，盆栽，先长再剪，大不了以后我们再出个修订版榜单，想进来的就进来，不想进来的就出去。

坐战国对面的副会长二十四岁就一口重金属烟嗓，说苏穆哲宁现在了不得，靠一本《王》发了横财，在上海买上了房子，开上了好车，好像还有一房间鞋子，嘿，蜈蚣精附体啊，现在在网上连载《天长地久有时尽》，这个月就要发售单行本了，听说印刷厂已经印好了五十万册。

战国摆手道，不够，肯定不够，我看一个月就能卖五十万册。

另一个副会长说这算得了什么？等鹿原秘书长的长篇出了，一个月至少百万册！

高湘给自己添茶，道，但我最近听到个传闻，对他不利。战国问什么传闻？高湘说他连载的长篇，有人在文章下面留言，说跟一个东北女作家的书内容很相似，不是一点半点的那种相似，是情节、人物、语言都很相似，结果留言很快被别人删了。

鹿原脑海里浮现出当年滕州路招待所那个坐在角落不太说话的西秦少年："不太可能，虽然我和他交往不深，但怎么说都是知名作家，还是网上连载，阅读量那么大，怎么会冒风险做这种蠢事？"

战国:"他分明是个聪明人啊。"

鹿原:"我觉得最多……就是走错了方向,卖力卖错方向,写得太商业化,我觉得他还是有文学理想和野心的。"

高湘笑笑,朝鹿原丢去一支中华:"这个世界上有很多事情是说不清的,你知道那个留言被删的读者是谁?"

见众人都不说话,高湘缓缓道,留言的就是我女儿小琦,在北京上学,她是那个东北女作家的忠实读者——我家噶杂妹子,从小就严谨认真,她说的话,我信。

第三部分
鸣金（2006—2009年）

全天然

1

"今年，2006年，我觉得其实是道分水岭，这之前的市场是属于合集的，但今年开始，百分之一千、万分之一亿是属于主题书的。"入职幻魔文化不满一年的全天然这样向老总预言。身为青文赛第二届老选手和"十二黄金"成员，他对合集毫不陌生。

早在他第二届青文赛获奖之后就有出版社找上门。全天然起初以为是来约长篇的，结果对方只要短篇，小说散文杂谈都可。出版社最后约到九位选手二十多篇文章，集结成《青文赛九子短篇精选》。高三学生全天然拿到三百块稿费，感觉一夜暴富，能把整个避暑山庄买下来，走路都想横着，认定未来是一片光明坦途。

2002年底市面上又出现一本《写进名牌大学》，仍是青文赛选手挑大梁，包括浙大艾苦、华东师大的朱颜、清华丁天和北大秦襄，用的却是他们已经发表过的旧作。全天然大学没名气，未能入选，不过想到考进上海明德大学的毛琦（苏穆哲宁）也没入选，便有了稍纵即逝的安慰。

《写进名牌大学》书名响亮有力，定位精准，戳中广大家长内心的高潮点，首印一万，短短两月加印到七万，半年到了十二万。付给作者的稿费很低，出版社赚得盆满钵盈。

出版界向来不缺善于跟风之人，之后两年相继冒出《青春再次万岁》《锦绣文章》《获奖中学生文选》，包括鹿原那本《80潮》。《青春再次万岁》还别出心裁采用"金童""玉女"两卷本，每卷收录十几个新生代作者。这些书没能像《写进名牌大学》那样畅销，不过至少做到了好几倍盈利。

在图书出版行业，一本书亏本是常态，盈利是最大的胜利。

主题书，去年刚冒头的新鲜事物，又称杂志书，英文Mook，是"Book（书）"和"Magazine（杂志）"的结合体。

主题书跟合集相比有两个优点：一是排版装帧更有艺术感，可以参考杂志的设计；二是出版周期，合集打一枪换一个地方，甚至下一枪打不打都成问题，主题书却有相对固定的周期，单月，双月，或者季度。

不过两者也有明显的共同点：内容都是短篇，短平快，容易约稿；主推的都是正当红的新生代80后作者，购买人群是同样年轻甚至更年轻的学生。

全天然分析到此，总结说现在市面上合集很多，但主题书寥寥，啊，是蓝海领域，是刚开拓了一锄头的处女地，现如今的年轻人都是看着漫画长大的，如果在视觉设计上不用心不改进，合集也就那样了，翻不出大浪花儿来，也做不出品牌——唯独主题书，啊，那才是未来的希望。

大班台另一头的老总歪着脑袋听他说那么久，停下把玩的三枚金属骰子："小全，你这思路好是好，但有没有想到过一个问题？"

全天然正襟危坐，您说，您说。他私下给老总起了"老骰子"的外号，"老骰子"土生土长北京人，说话字正腔圆："你想过没有，这四九城那么多家文化公司，有多少家都看到了你说的这……这什么，主题书，Mook，的未来？"

全天然也是这四九城混了快一年的人，说那，肯定是不少。老总说这不结了嘛，那么多家都看到了，肯定有人磨刀霍霍要进这一块儿，是不是这么个理儿？你进公司时间也不短了，说句实在话，咱公司论财力论资源，都不算上乘，要是拼这些个，能拼得过内些粗大气粗的公司？不能啊，这挣钱的买卖行当要是不能四两拨千斤，就别去跟铜墙铁壁死磕，再者说了，你现在一套一套的，读者群的理论基础在哪儿？在80后作者，在青文赛，是不是？

全天然抓着膝盖，啊，那是。老总手里的骰子又玩转起来："你鼓捣的那'十二黄金'都是青文赛前三届的，我就问你，打从四届往后，青文赛还出过成语言苏穆哲宁这号人物吗？"

全天然想了又想，其实无需多想，摇摇头，三下。老总说这不结了嘛，2002年到现在，四年了，再也没出过风云人物，小全你可别觉得我乌鸦嘴，搞迷信，老话儿说，气数是没尽，但是吧，嗐，虚了。

老总说完，不说话了。全天然等了好一会儿，问，那您意思是？老总答非所问，小全平时下棋吗？象棋？围棋？国际象棋？哪怕五子棋？全天然说我会军棋。老总"嗐"了声，这不结了嘛，下棋是走一步看三步，市场上也一样，咱们得往前多看几步，现如今80后当道，这不假，但咱们就算进去了，也就挣点蝇头小利，真正的金矿在后面那一代，嗳，90后，得做90后的炒作出版。

全天然抬头，90后？年纪最大的90后现在也不过十六七啊。老总今年三十四岁，七十年代生人，听他这话就笑了："这话说的，你们当年还没青文赛内会儿，一个个的在学校里摩拳擦掌，觉着怀才不遇，老屁股挡路，不也正好这年纪吗？你们80后给开了个好头，怎么着，不许人90后给接上来？"

全天然噎住了。他那一刻的真实想法是，我的娘，90后都已经这么大了？我的亲娘，我都已经这么老了？我他妈已经算老屁股了？操。

老总放下骰子，正起身，两只胳膊放在桌面上："再者说了，之前内《新力量》的销量你也清楚吧，内里边已经算80后群星璀璨了不是？结果呢？盈亏刚好平衡，难道就没发现其中深层次原因吗？你也别觉着我说话直，这80后呐，快——过——时——啦，再为了80后的主题书去跟人死磕，犯不着。"

《新力量》全称《新力量：八十年代出生文学新血采访录》，全天然到这家公司策划的第一本书。之所以做这个，是因为受了大刺激：去年6月市面上出了本《新生代作家成长之路》，号称"深度剖析80后作家的成名之道"，收录八人，多半来自青文赛，成语言苏穆哲宁杜胤尧艾苦朱颜。全书两百页的四分之一是无关主题、莫名其妙的插图，剩下一百多页就干了三件事：简述作家履历，概括代表作内容，还有不知从哪儿扒拉来的对这作家的短评——但凡付得起网费、知道什么叫百度的读者，都不用花这冤枉钱买书。

全天然拿着这书在QQ上问杜爷苦大师朱颜，后者都表示毫不知情。无奈的是全书没有引用他们作品里的哪怕一句话，履历、代表作概要和短评都来自网上公开信息，想打官司也找不到由头。

策划方背后显然有高人指点。

就这么本破书，居然卖了五万册。主编叫"清晨"，显然是化名，估计是怕花了冤枉钱的读者找上门揍丫一顿。全天然策划《新力量》，就是看到这书实在气不过来，想，孙子诶，等爷爷露一手让你开开眼，什么叫正儿八经的作家访谈录。

《新力量》于今年 3 月上市，收录二十二人，青文赛"白银世系"的河拉陆璃琉以及鹿原堂妹鹿宴都在其中。"十二黄金"就缺席了三个：失踪的李媛，令他不齿的苏穆哲宁，以及许飞扬——连深居简出的匡薇他都用邮件采访到了。

同在北京的许诗人没能入选该书，原因有二：青文赛获奖后就没有发表和出版成果，知名度太低，档次不足；其次大老乡花可在接受采访前严正声明，这书有她没许，有许没她，不为别的，就是不屑和许飞扬这种"十五流的诗人"并肩而行。

全天然不是搞"一百单八将"榜单的鹿原，答应花姐就绝不会出尔反尔。许飞扬在书店看到《新力量》，立马打电话质问全天然，是不是因为自己从没请他吃过饭。全天然知道许诗人在北京混得惨，叫他请客痴心妄想，又想维护"十二黄金"（除了苏穆哲宁）的内部团结，不想把花可给供出来，只能吃哑巴亏。花可也没因为这个夸过全天然，觉得书里没放许飞扬是天经地义。

全天然只能跟艾苦诉苦，唉，这世界上没有无缘无故的爱，啊，也没有无缘无故的恨，诗人之间……太他妈复杂。

艾苦问，你收进了许飞扬，花可还能杀了你？

全天然回，更可怕，估计会阉了我。

初入职场，事业不顺，《新力量》销量一般，他策划的另几本书不是亏本就是刚够保本，跟老总新提的主题书计划现在也被打了回来。

当初在太原，心心念念要来伟大首都，政治文化中心，一展宏图伟业，往大点说还要改变世界，目前结果是被北京改变。比如每当柳絮飞舞必须要戴口罩，更别提大学里自由自在唯我独尊的穿衣风格，那是一去不返了。刚进幻魔文化上班两礼拜，全天然被老员工说了不下十五次，"小伙子穿得很新潮嘛"。最后"老骰子"不得不亲自指示，小全啊上班还是要朴素点，别太张扬，这毕竟是职场，出去谈事儿也代表了我们公司的形象。说这话时，俩人在男厕所里面壁，全天然尿柱一颤，说好的好的，陈总。

真是变了，彻彻底底变了。来到北京，他那赛过狗的嗅觉也失了灵，每天穿的不是黑色就是灰色，背着大书包挤地铁，有天还莫名其妙上了北京台新闻，具体内容忘了，总之就是乌乌泱泱一群人挤着上地铁，镜头正好扫到他的正脸。全天然想，妈的，杜爷写的电视剧都播出三个了，最近一个还有了署名，我上电视居然因为挤地铁，挤他妈地铁，泯然他妈众人。

他的QQ里已经不再有读者来嘘寒问暖，甚至找他打听圈内消息的也没几个了。当初组建的读者QQ群如今死水一潭，想来百度"全天然吧"也好不了多少。其实真要有读者来打听八卦，全天然还是能说出一堆来的。

北京虽大，但茫茫人海，只要有缘就能遇到几个名人。往人大边上小咖啡馆一坐，或许隔壁桌就是某个著名诗人、小说家、学者在聊天。在大牌商场里一逛，没准戴着墨镜口罩擦肩而过的就是哪个电影明星。但别人不是自己，别人是谁，自己又是谁呢？他渐渐对当年秦襄离京的选择有了点感悟，未必对，但心气有点相近了。

秦大哥最近终于对全天然的文学作品给了一次表扬。那是他转型纯文学的第四篇小说，在编辑建议下三易其稿，总算在一本不太出名的省刊上发表。但纯文学读者少，他圈内朋友也不多，除了秦襄和艾苦的褒扬，几乎无人喝彩。他又想回《笔迹》发表，可惜又晚了。青文赛第四届开始的"白银世系"是现在挑大梁的主力，还有压根没参赛过的不知哪里冒出来的新人。全天然两个短篇被全部退回，不是不好，是"没有看出丝毫进步"。退稿理由很残酷，但又说到他心坎里去了。

至于出书，更是惨淡。这年他出了第一本长篇小说《山海精》，想在《笔迹》连载，又没能竞争过人家。找出版社也是一波三折，起印数跟前两本不能相提并论，第一家给一万八，第二家给一万五，第三家最离谱，一万二，全天然气得半死，想回头去找第一家吧又觉得没脸，好不容易跟第二家谈到了一万六。签完合同，只能安慰自己，想想写诗的许飞扬，心情就稍微畅快了些。

好消息也是有的，比如苏穆哲宁网上连载《天长地久有时尽》，出单行本后很快被东北女作家米雪琳状告抄袭。全天然连夜读完两本小说，反复比较，最后向远在南京的秦襄大哥表示，这场官司，嘿嘿，"赵静"输定了。

另一件好事是他忽然开了窍。这年朱颜从华东师大本科毕业，去香港念研究生，苦大师去年也到复旦大学读研，加上秦襄大哥的榜样，全天然忽然萌发了考北京电影学院研究生的念头。

当了三年编剧的杜胤尧说，考那干吗？影视圈又不认这个。全天然正色，杜爷，我不比你，啊，我不是天才，得有个学位镀镀金。杜胤尧说你不最讨厌学校了吗？全天然回，那不是当年还没在社会上混吗，啊，那会儿想法和现在不一样，彼一时此一时也，该颓则颓，能屈能伸。

他报名考研班，白天上班晚上苦读甚至通宵不睡，比高考还玩命，终于在2007年4月被北影录取。喜讯传到家里，全国起拍拍膝盖，我儿子读书长进了，不容易，你也不用暗示什么，这学费我掏了，但有一个问题，你毕业之后打算干吗？一直当编剧？一直待在北京？全天然给老爹续上茶水，坐下，忽然苦笑，我以前就是想太远了，把什么都想太好了,现在不想那么多了,想了也没用。全国起也笑了,没说话。

劳动节过后他从承德老家回北京,特意先去染了一头金毛,才到公司递交辞呈。老总玩着金属骰子,说行啊小全,考上北影研究生,以后玩影视了,那等将来有机会咱们再合作。

全天然笑说,不会再合作了,我就算去读研究生,啊,三年里也会想办法继续找机会鼓捣那80后主题书,就算我毕业去搞影视了,就贵司这财力这资源,能有我瞧得上的原著本子?不能够啊,我往后玩的可都是大项目,您就继续挖90后的金矿呗——对了,我猜您现在手里攥的,是三个"一"。

5月下旬,他南下看望秦襄。秦大哥离京后顺利考到教师资格证,去年到南京一所重点中学教语文,兼任文学社指导老师。秦淮河边,金毛狮王全天然端着黄酒,面色绯红,说,神经病读者再也没有骚扰过我,"赵静"又输了官司,真是……双喜临门!

秦襄说你是高兴了,商隐却伤心了。

苏穆哲宁败诉的消息传来后,秦襄去上海找过商隐。信缘里"小沙龙"大门紧闭已有多日,没了好友聚会的嘈杂,独剩大厨迟敬德留守。他违背商隐"此地不再会客"的叮嘱，把秦襄请进门，招待简单午饭。两小杯黄酒下肚，秦襄问，她在上海吧？迟敬德回，西塘，修养。秦襄感慨，估计要养挺长日子。迟敬德慢慢转着酒杯，风筝可控，风不可控，线断伤手，人断伤心。秦襄和他碰杯，说这场官司我到现在也没想通。迟敬德笑笑，商隐舅舅陈一鸣想通了，还在帮他——还有很多人在帮他。秦襄说，这个……我也没想通。

全天然说这有什么想不通的，年纪轻轻一夜爆红，钞票大把大把的，什么道德高地内心操守，去他妈的，转眼就成了欲望沼泽，陷进去就拔不出来了，什么叫利令智昏啊，这就叫利令智昏。

秦襄皱眉，他虽然写得一般，但本该是聪明人。

全天然一摆手，小聪明罢了，软泥巴扶不上炕，啊，总之，正义必胜！

南京待一晚，之后全天然还要去长沙找鹿原。上海虽近在咫尺，他却不愿踏足，因为没有理由："小沙龙"关门，他在《笔迹》的责编老师光荣退休，朱颜去香港浸会念硕士，艾苦到港中大短期交流还没回来，鹿原的堂妹鹿宴跟他不熟，就剩一个被口诛笔伐的苏穆哲宁待在那里，倒足胃口。昔时成名所，今日伤感地。两坛黄酒喝完，全天然在回酒店的出租车上高歌一曲《那些花儿》，"啦"个没完。

到了长沙，氛围全然不同了。全天然对鹿原感叹，"我操，这里连空气都是辣的，得劲儿。"

第三届"80后作家联席大会"定在6月初召开。不再选8月，因此时的联席大会已有一定江湖声望，分散全国的会员五百多，理事五十人，颇具规模，无需再借青文赛东风。

全天然身为"十二黄金"和最早的理事，在大会上成为六名副会长之一，满头金发意气风发，白西装配黄领带，左胸口还戴一枚金属奖章，足有手掌大小，金光灿灿，以红色珐琅边饰。鹿原盯着奖章看了半天，问你在北京干了什么了？给你这么个殊荣。全天然说淘宝买的，图个好看，气势，老鹿你也来个呗。鹿原说你们北京的时尚我看不懂，饶了我吧。

大会结束当晚，饭局上的全天然主要干两件事情，一是跟其他副会长频频碰杯，二是拍大腿，既拍自己大腿也拍鹿原的大腿，力道十足，"啪啪"有声，鹿原面前那碗用于涮菜的白开水都掀起了涟漪。

全天然边拍边道，老鹿！没想到啊，咱这个大会还真搞成了，啊！还搞这么大，这么有排面！来你们这儿之前我心里是一点儿准备都没有，啊，牛逼！是真牛逼！

鹿原另一侧的副秘书长战国插话，都是鹿老弟领导得好。全天然拧下眉毛，说那是肯定的，啊，我在跟老鹿说话呢，你别插嘴，去，叫服务员进来把骨碟换了。对战国这么颐指气使，原因之一是当年滕州路招待所"拖把精"的往事历历在目，二来，饭局一开始战国就声明自己下午刚吃过头孢片，不能喝酒，实在抱歉。

全天然是一个字也不信。

另一个副会长裴艮，被全天然灌得找不着北，直管老板娘叫老娘。喝到最后他想吐，硬生生把嘴咬死，一根金针菇直接从鼻孔里冒了出来。战国显然早就料到全天然的酒量，这才以头孢为借口。这让全天然更看他不起了。

战国出去叫服务员换骨碟，全天然又拍了下鹿原大腿，老鹿，眼下形势那不是小好，是一片大好！啊，"赵静"现在官司吃瘪了，哑火了，歇了，颓了，就他妈活该！风水啊轮流转，咱兄弟姐妹当了那么多年配角儿和背景板，如今也该上来呼风唤雨了！

鹿原说唤雨唤雨，你能不能换个人拍，腿都快被你拍肿了。

全天然说好好好，不拍了，不拍了。

他的构想是，鹿原在长沙搞联席大会风生水起，又秘书长又常务副会长的，还是内部刊物《新声代》主编；艾苦和朱颜在香港会合，一番思量，想联合主编一本城市文艺青年主题书，名字都想好了，叫《纸境》，找广州一家出版社合作；全天然自己也准备回京后跟杜胤尧花可一起做本主题书。

全天然说你看，啊，你长沙在西，苦大师广州在南，我在北,再加上《笔迹》在上海,东南西北,齐活了,咱兄弟姐妹那是,啊,兵分三路……他一只手想往鹿原腿上拍,到半路想起刚才的承诺,转而拍了自己大腿一下,兵分三路,布局四角逐鹿中原,冲天香阵透长安,满城尽带他妈黄金甲!这天下那就是咱们的!咱、们、的!有正义在咱们身后撑腰,敌人,会一天天烂下去,而我们,会一天天好起来!

2

从长沙回到承德老家,一头金发被爹妈念叨了整整两个月,全天然到北京电影学院报了到,同时开始执行大计划。起初的构想非常简单,也很完美:找 4A 广告公司的朋友帮忙设计,杜胤尧把关文字,秦襄写专栏,花可负责音乐板块,成书要用最好的纸,开本形状还必须特立独行,是那种最费纸的五边形。

至于内容主题市场定位……他没考虑太多。这么大热的市场,只要做出本东西就能赚钱,编辑和策划人多多益善,谁都想拉进来添根柴。

主题书名为《角儿》,主角,大人物。众人隔三差五聚一起开策划会,搞头脑风暴。这些年轻而睿智的大脑不断喷涌出新想法和新主意,几乎淹没会议备忘录,每一回都会推翻上次谈好的框架，且理由充分：

一开始准备打"一线青年"概念，针对大城市打拼的年轻人，反对者认为，这帮白领每天快节奏高压力，哪有时间看文学作品；接着又想用连载方式，每本书放四到五部长篇，无奈主题书到底是书不是期刊，出版周期不可能那么紧凑；摒弃普通上班族后又瞄准了更上一层，想定位成"新中产阶层文化志"，无奈全天然联系的作者纷纷摇头，能驾驭这类文章的要么在时尚杂志写专栏，要么已被《纸境》书系吸纳走，《角儿》再做就没意义了；后来还有个计划，找些娱乐影视圈的明星跨界写小说，被杜胤尧一盆冷水泼得凉到地心，"这帮人连标点符号都用不好，出本五万字半图半文的自传都要找枪手，还指望他们写小说？"

于是又考虑起老本行，校园文化，不过圈定在985和211高校，写名牌大学各类高大上专业的故事，航天医疗法律机械金融影视生化医药，有点向日本职场剧靠拢的意思。结果校内网正好这年在高等院校全面铺开，给了他们当头一棒。全国两千多万大学生能在同一个网站里结交朋友、分享资讯，谁还会去买一本出版周期那么长的纸质书？

策划会每次都在危机重重的气氛里开始，在乐观积极的欢笑中结束。如此反复四五回，杜胤尧不再出席，推说要开剧本会，一切由全天然做主，私下却对艾苦说，呵，我们这儿高人太多，九头蛇，都不知道该听谁的。

但有一点可以肯定，策划会上没人要听许飞扬的。许诗人总是坚持，主题书里要留出诗歌版面。闻者不是沉默就是讪笑，事不过三，许飞扬也不来了。

做主的全天然最后决定还是要做高校精英文化，拿着方案四处找投资人和出版社，碰下来的钉子足以给朋克女侠花可打造一双机车靴。

那些所谓的投资人，都是他在无数个饭局酒局牌局上认识的。这群人口中，九天揽月五洋捉鳖，地球上没有谁他们不认识，银河系没有什么事他们摆不平。杜胤尧劝全天然别太指望他们，"夜幕降临时一个个都是大实干家，天亮酒醒，大半人发现自己其实是空想家，还记不起昨晚都开了哪些空头支票。"

四九城太大，资源固然丰富，但就像发酵面团，一丝丝情谊都慢慢扯断。人太多车太多气味太多，全天然的鼻子不好用了，闻不出对方身上的气味。他在这些饭局酒局里浸淫日久，也沾了些习气，在某个饭局上放出小道消息：成语言有意担任《角儿》名誉主编。

翌日一早他手机就差点被打爆，除了各路资方文化公司老板，还有闻风而动的媒体记者。

其实他只是通过朋友间接曲折地向成语言发出过邀请，后者根本没重视。这年成语言刚投身帆船职业赛事，在上海和深圳忙于训练磨合团队，根本不可能一心二用来当主编。

成语言是个误会，反倒是一度深陷官司丑闻的苏穆哲宁，在 2007 年 8 月主编了主题书《迷鹿》，一上架就被疯抢。今年 4 月更是鸟枪换炮，成立文化公司，又跟浙江的大型出版集团合作，把主题书升格为有正规刊号的杂志，名字也改为《攻》，取"工于文字"之意。新杂志里还有苏的最新长篇连载《下一个千禧之年》。

全天然面对《攻》节节攀升的月发行量大为傻眼，对秦襄说，这世道我是看不明白了，啊，这帮读者记忆都只有七秒吗？都忘了他官司败诉书下架被罚款的过往了？一个人居然可以同时做到身败名裂和风生水起，这是他妈的什么黑魔法？

秦襄回，在乎他的读者，只在乎他。

敌人没有一天天烂下去，反倒是全天然原地踏步。当初在饭桌上称兄道弟的酒后实干家们没一个拿得出钱。北京几家做青春文学出名的文化公司，要么已经在出主题书，要么对他的方案百般挑剔、疑虑重重，或者追问，成语言到底会不会担任《角儿》的名誉主编。

病急乱投医，他甚至去找了"京城五碗面"之一的李维坦。李早前在几家网站实习，包括校内网，本科毕业后去了家投资公司，专做互联网和文娱产业。"小李子"如今西装革履，戴金丝眼镜，在公司一楼的大堂里接待全天然，都没找沙发坐下，花五十秒钟扫完策划书，说，体量太小啦，我们这里最小的案子金额也是你的二十倍。

同样西装革履但上衣显小的全天然说,金额小更好操作不是?九牛一毛。

李维坦笑笑,知道"机会成本"吗?不知道吧?通俗说,好钢用在刀刃上,每分钱都必须投在回报更大的项目上,你体量小二十倍,收益也小二十倍,可能还不止。接着大谈今年美国次贷危机对国内房产市场和外贸的影响,公司正把主要精力集中在逢低抄底上,次一级是互联网游戏和影视行业,"至于文化出版,尤其纸质出版这块,暂时边缘化。"

他最后总结,我们玩的是资本游戏,不可能别出心裁来做慈善。

叫花子全天然怔了半天才明白他说的慈善是针对自己,问,我这方案电子稿都发你了,怎么不早说?还让我跑这一趟。李维坦说您好歹是青文赛前辈,我不能在网上随意打发了啊,怎么也得看在秦襄大哥的面子上亲自跟您说。

正在横店影城的杜胤尧听他转述至此,插问,你居然没抽丫的?全天然说我挺想当场给他来一顿天马流星拳,不过咱也是出过书的,啊,文化人,就感谢他在百忙之中敷衍老子,抖抖衣袖转身而去。

转身时他余光瞥到大堂咨询台后边,站着一姑娘,职业装,皓齿明眸,正盈盈盯着二人看,更叫人悲伤……李某人碰过的这份策划案他没带回学校宿舍,直接扔进国贸附近某个垃圾筒,悼词简洁有力:"操他妈的资本。"

杜胤尧在电话里劝他,算了,你反正都是北影研究生了,干吗劳心费力做主题书,挣不了几个钱,不如尽早跟我一块儿搞影视,做编剧,这才是朝阳产业。全天然说道理是这么个道理,可我有理想啊。杜胤尧说人到了年龄就是理想已死,现实当立,再说了,从来是现实养着理想,没听过理想养着现实的。

全天然说,我胸闷得慌,就是想出这口气。

杜胤尧大笑,什么气不气的,放个屁不就出了?

全天然叹气,我就想着当初在长沙跟老鹿吃饭,那时候,嗐,没有实力的正义都不值一提,永远在迟到的路上。

《角儿》胎死腹中,艾苦和朱颜的《纸境》却收获喜人。和"带着气急败坏的正义感"的全天然不同,艾苦一开始就没想过要和苏穆哲宁分庭抗礼,就是单纯想做自己喜欢的东西。她们整个编辑团队极为精简,一共三人,分工明确:艾苦负责每本书的主题和栏目框架,朱颜对每篇作品的文字严格把关,设计师能心领神会她俩的审美要求。

第一本书出来之前,艾朱二人心里都没把握,毕竟《纸境》的文字趣味和审美跟眼下热火朝天、整体偏低幼的青少年市场主流不太搭调。素来悲观的朱颜甚至做好了最坏打算:搞不好只能卖出三位数。如果这样,出完第一本她就去投资开家小咖啡馆，连地方都打探好了，就在信缘里"小沙龙"附近。

《纸境》系列的第一本《纸境·不老》在 2008 年 9 月上市，三个月卖了五万册，顾客年龄大都在二十四到三十岁之间。捷报传来，编辑部的三人 QQ 群里很久没人讲话，最后朱颜说出自己的推理："看来，我们跟我们的读者都长大了。"

远在北京的全天然发来贺电，同时心情复杂地表示，苦大师，还是你们几个能成事，不像我和《角儿》，那是创业未半中道崩殂，唉，未来就看你们了，我只能背叛革命写剧本去了。艾苦说你别装模作样，杜先生很早以前就说了，写剧本钱多姑娘多，我最近可听了不少你的风言风语，睡起姑娘来心狠手辣，老实交代，是不是真的。

全天然说胡扯，我那是奔着钱和姑娘去的吗？我那是，啊，在战争中学习战争，在恋爱中学会恋爱，在失败中学会无奈，我是一腔理想无法实现，被迫无奈才转行去当编剧。

说到一腔理想，他还摸着左半边胸脯，可惜手机 QQ 那头的艾苦看不见，也看不见全天然身后宾馆大床上有个姑娘正在酣睡。手机放回床头柜，全天然盯着昏暗灯光里姑娘几乎完美的腰臀线，少女如玉，窗外无月，一呼一吸的热量不是荷尔蒙的余烬，是年少热血的骨灰。

3

自从放弃《角儿》的计划，全天然在精神上轻松不少，上课看片写本，跟导师做项目，头发染回黑色，又换了一种穿衣风格，可惜用力依旧过猛。

最经典的一身穿搭莫过于有次参加高年级学生的作品首映式，武装到牙齿：灰色小礼帽上插根野雉毛，意大利花纹领带，十八世纪风格双排扣制服上装，羊毛短外套，格纹马甲别着怀表，衬衫袖口盘蛇造型袖扣，头层小牛皮布洛克鞋，鞋尖镶着野猪獠牙金属头，手上四枚大戒指分别是太阳神、羽毛笔、马蹄铁、十字架，外套兜里装着纹龙名片夹，虎口钞票夹，疯猴图案扁烟盒，猛犬 Zippo 打火机，拿把雨伞当手杖伞柄，末端是个金属兔子头。

杜胤尧问明白所有这些讲究，说，陛下，您整那么多动物，再加上个耗子，十二生肖就齐了……不对，这小手套是鼠灰色的，哈哈哈哈齐了齐了。

杜胤尧在北京时两人就混在一起参加饭局，认识很多姑娘。北影研究生、未来编剧、杜胤尧僚机，这三重身份在京城姑娘面前确实比"太原某理工学院毕业的青年作家"更有用，"皇帝新衣"也就见多了。全天然起外号的艺术重新有了用武之地，如"奥匈帝国""楚王之好""筷子仙女"。

让"皇帝新衣"有了全新解读的冯名媛,全天然还在北京偶遇过。

那天他在三里屯的咖啡馆等一个首师大的姑娘,该姑娘爱穿黑丝,全天然起的外号是"有丝分裂"。有丝姑娘临时有事得晚到。他百无聊赖玩手机,有人从后面一拍他肩膀,呦,全天然,都快认不出你了。

其实这话应该他来说。四五年没见"冯",一身穿着打扮更有名媛范儿,浑身上下不再满是大牌 Logo,但透着掐不死的高贵气质以及飘散十里的香水味。全天然说,呦,你也来北京了。"冯"说一毕业就来了,都两年了。全天然问在哪儿发财?冯名媛笑道,不发财,只恋爱。他一想也是,以她的家境出来工作,弄不好是帮倒忙。

冯名媛约闺蜜喝下午茶,闺蜜正堵在路上,二人索性坐而论道,顺便等人。"冯"问对了你那女读者后来怎么样了,哈哈哈哈。全天然说已经许久没来烦我了,要么成长了要么腻味了,再要么……就是死了吧。"冯"说你这人。全天然跷着二郎腿,鞋头野猪獠牙正对前女友,说我这人,啊,爱恨分明,对了,我还有笔账要跟你算呢。

他刚考上北影研究生时有天上豆瓣读书频道,搜自己的书,在《天性使然》打分列表里发现了前女友,因为头像就是她本人照片。这本书当初还是他送给"冯"的,结果冯名媛打了两星半,不及格。全天然说,最可气的是,我还查了你给苏穆哲宁《天长地久有时尽》的评分，四星半，你就说气不气人吧，啊？

冯名媛再次笑得略失名媛风范，你还记着这个呐？我也不知道那书是抄的，好吧，我回去就把打分改了，给你五星。他摆摆手，那倒不必，啊，没必要，我现在早没了跟他计较的心态，就是你这个行为太膈应人，我不吐不快，哈哈哈。

"冯"顺势又问，那你现在有没有出新书？不会把我也写进去了吧？

全天然摆摆手，写书，嗐，今年都2009年了吧？十年一梦，我是被巴掌打醒了，以后不会再做了，我这种人呐，就该早早地混影视圈，睡到下午两点醒，夜宵吃到凌晨三点，哪个前女友在哪个前女友前面都记不住——再不然就是回老家，在老爸安排的岗位上混一辈子，娶妻生子，周末找地方钓钓鱼，烧烧烤，就这么过了。

有段时间沉默。抿下一口耶加雪啡，"冯"问，那你毕业后回过大学母校吗？全天然噗呲一笑，好不容易才熬完四年，我回去干吗？参观出租屋？堕胎诊所？麻辣烫？人啊，还真得朝前看。

"冯"的闺蜜总算到了。二人分别前她给了张名片，说我爸他们公司现在也在投资影视，你现在当了编剧，以后有机会兴许能合作。全天然接过，不错不错，能跟你们煤老板合作，真是，啊，三生有幸。

"冯"笑道，德性，这咖啡我来埋单吧，算是对豆瓣打分的弥补。

全天然挥手，又腼腆人，两杯破咖啡，真是，赶紧走，赶紧的。

这天晚上"有丝分裂"在床上轻轻打鼾，他怎么也睡不着，想起太原第二理工学院，想起许西村，想起以前。

其实去年他回去过。那是冬至前夕，他跟导师和几个师兄师姐去西安开会，去时坐飞机，回来因为天气原因改坐火车，快到太原站时鬼使神差，他跟导师说自己想提前下车，去本科母校看一看，晚一天回京。

许西村依然繁华，只是小诊所成了最流行的桌游室，甚至能搓麻将。楼上房间也不再按月出租，而是钟点房，撞墙声如旧，当年撞墙人如今不知身在何处。他曾在信里对秦襄提到的"啃得鸡"，现在改卖奶茶，倒是隔壁开了家鸡排店，油香扑鼻，全天然盯着价目表看了半天，也没找到油炸鸡翅。

以前的小书店，现在也被装修新潮的学城书店取代，全天然犹豫了下，还是迈步走进去了，果不其然，最显眼的地方就摆着苏穆哲宁的《攻》系列。再往文学类书架转转，他找到了成语言、花可、朱颜、匡薇的新老作品，还有几个"白银世系"，唯独就没全天然。往好处想，是卖完了。往不好处想，可能当初就没进几本，甚至一本也没进。

书店里人不多，他走到收银台前，问，花可和朱颜的书现在卖得如何，你们有艾苦的书吗？昨晚估计熬了夜的服务员敲几下电脑，说卖完了，还在补货，朱颜和花可……嗯，还不错吧，你要哪几本？全天然摇摇头，这几个都是我朋友，很好的朋友，他们都写得很好，卖得也好，我很高兴。

说完转身，把半张脸埋了起来。

本来还想进学校逛一圈，被门口保安拦住了，要证件，非本校师生暂时不能进。再三追问，保安才说昨晚有个学生跳了楼，怕进来记者。全天然苦笑，您看我像记者吗？保安说确实……不像，但现在的事情，谁都说不好。

全天然说大爷啊，我就是这学校毕业的，就想看看母校，那什么，在袖口亭里谈过恋爱的都分手、乾坤池有条鱼王，还有六号女寝以前闹鬼……都熟，我是自己人！保安笑笑，万一你是这学校毕业的记者呢，你要进去了我可就下岗了，行行好吧小伙子。

母校进不去，他只能用手机上百度贴吧，想找跳楼的信息，一条都没有。倒是一张帖子引起了他注意，看来也是个毕业生写的：

"念了四年大学，课程是翘的，考试是抄的，学分是蹭的，毕设是混的，论文是拼的，学位证是水的，三方协议是用来骗就业率的，什么是真的？球场上流过的汗，操场上跑过的圈，分离时流过的泪，寝室里放过的音乐，小饭馆买过的醉，食堂里排过的队，图书馆占过的位……所有回不去的，都是真的。"

他不禁在下面回复，兄弟写得好！排比大师！

从学校贴吧出来他又进了"全天然吧"，早已不复往日盛景，粗粗一扫，平均每个月才两三条新跟帖。置顶帖子还是好几年前大吧主发的，恭喜全天然从山西大学（其实不是）毕业，去北京发展。下面还有读者留言，"我也是这学校的，今年刚考进来，和全哥完美错过，哈哈哈，全哥哪天发达了记得回来给母校捐款，造一栋楼！"

时日已久，江湖模糊，全天然已分不清这人是诚心实意，还是阴阳怪气。他躺在宾馆床上抽完两根烟，在贴吧里新写条帖子，题目叫《难得回来看看》，内容也简单：

"醉里挑灯看剑，梦回吹角连营。窗外明月高悬，镜中青灯半灭，孰能挽狂澜？"

那些年月拿过的荣誉，闹过的笑话，夸下的海口，还有浇灭的雄心，他全天然，完全就当是梦过一场了。

鹿原

1

第三届80后作家联席大会结束后的第三天,全天然准备回京,鹿原亲自去黄花机场送行。全天然关照说,你得注意着点儿"拖把精",还有那吃鼻屎的,这两位……不像是能成事的人,啊,胆子挺大,骨头没有,指不准还会给你惹麻烦。鹿原点点头说我知道了,你别操心了。

这话很是敷衍。在鹿原看来,全天然对战国的印象还停留在当年第二届比赛的滕州路招待所,是老眼光看人,没有与时俱进。如果没有战国在南昌的夜谈启发,没有他敦促自己找忠实读者"三酒"募款,没有他提醒自己找高湘谈合作,就没有今天的80后作家联席大会。

至于裴艮,看着的确有些靠不住。此人说来也算同门,第五届青文赛散文组三等奖得主,广东人,考到武汉某大专,骂人时喜欢合二为一,"个婊子养的扑街"。起初是在武汉一家文学网站工作,之后又在文化公司任职。首届联席大会召开时他正好在深圳出差,未能出席,只混到一个理事。

去年 8 月第二届大会召开前,裴艮表示愿为大会捐款三万,不过,最好能给个副会长当当。

这戳中了鹿原软肋。

作为秘书长,他的一大主要工作内容就是募款。大会的常设机构——秘书处本身不需要多少钱,场地是高湘免费提供的,大学实习生很便宜,战国每月拿七百,这些都能从"三酒"的捐款里扣。问题是,首届大会后他开始着手主编内刊《新声代》,牵涉排版费、校对费、印刷费,"三酒"的捐赠顿时显得捉襟见肘。

这本内刊自然没有刊号和书号,属于印刷品,不过在文章选取上鹿原兑现了当初的承诺,不发散文、小说这些"功利性太强"的作品,主打 80 后作者的成长历程、阅读和写作感悟、最新作品的创作谈,以及若干诗歌。目录页里还特别标注,所有文章不发稿费,是非盈利的,在此向作者们致以最真挚的敬意。

首期《新声代》于 2006 年 2 月问世,黑白印刷,之后每两个月出一次,以发表大会成员文章为主,也不排斥那些有所成就但没入会的作者:青文赛"十二黄金"的朱颜,"白银世系"的陆璃琼;"校园混混文学"代表人物祖励;《爱琦》当家花旦夜岚紫生,《极光》主力作者林圣美;骑自行车只身上青藏公路的"穷旅作家"牛朗;被誉为网络古典言情第一人的莲一；颇具争议的用火星文写诗的川菜厨子兼业余诗人冉月光；十一岁留美、用英语写作的过子樱……连神秘莫测的匡薇都在鹿原的软磨硬泡下写了篇两千多字的创作谈。

大会成员可以免费获得《新声代》，不过邮费自担。非大会成员也不能购买，因为它不属于出版物，售卖是违法的。极少数非大会成员能获赠此刊，南京的秦襄是其中之一。拿到手后他眉头紧锁，这本薄薄的册子在印刷质量和排版设计上，同他任教的中学文学社社刊不相伯仲。

艾苦却称这本读物是一锅"超级大杂烩"，超越了门户之见、商业利益、体裁界限、刻板印象，真正做到了海纳百川。鹿原作为负责人功劳最大，却从不在内刊上宣传自己，被赞为"高风亮节""大音希声"。

《新声代》名声越来越响，秘书处资金越来越少。鹿原只能厚着脸皮四下化缘，青文赛老友包括全天然、杜胤尧、艾苦、朱颜、秦襄都各尽所能，当然还有陆小尧，甚至连那个写作上不太争气的堂弟山鬼他也开口了。

裴艮许诺的三万块成了雪中送炭的希望。鹿原遂同战国商议，这个副会长头衔给还是不给，到底算不算幕后交易。战国思路明晰，说你要是不当买卖来做，那也简单，拿他文章来看看呗，你觉得还行，这副会长就给他。

裴艮在第二届大会上如愿当选副会长，只是许诺的三万一直到春节过去也没到账。鹿原不好意思亲自催，通过战国出面。裴艮态度极好，万般道歉，解释说最近在武汉开了家工作室，目前正和出版社策划一本主题书，定能大火，赚十万都不止，届时捐给大会的就不是区区三万了，而是整整五万。

裴艮寄予厚望的这本书名为《青春！青春！》，封面广告语气吞万里如虎，号称要击败苏穆哲宁的"迷鹿"书系。问题是"迷鹿"书系尚在筹划中，只见雷声滚滚不见雨点下来。对手长什么样都不知道，就宣传要击败对方，战国评价说这个裴艮，勇气倒是可嘉。

2007年3月《青春！青春！》正式上架，全彩印刷，排版只比《新声代》好了一丁点，文章质量更是"快跌穿到地球另一头了"：封面宣称八零后大牌云集，结果成语言写足球的杂文是从他新浪博客摘下来的，朱颜所谓的专栏是从她MSN Space里复制的随笔随想，艾苦的则是早年在《笔迹》发表的短篇，至于是否经过本人和杂志社同意，尚未可知。细心读者还会发现，该书从目录、题图到排版字体都在向《笔迹》杂志"致敬"，当中的少女风插图则和《爱琦》《宝儿》相类似。

全天然在北京西单书店翻到此书，百般滋味在心头，借用商隐口头禅，真想"昏过去"。如果苏穆哲宁发现竞争对手都是这种货色，估计做梦都要笑醒。

《青春！青春！》让裴艮在湖北的出版圈成为天大笑话，没人愿意再跟他合作。长沙这边青春文学杂志和工作室遍地开花，物价又远低于上海北京，成为他战略大转移的首选之地，独自一人挥师南下。

初到长沙，裴艮还想问鹿原借一千块钱租房。鹿原动了恻隐之心，想要直接送给他，被战国拦住，一定要裴艮写下欠条，全套做足。

裴艮自小患有严重鼻炎，说话时常要用力皱起鼻子哼一下，保证气息通畅。他在欠条上签字按指印，感慨说，佢老味，现在读者口味真系撩楞，嗯哼，难伺候，靓野（好东西）欣赏不来，讲起来亦怪我请的编辑，契弟网上抄人家稿，嗯哼，不理质量，我系用人失察，摞黎衰。

裴艮的捐款泡了汤，但还有其他人愿意送钱。裴艮来长沙的第二个月，第三届大会前夕，山西一个家境优渥的女作者表示愿捐五万，同样想当副会长。鹿原又去研究了下对方作品，发现是自费出版，发表和获奖方面毫无建树，便婉言谢绝。对方涨到十万，其中五万不是给联席大会而是给鹿原本人。鹿原快言快语，本大会"绝不干卖官鬻爵的事"，气得那位女作者取消了来长沙参会的行程。

裴艮私下对战国道，老鹿，嗯哼，讲理想主义，迟早蚀抵（吃亏）。战国说他理想主义得都成一种病了，本来去年成语言也想捐钱，还什么都不要，只是看在《复读班》作者的面子上支援一把，老鹿一口就回绝了，说什么，哦，"接受商业上太过成功的作者捐款，有悖于本大会的成立初衷"，唉，我当时还跟他闹了一次，哪有钱送上门却不要的。

裴艮摇了半天头，世上最惊认真两个字，尤其系老鹿嘅认真，嗯哼。

鹿原谢绝的不光金钱诱惑。这年第三届大会上，有位浙江女作者分外惹人注意，是全场颜值最高的人，身高腿长有胸有腰，笑起来开朗大方，引得不少男作者簇拥。她对这些人不以为意，只是眼神闪闪盯着主席台上的鹿原。

此女是《复读班》忠实读者，来长沙开会前就常在QQ上向战国打听鹿原的情况，如具体身高，体重，左右眼近视各多少度，早晚是否刷牙，这些年是不是真没回过一次辉城老家，传说中的长篇写到了哪里。还让战国拍鹿原的近照给她看，但后来又不要了，生怕暴露，还安慰自己，鹿宴长那么好看，她这个堂哥肯定不会差到哪里去。

三届大会结束，连游玩长沙数日的全天然都走了，女作者还是没走，又逗留两天，到了周末非要请鹿原吃饭，为免尴尬叫上战国陪同。中午三人喝了不少啤酒，脸全红了，晃晃悠悠走回鹿原战国住处。战国待了两分钟，推说裴艮有事找他，转身出门，留下二人独处。

战国下午一点半出门，看人在河边钓鱼，看人在路旁下棋，看人在商店门口吵架，又在公园树荫下的长椅上睡了个午觉，醒来已近五点，觉得老鹿差不多也该一觉睡完了。

回家一看，鹿原正坐在椅子上捧着《白鹿原》认真阅读。女作者盘腿坐在床上盯着电视里湖南卫视的《变形计》发呆，见战国回来如释重负，下床穿鞋道，我走了，你们好好搞这个大会。走时房门也没带上。从此以后，她也再没向战国打探过鹿原的近况。

后来裴艮问战国，你点样肯定冇嘢（没事）发生？战国笑道，我走之前在草席上和枕头下面各放了根头发，原样没动过。裴艮说，个姑娘系长头发，你都系长头发。战国答，她长发染过，我没染过，好认。

裴艮挠挠头讲，嗯哼，或者没用到床呢？战国说不可能，老鹿是雏，不会那么浪，虽然这个我们打不了赌——但垃圾桶我都翻过了，没有蛛丝马迹。

裴艮："万一他们动过垃圾桶，出猫仔呢？"

战国："我在垃圾桶最上面也放了一根头发。"

裴艮伸出拇指："战大师水平真系高。"

战国垂下脑袋："是鹿原境界太高。"

裴艮："看来，写作就系他的女人，对了，他堂妹真那么靓？单身咩？"

战国："听说最近刚单身，但你可千万别打他妹妹的主意，当心老鹿给你来个三进三出，他对这个堂妹比对任何人都好，每年堂妹生日老鹿都打电话给她，在电话里唱生日快乐歌。"

裴艮:"哦,这倒好……你真连他妹妹一张照片都无?"

第三届大会6月办完,7月又有个老相识来到长沙。对于此人,鹿原心里是一点准备都没有。

当年在上海被玩了一招金蝉脱壳,"舒克"樊龙只能拿着遣散费回老家,待了没多久又出走,又回家,又出走,时而打工时而流浪,往返折腾好几次,折腾了三四年。鹿原执掌联席大会的消息传到他耳朵之后,再度慕名而来,投奔昔日的大哥。

上海一别至今,樊龙外表都没怎么变化,仍旧黑瘦,寸头。裴艮开玩笑说如果战国、鹿原、樊龙三条排骨齐齐站住,就好似一块站起来、从侧面看过去的奥利奥饼干,"鹿原真的系白鹿原"。

樊龙见到鹿原第一句话就是,大哥别来无恙,长篇进展如何?

鹿原面对失而复得的门徒,百感交集,痴迷于雪糕筒的贝塔身在何方,倪彩又在哪里干什么?但更多的是愧疚,他打算在"青春文学第二战场"给樊龙找份好工作。无奈樊龙学历太低,也没有相关经验。长沙公司和工作室虽多,但也没到家家都不挑的程度。最后只能跑去鹿原的老东家"高铁鸡"的公司去上班。

"高铁鸡"的如云文化堪称全长沙门槛最低的文化公司,

原因无他，工资太低。铁鸡招人不看学历不看履历，甚至不要简历，只要拿着《宝儿》杂志上的招聘启事上门，就能获得和老板面谈的机会。大专毕业的已算高材生。他曾招到两个初中学历的，一个有盗窃和吸毒前科的，一个晚上在夜店当厨子的。还有个不想念书、从萍乡老家跑出来的初中男生上门求职，不要薪资，管饭即可。因有雇佣童工的嫌疑，铁鸡只得忍痛拒绝。

樊龙正是如云文化急切需要的那种便宜编辑。这位重新归队的门徒还和当年一般，逢人嬉皮笑脸没有正形，大白天没喝酒走路就自带 S 型，晃晃悠悠宛如画龙，还能莫名其妙撞上路边垃圾桶。坐也没坐相，左脚必然踩在椅子沿上，要解放双手打字聊天时，抽到一半的烟就夹在左脚趾缝里，远看像一炷香在燃烧。

鹿原自认愧对"舒克"，除了正式工作，额外给他在秘书处安排一份闲职，无需坐班，每月补贴三百元。

起初战国很反对这样凭空多一笔开销。鹿原惊讶道，我还以为你们浪人和浪人之间会惺惺相惜。战国答，他流浪是家里待不下去，我流浪是心怀大志，有云泥之别。鹿原说我当初也是在家里待不下去，只想着写小说，大志是遇到你之后才有的。

这次轮到战国把半张脸埋起来了。

鹿原安排樊龙做内联，说白了就是跟大会成员在网上拉家常，联络感情。樊龙却凭着真才实干将一手好牌打个稀烂，搞得天怒人怨：

先是喝多了酒，在大会QQ群跟几个诗人吵架，精神抖擞连吵五天，不少人为了耳根清净索性退群；又跟一个东北作者约定线下决斗，但谁也不肯去对方地盘，总算没斗成；同时跟十几个女作者聊暧昧，被人在QQ空间爆出聊天记录，连远在北京的全天然都看到了，说"扫黄办的来抓他都不冤"；接着看上了秘书处兼职的女大学生，隔三差五发短信、写情书，逼得女孩辞了职，他周末还到学校宿舍堵人家，被女孩的体育系男友抓了现行，一顿痛揍，脸上五彩斑斓。

这就难怪大会成员私下聊天时评价，鹿原身边"人才济济"：战国是狼，裴艮是豺，樊龙是狗。有这三位在身边，鹿秘书长的事业惊心动魄，十分不易。

撇开联席大会的事务，鹿原在杂志编辑部的职业生涯也是一波三折。

他任主编的《爱琦》杂志从创刊开始一路走高，销量在全国范围噌噌上涨，算是打开了局面，老总高湘看在眼里。但好景不长，2007年春天开始，长沙、湖南乃至全国的青春文学读物遍地开花，形成群雄并起的态势：

广东有深圳《紫薇·双子》，广州《男孩女孩》；贵州贵阳有《白羽》和《光华》两本杂志上演同城德比；西安的

《潮流新人类》，校园小说和明星写真对半开，非常讨巧；黑龙江《青春佳期》已经营十多年；《涅槃》杂志先在大连，之后搬去青岛；北京有《轻少女》《灰姑娘》以及国字头旗下的《青年文艺月报》和《花海》；上海有老牌的《笔迹》，江苏的《少儿文艺》也在此地设立长三角内容中心……这些还只是正规期刊，此外有不计其数的主题书工作室，如苏穆哲宁"迷鹿"书系。

"青春文学湘军团"在热火朝天的市场里也纷纷开始细胞分裂，文化公司老总们找到更多不景气的地方小杂志，谈拢下半月刊的合作事宜："高铁鸡"新开《珞莉达》《虎牙》两本杂志，高湘更是大刀阔斧，激流勇进，《盛夏岛》《蔷薇海》《闪光女孩》相继面世。

过热的市场导致竞争加剧，高湘的主力《爱琦》逐渐进入销售瓶颈期。眼看"湘军"其余各部纷纷入场，编辑部遂对八百余名读者展开问卷调查，结果发现最有购买欲望的是十二到十六岁的女学生，最受欢迎的是少女风小说。

无论《爱琦》还是竞争对手《宝儿》，最初定位都是看齐《笔迹》，目标人群是十八到二十四岁的高中生大学生，题材偏于写实，对文字质感要求较高。当初让鹿原担任《爱琦》主编，高湘也是出于这一战略考虑。

数据不会说谎，高湘认为是时候再度变革了，读者在哪里，杂志就应该去哪里。《笔迹》此前已经获得商业成功，加之老牌期刊的审美传统，导致这艘巨轮不会轻易调头，而是继续在浮冰之间航行。"湘军"的新杂志一无顾虑，二无底气，必须识时务选择"南下"，到更宽阔更温暖的海域里下网捕鱼。

鹿原却拒不承认调查结果。于他而言，青春校园作为一个文学类目，本就血统不纯，现在更不该往低龄的泥沼里滑去，变得更加肤浅。

《爱琦》的高层讨论会越开越僵，最后主编和老总面对面坐着，一言不发。高湘双手交叉，鹿原搓掌似磨刀。磨了半天，鹿原最后说无论如何，该坚持的文学审美底线还是要坚持的。

高湘闻言，只是喝茶。

这场"府院之争"通过全天然传到秦襄这里。秦大哥给鹿原去电，开口就是逆耳忠言：这场争论你赢不了。

秦襄去年当上中学语文老师，每天面对青春期少男少女，也算扎根基层，深入一线。他的分析是，在"青春文学"的概念诞生初期，学生和小白领都感到新鲜，都有购买欲。随着时间推移，新鲜感过去，面临就业和工作压力的小白领、高年级大学生这两个群体率先离场。那些初中就开始看青春文学的读者，高中后开始尝试其他读物，如网络文学、类型文学、外国畅销书。

最终，受众主体逐渐往低龄段下沉，即小学高年级和初中生——他们刚从儿童文学里走出来，又不想拥抱晦涩的经典巨著和纯文学，贴近生活、笔调轻松的校园、青春、言情便成了这群人的新宠。

鹿原默默听完，说如果你和高湘都是正确的，他完全可以用老总身份来逼我就范。秦襄"唔"了声，他不逼你，是念及你的名声和资历，换成普通主编这么执拗，应该早就被他开除或者降职了。

被大哥一语点醒人情世故，鹿原的半张脸埋了起来。

秦襄叮嘱，山不转水转，窗外有明月。

两天后鹿原提出辞职。高湘接过辞职信，没拆，起身给他倒了一盏茶，说天下无不散的宴席，和鹿老弟的合作还是蛮愉快的，《爱琦》能有今天老弟功不可没，噶次的事情纯属理念之争，本质上都是为杂志好，为公司好，我心知肚明，高某不是忘恩负义之人，联席大会秘书处还是可以在我们这里办公。

鹿原婉拒，说高总和我是互相成就，谈不上我有多大功劳，秘书处还是要搬的，否则我也无法面对昔日的同事，好意我心领了。

高湘点点头，似乎未出所料，又说，但还有件事，希望你能领下心意。

高湘的堂弟高望远，原在他麾下做市场发行经理，是得力干将，却在去年离职，成立了极光文化。定王台出身的老板都信奉达尔文法则，人人有机会，人人有权利，凭实力吃饭，凭嗓门喊话。堂弟自立门户，在高湘看来很是正常。极光文化开张，他还送了一张茶海给高望远。

高望远的主力杂志《北极光Aurora》主攻低年龄段读者，但今年准备新开一本《静电》，仍保持《笔迹》的风格，是为后手准备，防止市场风向过几天又变了回去。鹿原过去正好可以担任《静电》主编。

鹿原感慨，高总堂弟也是人才，不像我堂弟。

高湘以前听他说起过山鬼的故事，在大学里不上课，追女孩，在"复读班"贴吧高喊我哥是陆篆，还跟苏穆哲宁的读者吵架。高湘笑道，此言差矣，我堂弟年轻时也孟浪得很，花天酒地，一天到晚在外面"扬五六尘"，进过两次拘留所，后来被几个女人骗得惨，就改邪归正，勤劳本分了。

鹿原说，哈哈哈，唉。

其实山鬼曾经通过堂姐间接发来消息，表示可以给联席大会打杂做兼职。鹿原回堂妹，成事不足，都是一家人，不要添麻烦，事后还要撕破脸。

山鬼的写作也不顺利，大学里接连写了几个短篇投给《笔迹》和青文赛，杳无音信，在QQ空间大骂编辑和评委有眼无珠不识泰山，幸好被陆小尧及时劝着删了。接着突发奇想，跑到网上写小说，笔名都懒得起，直接用"山鬼"这个外号……鹿原现在一提起这个堂弟，比别人问他长篇进展还头疼。他也更加深信，陆家文脉，只在他和陆小尧身上。

2

鹿原去了《静电》当主编。樊龙虽然在全长沙门槛最低的文化公司上班，却替他瞎操心，说搞来搞去还是给姓高的打工，图什么呢，鹿大哥就该去找那"三酒"要一大笔钱，自己开公司，自己办杂志，到时候我们给你打工，你就是鹿总，我就是樊主编。

樊龙说话时正提着瓶啤酒蹲在电视机柜上。这天周六，长沙大暴雨，老小区的一楼水漫金山，无从幸免，屋里成了威尼斯，塑料拖鞋成了贡多拉。鹿原坐在床上，战国蹲在椅子上。即便如此也比樊龙要好得多——他租的是地下室，目前已升级为深水游泳池，所以才过来避难。

战国对着电视机柜大摇其头，丝毫不给樊龙留脸面，说当主编你不行，只会惹麻烦。樊龙一口啤酒好不容易咽下去，眼珠子一转，说那就找裴艮，裴主编，我当副主编，樊副主编。

战国脑袋摇得更厉害，说他就更不行了，"全长沙门槛最低的文化公司"的荣誉称号马上就要被裴艮摘走了，不信，我们打个赌。

裴艮刚来湖南时在一家叫湘芙文化的公司上班，老板是做奶茶生意发达的，旗下杂志索性就叫《奶茶》，倒也朗朗上口过目不忘。工作五个月之后，广东人裴艮适应了火辣辣的湘菜，也摸清了长沙这边的门道，又通过联席大会积攒了一批人脉，比鹿原还早一个月递交辞呈，拉来一个搞农产品批发的常德老板，开始做起《光·小说》。

"青春文学湘军团"有九成都是民营老板在做，派系复杂。高湘、高望远兄弟属于"定王派"（铁鸡算半个），特点是搞图书经销起家，长期浸淫本行业，在内容策划方面说得上话，绝不算外行。与之相对的是"百货派"，老板们来自五花八门的行业，进来只为赚快钱，完全不懂内容，易被忽悠。

《光·小说》的刊号来自东北一家专做音像内容的出版社，该社上世纪八十年初还从事过君子兰炒卖，始终是时代的弄潮儿。草创初期，做农产品的常德老板忽然资金链断裂，投资少了大半，裴艮到手的钱已经打给了东北的弄潮儿出版社，招不到几个正式编辑，只能在周末把樊龙拉去帮忙，又说服《奶茶》的美编做私活，费用先欠着。

没有在这座青春文学之城打拼过的人，很难理解这种"举着擀面杖参加白刃战"的举动，会觉得这是自杀式创业。一本杂志，没正规刊号，办公室就是主编的出租屋，专职编辑就两人，没钱给印刷厂和作者，居然可以运作和盈利——

这正是裴艮在长沙摸底半年后得出的结论。

印刷费、编辑费、稿费都是可以后期付款的。定价四五块的杂志，成本在一元左右，若一万册起印，以每本两块五到三块的价格给经销商，后者就能赚到利润。经销商的货款一旦回笼，编辑部就有米下锅，再做下期杂志。市场有热度，印刷和人力成本低廉，是操作成功的两大前提。眼下的长沙，这两者都不缺。

2007年年底，《光·小说》试刊号上市，目录页上赫然印着"80后作家联席大会授权出品"。裴艮其实根本没得到授权，联席大会也没有资质进行授权，但在火热的市场面前这些细节无关紧要。2008年初的雪灾过后，《光·小说》2月刊和3月刊分别发行了三万册和五万册，连续盈利。

裴副会长的事业成功，联席大会其他高层都看在眼里。鹿原对战国说，早知道就和你打那个赌了，你看小裴现在混得不错，上周还把欠我的一千块钱还了过来。

战国笑，你这话为时过早，不信你现在和我打赌，半年内他必吃苦头，我们就赌那一千块。鹿原说行啊，这还是我第一次跟人打赌，不过老兄啊，你拿得出一千块吗？战国说跟你打赌，我就算卖肾也得拿出钱来。

战国如此看跌《光·小说》，原因在于裴艮的组稿手段。

长沙的青春校园读物多如牛毛，再算上全国范围，大大小小至少上百本。但优质作者就那么些人，增量缓慢，僧多粥少，需要各家杂志去争取。《光·小说》初来乍到，资金不足人手短缺，走常规渠道是得不到好稿源的，更无耐心培养自己的作者人才。

裴艮从当初做《青春！青春！》的经验里获得灵感，发明了"网络求稿法"：编辑在网上寻找合适的短篇小说，扒下来直接登在刊物上，并在文末声明，"请作者看到后立刻联系编辑部，以发放稿费和样刊"。

这是一个概率游戏：远在天涯海角的作者有多大可能买到这本杂志。就算看到声明找了过来，编辑部还要进行耗时漫长的真伪鉴定，一旦找到明显漏洞就拒绝付钱，还可以反咬说对方是骗子。哪怕的确是作者本尊，稿费标准也是裴艮定的，作者没有讨价还价余地。

《光·小说》发到第五期，这种网上搜来的好文章占了70％以上，最终只有不到三成的作者闻讯而来，索取正当又廉价的自身利益。

鹿原听完战国的分析，叹气道，我还是大意了，裴艮送我的《光·小说》我都没仔细翻过，早知道是这样就不和你赌了，他真是……赚钱赚到鬼上头。

战国说，买定离手，愿赌服输。

他和鹿原打赌半年，着实低估了天道轮回的效率。2008年5月，四川地震牵动全国人心。鹿原、战国、高湘兄弟等人都尽绵薄之力，捐了款。裴艮却从其中看到了别样的契机，冒出大胆计划：让印厂把《光·小说》的6月刊封面改为黑白两色，以示哀悼，同时又能制造话题，一炮打响知名度。

《光·小说》每月中旬上市，月初杂志还在印厂进行最后一批次的装订，文化局监管部门就上门查抄来了，理由是违规使用音像类内容的刊号。跟裴艮合作的音像社也受到了主管部门警告，停止相关业务一个月、罚没非法所得。

黑白二色的封面，倒的确符合"最后一期"的主题色调。

6月刊是裴艮赖以做大做强的拳头产品，首批印量达到有史以来最高纪录：八万册。《光·小说》一停，利润不但为零，还有高额的印刷费和监管部门的罚款需要埋单，裴艮来湖南后的积蓄赔个精光。做农贸的投资老板灰心丧气退出文学产业，改行去做小学生补习班生意了。

裴艮急得双眼发红，指天骂地放话要找到背后的举报者，给那个婊子养的扑街来个"前胸三刀，后背三刀，六刀十二窿"。

鹿原也纳闷，问战国，这时机选得未免也太巧了。战国说怪谁呢，《光·小说》前几期小有成就，裴艮尾巴就翘起来了，黑白封面的创意他早就自己说出去了，还说给他一年时间就能脚踩《爱琦》《宝儿》，拳打《笔迹》和《攻》，还有那种约稿方式，搞得圈内编辑的怨气都很重，大家还传他喜欢吃自己鼻屎，这个谣言很有市场，可见一斑了。

鹿原努力压住嗤笑，问，会不会是"高铁鸡"？

战国答，谁都有可能，反正这个点掐得很准，6月刊是裴艮的七寸，成也6月，败也6月，那个举报的，背后定有高人。

鹿原哈哈一笑，说你就是高人之一啊。

战国反问，鹿老弟啊，我在你心里是这种人吗？为了一千块钱去举报我们副会长？断人财路如杀人父母，这孽障我可不敢造，来，给钱，愿赌服输。

于是此事成了一桩悬案。

但在裴艮的嘴巴和鼻子里，这就是彻头彻尾的奸人陷害："老鹿，我真系食死猫，嗯哼，有人专登要搞我，要谋害我，现在捻起来，就系3月份，有个豆瓣作者说我们没经她同意就用了她的文字，嗯哼，天地良心，我们编辑明明写了站内信，嗯哼，让她联系我们，我们就给稿费，点知她看到杂志就来长沙找我们了，她是衡阳的，跑过来马骝精大闹天宫，嗯哼，我就好好跟她说，我们给稿费，点知她漫天要价，嗯哼，要每千字一百，甘点可能呢，我们小本生意，一般给千字十五，最多廿十，佢老味，她就冷冷笑，冷冷看我们，说这些小钱是打发要饭的，就跑了，嗯哼，我现在捻，肯定就是这个八婆举报我，嗯哼，谋害我，真系婊子养的扑街。"

秘书处此时已经搬到湖南管理学院的行政楼某个闲置房间。裴艮对鹿原诉苦，战国在边上用电脑和人聊事情。听裴艮说到这里，战国给鹿原QQ发去几行字："女读者怎么会知道他和东北那边合作？到现在都不知道自己怎么死的，这哥们到底是聪明还是蠢？"

裴艮诉完苦，说出真实意图。他的家底在这场风波里荡然无存，上次还给鹿原的钱能不能再借给他一次。鹿原面露难色，说那钱我拿去跟战国打赌，结果输了。裴艮问，哦？你学会打赌了？鹿原说没学会，这不是输了吗？你要借钱就问战国吧。

战国看看鹿原，再看看裴艮一脸可怜，面露更大的难色，说我付房租已经花了七百，只能借你剩下的三百。裴艮说三百也好啊，嗯哼，对了老鹿，你们《静电》差无差人手？我过档去做个普通编辑。

他说话时面朝鹿原，后脑勺的战国对鹿原快速摇了摇头。

就算裴艮没有劣迹斑斑的约稿手段，鹿原也没法招进来。名义上，他是《静电》主编，编辑部大小事务其实都抓在副主编手里。此女在长沙长大，在长沙念大学，性格强势泼辣，嗓门奇大，同时身兼《北极光 Aurora》执行主编，"打个喷嚏都能让鹿原胆战心惊"。因为总强制要求作者在小说里设定一个帅气十足的男主角，江湖人称"帅气姐"。

"帅气姐"早在2001年就入了行，是高湘《彩虹园》的初创元老，《静电》编辑部里不是老搭档就是老部下。全公司她最看不上的就是鹿主编，私下跟同事和作者说，当年就写了篇《复读班》，神气到现在，凭什么？还联席大会负责人，负责个鬼哦，哪个让他负责？

鹿原在新公司毫无根基，性格又不喜与人争，尤其面对"帅气姐"这种刀枪剑戟都挂在嘴上的女性，一路割地赔款，最后连终审权都落到对方手中。他唯一能指挥的是美编，操心的都是这个封面标题该用几号字之类的细节。

鹿原从青文赛老友那里约来的稿，超过一半会被帅气姐枪毙。堂弟山鬼难得投来一篇还算凑合的小说，鹿原转发责编，后者硬是让稿子在邮箱里"未读"了一个月。某日他想起此事追问后续，责编连眼睛都没抬，回，不合适。

战国知道他的处境后义愤填膺，说太欺负人，士可杀不可辱，辞职算了。鹿原苦笑，我辞职了咱俩吃什么，住哪里？高望远看在高湘的面子上给我开的薪水不低，我现在只管封面排版，反倒是占了人家便宜，忍着吧，唉，我们省钱，就是大会省钱。

战国转而道，也是，就当精神损失费了。

裴艮被鹿原婉拒后，甚至考虑过投奔"高铁鸡"。樊龙说你来是没问题的，怕就怕第一天上班和我们老总打起来。

樊龙自去年7月来长沙，居然在如云文化干到了现在。

"高铁鸡"的低薪留不住人，樊龙是个奇迹，半年多里见证了无数同事来来去去。他是唯一一个在上班时间喝酒（配槟榔）的编辑，还穿拖鞋去开会，被扣好几次工资，就是不改。樊龙固然善于制造麻烦，迟到早退，放浪形骸，可约起稿子毫不含糊，尤其面对那些经验尚浅的小作者，能口吐莲花，让对方心甘情愿交出稿件。他自己倒是多次吵着不想干了，却从没真的递交辞呈。高渡和他每每在编辑部擦肩而过，周遭空气都会凝结几秒。

鹿原难得刻薄一回，说"高铁鸡"能遇到这种员工，也算前世修来的福报。

3

第四届联席大会为了避开8月北京奥运会，选在9月初召开。可8月下旬的筹备期间，鹿原发现樊龙和裴艮消失了三四天，电话不接，手机短信和QQ也不回。裴艮自从《光·小说》停刊后一直没找到工作，樊龙在如云文化被"高铁鸡"恨之入骨，二人断无因公出差的可能性。

直到他们回到长沙，被鹿原再三逼问才道出实情：到上海组稿去了。稿源是第十届青文赛的选手。二人准备跟出版社合作，搞一套两卷本的青文赛十周年合集。鹿原青筋暴起,说胡闹!谁让你们去掺和青文赛的事情?

战国此时站出来说,是我,我让他们两个去上海的。

身为青文赛元老级选手和"十二黄金"成员,鹿原忍无可忍,在秘书处办公室拍着桌子撕破脸,对战国骂了一连串脏话。辉城方言此刻有了用武之地,什么驴蛋尖,驴尿渣,全都用上了。后者心平气和等他发泄完情绪,解释说,我这么做,都是为了联席大会明年成立公司在筹措资金。

鹿原那一刻怀疑自己耳朵出了问题。他从未跟战国讨论过成立文化公司,当初南昌夜谈,联席大会就已经定性,非营利,专门团结和帮助那些商业上并不成功的新生代写作者。

战国耐心纠正他,当初是当初,现在是现在,社会瞬息万变,要与时俱进。四年来联席大会越做越大,越做越响,是时候进行变革和变现了。鹿原作为领导者,"不能靠八十年代的理念活在二十一世纪"。

辩论到最后口干舌燥,鹿原只能甩出底牌,我是常务副会长秘书长,我说了算。

战国笑笑,两只手捋了捋脑后长长的发束,只有你的银行账号是你说了算,现在那个账户里还有钱吗?

一剑封喉。鹿原从 2006 年到现在一直四处募款,又不收"卖官鬻爵"的钱和成语言的赞助,光靠全天然等人资助是杯水车薪。昔日的捐赠主力"三酒",这年因为次贷危机影响，无法助一臂之力，鹿原账户里的大会资金只出不进，现在不足三千。

相反，裴艮、樊龙这次去上海组稿，按照和出版社的合同，纯利润至少有四万。金钱实力的天平瞬间颠倒过来。战国劝他，你也知道，长沙，是凭实力说话的城市，现在钱在我们这边，大部分副会长我也沟通过了，都很赞成开公司的想法，鹿老弟就不要逆势而为了，今年大会我们都商量好了，你升正会长，我升正秘书长，裴艮执掌《新声代》，我们几个都为你打工，你作为创始人和精神领袖坐享其成，不用受"帅气姐"压迫，还可以安安心心写长篇，多好啊。

鹿原闻言，半张脸埋了起来，许久才说，我是冬天的蚊子，不会坐享其成。这个典故是当年在南昌战国劝他起事时说的。战国道，不错，你是冬天的蚊子，但我老家还有第二句俗话，蚊子叮在身上时最好打，生杀予夺都在手里。

鹿原叹息，一直以来我都觉得自己自私自利，离家出走，不顾家人，现在算看明白了，我的自私比不上你的自私，是我败了。

战国道，我现在可能是你眼中的"坏人"，但我也是个俗人，正常人，这个世界需要你这样的理想主义者，同样也需要我这种"坏人"——"好人"能说清事情，"坏人"能做成事情，请你不要责怪，我是为大家好。

鹿原抬头问，那以后你开公司赚了钱，也会分给大家吗？也分给每个为大会出过力的人吗？

战国不语。

鹿原："第四届大会，要是被你们把控，我绝不参加。"

战国笑笑，你一手创办联席大会和《新声代》，说走就走？破自己的旧、立自己的新？玩笑了。

鹿原也笑了，说你不了解我，"老鹿老鹿，老是跑路"，杜胤尧这句话一点没错，我最擅长跑路，跑路未必是撤退，跑路也可能是筹备下次进攻，你并不了解"鹿原"，"鹿原"没什么不能扔下跑路的，只要路的前方还有希望和真理。

北京奥运8月24日闭幕，第四届联席大会8月26日召开，上演了一次不折不扣的大换血。增减后的理事中，青文赛老作者和鹿原的熟人成了少数派，且都是缺席当选，在现场没有话语权。战国和裴艮一系的人马在理事中占了多数，并对成立公司一事报以很大期望。

鹿原早就料到这种局面，没出席大会，被缺席选为正会长，裴艮成为常务副会长兼《新声代》主编，秘书长由战国接任。

为了内部安定团结，樊龙没有出现在会场。

谁也没想到在这场洗牌游戏里，唯一坚持原则的人是个"神经病"。

此人原名黄誉，笔名烈夫，向俄国大文豪列夫·托尔斯泰致敬，文学作品没写多少，尽在新浪博客撰文咒骂成语言苏穆哲宁。讨厌他的人称其为"疯狗"。

烈夫此前连续三年申请加入联席大会,都被鹿原一口否决。战国抱着"鱼池里放进一条鲶鱼"的心态,于今年批准申请——"疯狗"对成、苏的敌意众所周知,对青文赛出身的鹿原肯定也会恨屋及乌。

烈夫却无愧其"性格古怪、难以预料"的名声,在战国宣布新一届高层名单后,以普通成员(他当然不会被选为理事)身份提出质疑:为什么鹿原毫无理由地缺席本次大会,此前他一直表示不会出任正会长,这其中是不是有杯葛;裴艮前段时间在上海进行过"版权上很有争议"的青文赛组稿,还有《光·小说》各种丑闻,他担任常务副会长非常不妥;请秘书处公布捐款情况和使用情况,尤其是秘书长战国的工资;那个口无遮拦(他说这四个字时四周一阵骚动)又骚扰女作者的樊龙是否仍在秘书处任职;《新声代》某些作者的水平很不入流(又是一阵骚动),为何还能占据重要版面,是不是有利益输送?

主席台上的战国看看手表,无视烈夫,宣布中午休会,下午是分组讨论。

在饭店包厢里,裴艮气得砸了一只玻璃酒杯。战国拍着脑门说,这次长记性了,以后永远也不能相信一个神经病。樊龙把一只没用过的酒杯放到裴艮面前,说,唉,还是应该请鹿大哥来现场的。

尽管有这条鲶鱼砸场,联席大会新的权力格局已定。《复读班》作者、联席大会的创立者鹿原,如今成了吉祥物,摆设。

鹿原本来是有绝地反击的机会的。

战国能搞洗牌,说穿了靠的无非金钱。他和战国因为开公司的事在秘书处不欢而散后,陆小尧曾打来电话,愿意雪中送炭十万块。但堂妹已经在上个月正式投奔到苏穆哲宁麾下,既是签约作者又出任《攻》的文字总监。这个令人吐血的消息还是全天然告诉他的,而非陆小尧本人。鹿宴这个笔名从《笔迹》目录页一下子跳去了《攻》的版权页,突飞猛进。

早在去年 6 月,陆小尧从上戏毕业时,鹿原就批评过她,怎么还在发表校园小说?怎么还没转型严肃文学?要登大雅之堂,青春文学迟早有萧条的一天。陆小尧多年来头次对堂兄吐露心声,可我就喜欢写这些,我就擅长写这些,怎么办呢?鹿原倒吸冷气,说陆家文脉不是用在这上面的,不要让我失望。陆小尧说我更不想让我的读者失望,不想让我自己失望,转型的事以后再说吧。鹿原喟然长叹。陆小尧说纯文学,陆家有你一个就够了,你长篇完成之日就是扬眉吐气之时,我当个配角就好。

现如今堂妹想要出钱为他救急,鹿原一口回绝,说十万块的确不少,是你在那边的新书版税吧,呵,苏穆哲宁的钱我可要不起。说话挂了电话。陆小尧又连续打来三次,他全挂断,最后索性抠出了手机电池板,落个清净。

就此失去了翻盘的机会,他并不后悔。

第四届联席大会召开当天,鹿原就坐在橘子洲头晒太阳,还给北京的全天然打电话,感慨,原来,众叛亲离就是这种滋味。全天然当时正拿着《角儿》的策划书坐地铁去国贸找李维坦,忙问,老鹿,怎么了?

鹿原许久才回,城头变幻大王旗,他们叛变了,你说兵分三路,我这路是不行了,就指望你还有艾苦了。全天然在隆隆的地铁呼啸里弄明白事情经过,说我当初跟你说什么来着,啊,你就不听,现在呢……嗐,不说了,现在就是缺钱是吧,简单,我找苦大师、杜爷他们凑点钱,帮你把盘子给翻回来。

鹿原:"不是钱的事了,是人心,唉,人心都跑到他们那里去了。"

全天然沉默片刻:"老鹿……那,你以后打算怎么办?"

鹿原:"还能怎么办,老办法,小杖则受大杖则走,唉,以前我以为父母对我是大杖,现在看来,单纯了。"

自从和战国闹翻后,他已经搬出了合租的房子。现在第一件事是辞职。高望远不像堂兄那样做出仪式性的挽留,但多给他开了两个月薪水,聊表心意。从办公室抱着纸箱出来，电梯门开，"帅气姐"忽然跟了进来。鹿原看看她，后者说你要走了，我很开心，来送一程。鹿原苦笑，没说话，一如既往。编辑部在十二楼，电梯到九楼时"帅气姐"说，你莫要以为我不喜欢你是因为你占了我的位置……不对，这是原因之一，但不算最重要的原因。

鹿原看着电梯门，喉结耸动，问那是为什么？"帅气姐"也看着电梯门，上面有二人模糊的影子。

"你一直以来就觉得青春文学、校园小说难登大雅之堂吧？哪怕你人到了长沙，做了这份工作。"

鹿原转而看楼层按钮面板，16楼这里不知为何粘了一小片黄纸。"帅气姐"说你在高湘总这里，在望远总这里，都是为了混口饭吃，没什么感情，所以我也不喜欢你，讨厌你，巴着你早点走人。

电梯到了五楼，门开，却无人进来。"帅气姐"上前一步摁关门按钮，用力摁了三下，继续说，我2001年大学毕业入这行，是因为读了你的《复读班》，我也上过复读班，感触很深，没想到遇见你真人，呵呵，失望到底，你平时不说话，不和我们计较，就是为了那份工资，我看得清楚，你不是不爱计较，是不爱和我们计较，看不起我们，觉得我们没有文学追求，也看不起这个行当，觉得是骗小孩的钱。

鹿原抬头看看电梯天花板，微叹气。

"帅气姐"笑笑，说，你叹气，你委屈，可是你到底嬲塞在哪里？最后还不是就这样子咯？说句难听的，你到今天除了吃《复读班》的老本，还靠么子走江湖？都是虚无，都是泡影，你把自己看得太屌咯。

电梯终于到一楼，鹿原出电梯，转身看着昔日职场对手。"帅气姐"笑说，以后不要再宝里宝气哒，踏实一点，认清自己真面目，还能安稳混口饭吃，写长篇也不容易，你有点好运就用在那上面吧。

电梯门在二人面前合上，重往上行。

鹿原把纸箱放到脚边，对着电梯深鞠一躬。

倒是高湘，获悉他离职后打来电话问明缘由，说老弟还可以翻盘，以你的名望和多年积累，战国还要打一场舆论拉锯战才能坐得稳。

鹿原正在路边看两个老头下棋，走到几步开外回说，不争了，累了，驴咬耳朵，没有尽头，也太难看。

高湘沉默片刻，说，在长沙待了五年，你还是没学到精髓。

鹿原笑道，也没学会吃辣、嚼槟榔。

9月大会闭幕到12月中旬，他再也没和战国、裴艮等人见过面，手机关机，QQ不回，犹如人间蒸发。

唯一能表明他还活着的证据是2008年圣诞夜，樊龙带着两个初出茅庐、从北方过来旅游的女作者逛长沙夜市，在解放西路酒吧街瞥见了鹿原的身影，便遥指一下，告诉她们,那就是《复读班》的作者。

女作者们兴奋无比,问能否上去要签名、求合影。樊尨高深莫测地摆摆手,接着看到有个女孩拿着几串烧烤和两瓶啤酒走到鹿原身边。

只有这位昔日的门徒才能认出,那是倪彩,传说中高三离家出走、投奔鹿原的富家女,五年前被鹿原甩脱。她头发现在长了许多,足以及腰,但那种半梦半醒的眼神还是樊尨所熟悉的。

按理,2005年首届大会召开,鹿原等于向全世界宣布了自己人在长沙。可足足四年倪彩都没有消息,偏在他大权旁落时出现,就有些耐人寻味了。和两个女孩在酒吧看乐队表演时,樊尨给新任秘书长发短信汇报。

战国预言:"如果不是要派倪彩来砍我们,就是准备要走了,老鹿老鹿,老是跑路。"

2009年春节过后鹿原肯定不在长沙了,很多人都联系不上他,包括陆小尧。全国各地又有关于他和倪彩的目击报告:2月在广东潮汕,3月在厦门鼓浪屿,3月底在杭州龙井山;4月在上海跟艾苦吃了顿饭,重游《笔迹》杂志社,又到南京拜会了秦襄大哥;5月在西楚霸王的故乡江苏宿迁露面;6月应《涅槃》主编刘砂之邀在青岛待了半个多月。

在南京和秦襄会面,鹿原不让倪彩参加二人酒局,打发她到1912街区的Livehouse去玩了,理由是他们的谈话肯定会让她感到无聊。事实的确如此,倪彩对青春文学的鼻祖、渊源和歧途这类话题毫无兴趣。

秦襄喜欢时不时回过头,从历史长河里静观倒影,取其一瓢。青春文学虽是二十一世纪的概念,不过在他看来其源远流长:

描写主角在青少年时期经历的经典著作,最早可追溯到狄更斯1849年的《大卫·科波菲尔》或者罗曼·罗兰1912年的《约翰·克利斯朵夫》,尽管这个年龄段只占了篇幅的一部分,但毕竟是个开端;高尔基1923年的《在人间》和《我的大学》,奥斯特洛夫斯基1933年的《钢铁是怎样炼成的》,自不消说;塞林格1951年《麦田里的守望者》,凯鲁亚克的《在路上》在1957年出版,国内是1958年杨沫的《青春之歌》;1988年欧文·威尔士《猜火车》;此外还有诺奖得主库切的第三人称自传《青春》,发表于2002年……

他还提请鹿原注意,陀思妥耶夫斯基1866发表的《罪与罚》,主人公是名大学生。以上作品,高山仰止,都跨越年龄、引起共鸣,立足青年又不止于青年,是上一辈人读完后愿意保留下来向后世宣讲的。

然而"青春文学"这一概念在国内成形并大卖特卖的近十年里,人们收获到什么呢?苏穆哲宁《天长地久有时尽》的丑闻;秦襄总结出的读者年龄"沉淀"原理;五颜六色封面的杂志和主题书；青春、校园、言情这三个标签的"混淆和杂交"。

简而言之，书写青春的小说在这里急转方向盘，做了个九十度转弯。

市场的繁荣使得"青春文学"四个字就这样被狭隘化了。人们谈起它，首先想到的是俊男美女在学校谈恋爱。这种有失偏颇但又在意料之中的理解，导致一大长远后果：高层次的读者不再阅读青春文学，那些有野心和有实力的作者则随之避开这个题材，也就不再会有文学含量高的青春文学作品在本土出现。

刚从青春文学之城出走的鹿原思绪万千，回过神来给秦襄斟酒，说，要是青春文学没这么火爆，没有书商逐利，没有泛滥和低龄化（无论读者还是作者），甚至没有"青春文学"这个概念，也许悬崖峭壁上反而能长出最美丽的花朵。

秦襄说，如今是皮肉丰满而无其骨。

鹿原敬他一杯酒，道，不过，要现在的青少年去体会时代的痛点，勉为其难了。秦襄说国家不幸诗家幸，反过来也一样，可我不信这代人的青春主题就是伤春悲秋，逃课喝酒，情情爱爱。

鹿原叹道，谁又能逃过情情爱爱呢？爱情是人类主要矛盾。文学四大主题，生存，死亡，战争，爱情。

倪彩回到酒店房间，看到鹿原躺在床上长吁短嘘，问你喘什么大气？鹿原回答，我在感慨时代的浪潮，唉，还在为联席大会唱哀歌。

倪彩眼神灼灼："不止吧，是不是还给你妹打了电话？"

鹿原："你怎么知道。"

倪彩："直觉。她怎么说？"

鹿原："换号码了，打过去是空号。"

鹿原离开后，战国一心想要注册文化公司，却没勾画好未来的盈利模式，究竟是做杂志、主题书还是直接出单行本。

裴艮和樊龙组稿的青文赛作品集，收入七八万。刨去税，二人又以还债和改善生活的理由各扣走一点，最后到新任秘书长的手里不足六万，用于场租、注册资金这些成立公司的必须开销后，所剩无几，差点连房租都交不起。

2009年5月，预想中的公司还没成立，对联席大会的致命打击就降临了。湖南的社团管理机构开始对"80后作家联席大会"进行资格审查，发现该组织没有登记备案，没有业务主管，没有挂靠单位，没有公用账户，总之是要什么没什么，居然还办了好几期内刊。

最终结果是，该组织登上了当年发布的全国"山寨社团"名单。

会长鹿原完全联系不上，战国和裴艮作为主要责任人被约谈。处理意见下来后，樊龙担起重任，由他出面向所有成员发去大会停止活动的通知，随即解散QQ上的成员群和理事群。《新声代》也退出了历史舞台。

负面消息总是传得飞快，原大会的骨干人员在长沙如瘟神过街。几个曾有投资意向的老板对战国避之不及，公司夭折，初期资金都打了水漂。裴艮打了十几个电话，没一本杂志愿意要他，哪怕只当个普通编辑。"高铁鸡"终于等来了落井下石的一天，满心欢愉地辞退了樊龙。

"狼豺狗"组合吃散伙饭是在老街的鱼嘴巴饭店，点了一大桌菜，喝到凌晨两点。樊龙大醉，蹲在厕所马桶盖上不肯下来，生怕"跳下来会摔死"。裴艮点起烟盒里最后一支烟，感慨，还是老鹿命好，塞翁失马，焉知非福。

战国接过半支烟吸了口，说他啊到底是文人骨子，羽毛脏不得，不像我们，一身泥巴，回老家休养一阵，照样重出江湖。

临走时裴艮主动提出要给战国一点钱。战国摆手拒绝。他来时身无分文，走时可以一样潇洒。当年鹿原带他来长沙就没提过钱的事，如今凭着一袭破旧长衫和脏挎包，"要饭都可以走到天涯海角"。

至于醉倒在男厕所地板上的樊龙，战国评价，这哥们没有享福的运，也没饿死的命，不信我们打个赌，不对，打了赌也收不了赌注，算了，由他去吧。

从饭馆出来，和裴艮告别，战国走了四五个路口，忽然灵机一动，掏出手机在QQ上给鹿原留言："是你举报了联席大会？"

第二天鹿原的回复答非所问："长沙，空气都是辣的。"

战国还想再问，发现已被对方拉进黑名单。

这座火辣的青春文学之城，没有因为联席大会的插曲停下发展步伐。经历2008年短暂低迷后，更多的文化公司和工作室如雨后春笋，高湘和高望更是遥遥领先：前者旗下一度有十本刊物，发行量四万到二十万不等，主力杂志《爱琦》闻名全国；高望远的刊物没那么多，但每本每月都有十万上下的发行量。

"高铁鸡"却在这番盛世里折戟沉沙：《珞莉达》抄袭事件频出，在圈内恶名昭彰，2009年2月出了最后一期；《虎牙》因内容涉及黄色、暴力和其他"对未成年人的不良诱导"的内容，同年5月被勒令停刊；主力杂志《宝儿》勉强支撑到2009年11月，此时拖欠作者稿费累计三十多万，几乎骗尽了国内每一个涉世未深的青春文学作者，三家合作的印厂都在催债，再不倒闭就没天理了。

蹊跷的是最后一期《宝儿》杂志上，若干栏目的责编还写着樊龙的名字。鹿原以为这位门徒又回长沙重操旧业了。直到网上有人爆料，自己明明已离职如云文化一整年，却被"高铁鸡"冒用名义出去约稿并拖欠稿费，他方才醒悟。

鹿原感叹一句"都是高人",关了搜狐新闻网页。

4

2009年7月,鹿原和倪彩从青岛前往北戴河,跟全天然、杜胤尧、花可碰头,在海边消暑。吃着烤鱿鱼,喝着山海关啤酒,吹着海风,全天然颇为唏嘘,说当年我跟老鹿还在长沙扯犊子呢,说好了要兵分三路,布局四方,唉,现如今《角儿》难产了,老鹿在权力的游戏里让"拖把精"背后捅刀,也就苦大师她们还好点,真他妈的。

杜胤尧说事到如今还念叨个屁?喝酒吧兄弟姐妹们,苦与甜,爱跟恨,都在酒里了,人生如梦,一樽还酹江月。

全天然说,唉,老鹿当初就不该听战国那孙子的谗言,搞什么作家大会,自己埋头写长篇不是挺好,说不定现在早出版了,拿奖了——妈的,操他妈的。

自离开长沙,鹿原脸上的青春痘消退了许多。全天然的解释是,不再吃火辣辣的湘菜,自然就好了。杜胤尧说,嘿嘿,说不定也有倪彩的功劳呢?全天然一皱脸,杜爷,你这臭流氓!我俩尽想到一块儿去了!

倪彩此前一直活在众人的传说里,这次是头回遇到真人。杜胤尧的评价是五官一般,倒是皮肤很白,瓷娃娃似的，跟鹿原很般配。她酒量也好得惊人，风格是还没动筷就倒上三小杯白的，"这杯，敬酒，这杯，罚酒，这杯，天长地酒。"连着喝完。

几个男的都不是对手，唯独花可可堪一战。花可看着倪彩，眼神中尽是赞许，说你有我当年的风采。全天然私下问花姐，你觉得老鹿跟这姑娘能成不？成，就是跨入婚姻骨灰盒的意思。

花可说成不了，这俩人，怎么说呢，少了一种……自我毁灭的激情？

倪彩在海边总穿连体泳衣，在沙滩小屋换衣服时，花可瞥到她肚子上有一道疤，不短，横过来的。全天然一摸脑袋，我靠，这可如何是好，要不要告诉老鹿呐？花可怒其不争地往他脑门上弹一下。边上的杜胤尧说，你当老鹿是瞎子还是和尚？

倪彩在场时，话题就没那么深刻，聊写作和文学。全天然问鹿原那本长篇《循环聚餐》写多少了。鹿原愧疚地埋起半张脸，说在长沙每天忙着上班和大会的事情，时间太少，只能靠挤，今天挤五十个字，后天挤一百个字，过了一个月又不满意，推翻再写，驴拉磨一样，唉，拉来拉去还在原地转——早知白忙一场，当初就不该离开绍兴的，我堂妹是我贵人，战国不是。

杜胤尧说也不能算白忙，生活是小说最好的缪斯，说不定你的长篇因为这个加进去很多新的素材和原型呢？我就打算下本书写《麻将之道》，再下本写《谈恋爱备忘录》。

全天然说那百分之一千、万分之一亿得畅销。倪彩说，那鹿原下一本书应该叫《离家出走指南》。鹿原倒没生气，举起酒杯和她碰了碰。

在北戴河第三天，倪彩忽然离开。鹿原解释说她家出了点事，得过去一趟，回不回北戴河，另说。具体是什么情况，其他人没问。

在北戴河的第四天，下午四人在沙滩上踢四角足球，球滚远，鹿原去追，追出三十多米。全天然振臂大呼，鹿原，鹿原，老鹿，开大脚传过来！

言者无心闻者有意。休息时鹿原去小卖部买汽水，有个男的靠过来，请问，你是鹿原？老家辉城？

对方三四十岁模样，个子不高，体格壮硕，皮肤偏黑，头发却略微花白，跟年龄长相不太相称。

鹿原问，你是？

来人答，我算你半个老乡，也是你的读者，《复读班》和《他跑了》。

鹿原说，哦，听口音……你是安水的？

来人说不错，我关注你很久，本来还想等你考进大学来联系你，没想到哈，一等就是十年，最后居然在这里遇到了。

这天吃完晚饭，鹿原消失了两小时，回来时一脸心事。杜胤尧对全天然说，老鹿肯定是干坏事去了，累了，颓了，此刻正满怀对倪彩的负罪感。全天然脸一皱，说不可能，老鹿要是那种人，干那种事，我就把战国的脑袋拧下来给你当球踢。

在北戴河的第六天，海边假期结束，全天然等人准备回京。他们原以为鹿原要去找倪彩，他却买了先到天津再去安水的火车票。多年没回老家的花可特别感慨，我透！在外流浪七年，游子终于要回家了！

鹿原的神情，在全天然眼中像极了当年秦大哥离京道别的时刻，脸上疲惫，但眼里有光，五百瓦的。鹿原说不算回家，是去我下一个战场。

杜胤尧递过去一支烟，说希望你比许飞扬的运气好，他离家出走后第一次回家，差点被他警察老子打断腿。

鹿原笑笑，忽一拍掌，亮出右掌心："放心吧，我是冬天的蚊子。"

秦襄

1

2004年冬天,北京召开过一场新生代作家研讨会。其时离成语言"这只写作圈的孙猴子"横空出世已过五年,他不但没像很多高人预言的那样"红不过三载",反而愈战愈勇,继续在图书市场上横扫那些年长的著名作家。青文赛、《笔迹》和其他平台的年轻作者也紧随其后,一路高歌猛进。

一度集体保持沉默的评论界不得不重视起这股新生力量。

这场研讨会,会场西面是两鬓斑白或头发不多的评论家,东面是嘴上细毛还没剃光的新生代作家。一方并非高校学府里的学界大腕,另一方也不算新生代阵营的顶尖人物。

会议通知向"十二黄金"发出后,应者寥寥,大部分人要么去不了,要么不想去,后者就包括成语言和全天然。成语言对待体制权威的态度人尽皆知,这个反应是情理之中的。全天然缺席的理由是"受不了那些不了解我的中年人当我面对我作品评头论足,哪怕是说好话"。

不过正式回绝之前,他专门问过秦大哥去不去。秦襄回,你们这些尖子都不去,会议就失了精髓。

甫到北京上学时,秦襄旁听过不少学校内外召开的研讨会,越听晚上越是睡不着,因为困意在白天都用掉了。犹记得在某位60后作家的新作研讨会上,一位显然和作者相熟的玳瑁眼镜老先生大言不惭,表示最近实在太忙,这本书还没来得及读,但上本作品我读过,可以讲一讲……总之很好的。

坐在外围旁听席上的秦襄闻言,低头看自己脚尖片刻,轻轻起身离席。

北京研讨会的最终局面是,三十余名与会者,西面在人数上超过东面。"京城五碗面"里,丁天、李维坦自不会去,秦襄认为聊不出什么,杜胤尧对体制和权威始终抱着毫不在乎的心态,唯有许飞扬万般迎合,这让他显得不太像个诗人。

秦襄提醒过许诗人,此去是白跑一次,恐怕你会失望。

许飞扬答,不去不行,写诗的人不和期刊、体制打交道,就是白搭。

秦襄道,民间也有诗人。

许飞扬说,民间诗人难出版,难发表,这个跟写小说的没法比,我十二岁选择写诗,就是选择了更多荆棘的路,脚板不硬，就要懂怎么穿鞋。

许飞扬成了青文赛"十二黄金"在研讨会现场的唯一代表，其不痛不痒的发言稿的百字节选还发在了报纸上。商隐对秦襄说，没想到，就这样被这么一个人代表了。

秦襄为许代表说了句公道话，允许有人不去，就要允许有人去，都是自主选择，谁也不必嫌弃谁。

商隐说，我看你劝他是假，怂恿是真，"十二黄金"要是全天然、花可、成语言去了，哪怕有艾苦、朱颜这样的温和派在场，两边肯定还是会吵起来，到时候场面难以收拾，可一个都不去吧，又很难对那群老先生老太太交代，所以许飞扬去露面，你反而心里石头落了地，我说得对不对？

秦襄道，你是发自肺腑地盼着两拨人吵起来。

商隐说哈哈哈哈，你看透了我，我看透了你，一点也不朦胧，真的是。

2004年的研讨会开完，众人似乎就忘了这件事，继续在各自的圈子里奋斗。2005年7月秦襄离京，回老家备战教师资格考试。11月他顺利通过，2006年3月前往南京一所中学面试，毫无意外被录用，准备三年内完全立稳脚跟后把母亲接到南方养老。

也是该月初，《批评观察》刊登《新生代的入口与出口》一文，作者是该刊的副主编束瑛。

束瑛1956年生于青岛，高考恢复后考入北师大中文系，读到博士。留校任教一段时间，先后在学城出版社和《星火报》文艺副刊部工作，最后来到《批评观察》，一本颇有地位的文学理论评论双月刊。

她并非人们通常想象的那种精致克制的高学历女性，读博时在22路公交车上抓过小偷，黑龙江森林大火时打算到漠河志愿救灾，年近四十又突发奇想要去学跳伞，为的是圆年轻时想当伞兵的梦。

2004年那场新生代作家研讨会，束瑛也在场，就坐在许飞扬正对面，相隔半箭之遥。和为了完成任务才出席的同行、老友不同，束瑛是实实在在想同这些新鲜血液打交道。散会后，她也是唯一主动去向东面的人索要电子信箱和电话的评论家，希望对方今后会把新作给她看看，保持联络，保持沟通，其中自然也包括许飞扬。

束瑛是参加研讨座谈的老手，有感于每人五分钟、十五分钟的发言无法谈得足够透彻，认为有必要写一篇高屋建瓴的文章，把现状和问题、过去的因素、未来的展望都一网打尽。长达万字的《新生代的入口与出口》就这样诞生了，包含了她和多位年轻作者交流后的感悟。

文章共分五部分：新生代作者现象综述（时间线，市场热度和读者群特点）；新生代崛起的原因；若干代表性作者的作品简要分析；从文学眼光审视新生代；对其未来发展的预估，以及对文坛和文学界的启迪。

文章刚在期刊上发表时并未引起风波，甚至也未博得大多数老读者的赞同。这本双月刊发行量十分有限，读者多为专业人士，很少进入普通大众眼帘。秦襄是少数的圈外顾客之一，十分赞同作者第一、二部分的观点，尤其崛起的主因，可谓抓住要害：青文赛创新之举（内容源头），出版商趋利而为的推波助澜（渠道），以及最根本的受众——广泛、深厚的学生读者基础。

上几代人学生时期只能以少年眼光解读成人作品，如《青春之歌》《约翰·克利斯多夫》《钢铁是怎样炼成的》；今天的学生不愿迁就成年人，也不愿委屈他们自己……目前的主流文学写作无法适应新一代中学生的口味，而这个群体的消费能力也没有我们此前想的那么低……儿童文学和成年人文学之间，成语言和苏穆哲宁等人的出现填补了巨大的空白。

秦襄给艾苦写邮件：太遗憾了，束瑛本是可以在研讨会上聊一聊的。

经过束瑛的许可，期刊编辑在3月23日把这篇文章转载到了新浪博客，情形就大不一样了。秦襄的比喻是，翰林院内的品茗私语，被人拿到菜市口用扩音喇叭循环播放。

这年是"博客时代"的战国时期，新浪、腾讯、搜狐、网易都推出了博客产品，此外还有百度空间、QQ空间、51博客。其中新浪博客主打"名人战略"，影响力最甚，流量最大。

成语言正是新浪博客"名人战略"的重要成员,去年秋天刚刚入驻,主要发表杂文、随想和训练青少年足球队的点滴感悟。束瑛文章转载到新浪博客后他自然看到了,很快就以一篇《入口不买票,出口烧冥钞》作为正面回应。

当天正是4月5日,清明节。

致力于青少年足球事业的"成教头"百忙之中抽出时间撰文回应,根本原因在于束瑛文章的第三部分,即点评若干颇具代表性的新生代作者的作品。成、苏两位领军人物当然不可能被束瑛忽略:前者被评价为过度叛逆和偏激,"似有表演之嫌",对比其早期作品,正离文学越来越远;后者靠《王》走红后,全然摈弃了此前散文集《余音》里那种"细心倾听和安静讲述的魅力",正开足马力朝商业写作这个漩涡驶去,很有可能"身陷重围无法自拔"。

倒是那些商业上不太成功的同龄作者,束瑛在第三部分给予褒奖,包括青文赛的艾苦、杜胤尧、匡薇、朱颜等。

第三部分还算胡萝卜与大棒并用,第四部分一开篇,束瑛就定下了逆耳的基调:从文学角度看,她不认为这批二十岁左右的出书者是作家,只能称为写作爱好者,其写作也算不上文学写作,"前路漫漫,变数无穷,这批先声夺人的新生代作者,今后未必都会继续写作,继续热爱文学。"

相比她的万字长文,成语言的回应只有短短两千字,其中四百字还是引用束的原文。他先讽刺了束瑛行文啰嗦，然后驳斥其观点，敦促老前辈少搞小圈子，最后还呼吁广大年轻人做事就该随意一些，切勿听信谗言，未老先衰。

这篇回应点燃了导火索，和当年"开天之争"颇为相似，只不过这次论战的一方是主流文学圈、评论家、学者、文化名流，成年人居多；另一方是新生代作者与其数量巨大的拥趸，以默默无闻的年轻人为主。

秦襄是年轻人中的异类，站在束瑛那一边。他细心留意，发现一组颇为诡异的数据：束瑛的文章一万多字，截止到5月初，博客阅读量二十四万，被转载一百余次；成语言两千字的回应，阅读量三百五十万，被转载七百多次。

秦襄对艾苦总结：说明很多人读了成语言的檄文，却没看到束瑛的全文，就开始选择立场，表明态度。

他刚进北大，曾去经济系旁听，有位教授多次告诫学生，信息不对称，永不下结论。比如束瑛在文章末尾还写了，这个年轻群体如果坚持下去，肯定会成为主流文学的核心后备力量，并在此呼吁传统期刊对那些被明星现象遮蔽的作者多加关注，尤其是爱写短篇、不太容易出书的人，"让他们看到写作的出路不是只有市场化图书出版这么一条道路"。

全天然是信息对称的，读完束瑛全文，仍旧选择成语言那一方，在青文赛老选手的QQ群里高呼：老屁股们又要对我们下手了!束瑛这个皓首匹夫,苍髯老贼!

艾苦不得不找他私聊纠正:束瑛是女的,匹夫一般指男的。

全天然:啊,不管男女,反正不是好东西,成天写点主观臆断的东西。

艾苦:评论家如果没有自己的观点和标尺,还要评论家干吗呢?

全天然:根本不需要啊,谁请他们来点评了?

艾苦:人家在文章里还表扬了你。

全天然:苦大师啊你太单纯了,这就是百分之一千、万分之一亿的糖衣炮弹,是阴谋诡计,是分裂瓦解我们年轻人阵营的,切勿上当!她文章里提我一嘴,我就要快乐地飞上天?啊?就算让我当中国作协主席,我也站在成语言那边。

不光说说而已,全天然还连夜撰文四千多字发给秦襄大哥过目,说文章最后咱们搞个联合签名,弄个上百号人,啊,杀一杀束瑛的威风,给成语言助阵。

秦襄读完雄文,刨去嘲讽、讥笑和引经据典,有理有利有节的干货不足十分之一,还不如成语言,便又以年龄来打掩护,说这是80后作家的战争,我一个70后教书匠,不便参与。

反倒是许久不问写作圈世事的丁天主席,在檄文文末签上大名。秦襄十分好奇。丁天回,唉,人无百样,有的人没头发，有的人没脑子，但每个人至少都有个屁股，人不可能永远站着，总要落座的，那问题就来了，屁股到底朝着哪边——我也是混了这些年，有点感触，就在无关我前程的地方率性而为一次。

秦襄：原来如此。

丁天：大哥是不是认为我俗气？唉，让你失望了。你选择去中学教书育人，是出世，我是庸庸碌碌的入世之人。

秦襄：上山才是出世，我，最多算遁走，《西游记》里土地老儿，一有事就钻下去。

丁天：哈哈哈，孙猴子还免不了被压五百年，土地公公却生生不息。无论是站是坐，脚下都得有块土地。神仙才在天上飘，可哪里来那么多神仙，多的是冒充神仙的风筝罢了。

全天然这篇联合签名的檄文，秦襄不在意，有人在意。他本科一个同班同学来电问：听说你跟那个全天然关系不错？

秦襄：认识六七年了。

老同学：太好了，有事想请你帮忙。

他供职的北京某出版社，其总编辑力挺束瑛。全天然的檄文还没正式公布，声势倒是先造了起来，击鼓传花，一直传到总编辑耳中。

老同学：成语言被束老师批评，在博客上反击，这是情理之中，但全天然都被表扬了还要搞出那么大动静，束老师脸面何存？下不来台啊。

秦襄：要我当说客？

老同学：年轻人血气方刚，可以理解，但没必要撕破脸，还劳烦秦兄劝劝，你的书我们总编说了，可以改合同，首印、版税都可以往上调。

自上本《南北千里》之后，他花两年时间写了部十万字小说，此前投稿给老同学的出版社，已经过了选题会和内容审核，谈妥条件，眼下等着出合同。

秦襄：束瑛老师知道这件事吗？

老同学：不知道，这不是她的性格，我们总编和她多年老友，就是想帮衬一把。

秦襄：同样道理，全天然和我认识多年，我这次不想火上浇油，但也不想泼他冷水，拖他后腿。

老同学：这话说的，全天然一直管你叫大哥，是吧？大哥发话小弟能不听？

秦襄：他认我为大哥，我从没当他是小弟，他是一个有自己想法的年轻写作者，我尊重他的想法，尊重你们总编的想法，也请你们尊重我的想法。这件事，恕难从命。

老同学：何必为难自己呢？

秦襄：知道你的难处，我一口回绝，你难向领导交代，我为难自己也不会为难老同学，做人做事后果自负，我今天也自负一回，书稿我撤回，不在你们这里出了，你就向领导汇报说，因为这件事你我二人闹翻了。

老同学：这……没必要吧，我们好歹是数一数二的大社，你可别意气用事。

秦襄：就当我老夫聊发少年狂——只是我记得当年你也曾白衣如雪，激情万丈，在地铁车厢朗读诗歌，为海子痛哭，坐大巴去向美国人示威游行，在湖畔彻夜饮酒，痛骂看不惯的人和事。

老同学：唉，别提了，毕业前我把自己写的那点诗都烧了。

秦襄：你烧的是诗，不是你自己。烧了你的，是毕业以后的社会经历。

老同学许久才回：惭愧。

在该社出书的事就此作罢。老同学始终未再联系他。倒是秦襄，在网上搜到《批评观察》编辑部的地址邮编，手书一封寄去，内容简短，"通读文章感触颇多，尽管感情上无法接受，但理性告诉我，时间终将证明您的正确。"

落款是，一位年轻写作者。

全天然的联合签名最后只攒到二十多个，知名度都不算高，几个好友都不愿参加，包括远在长沙执掌"80后作家联席大会"的鹿原。鹿的说辞是，没必要逞一时口舌之快，最好的回应是我自岿然不动；就算束瑛们赢了，成和苏照旧是巨星，销量百万；束瑛们输了，继续占据话语权，又不会辞职归隐，换成年轻人上——综上所述，何必，何苦。

全天然：我就是咽不下这口气。

鹿原：喝瓶可乐，打串嗝，就好了。

这番对话传到秦襄耳中，对艾苦道：鹿原，变了，不是当初酒后失言说我们以后会脸红的鹿原了。

艾苦：唉，大家都像鹿原那样通透就好了。

秦襄：大家都通透，上下五千年，七洋五大洲，就没那么多战争人祸了，历史的进程可能靠的就是这种不通透吧？

艾苦：就是你的新书，太可惜，早知道全天然没翻出水花，你就不该做那种牺牲。

秦襄：精打细算的牺牲不是牺牲，是投机。

艾苦：有句话不知道合不合适——其实，你就是束瑛。

秦襄：我是束瑛，也不是束瑛，她不如我年轻，我不如她有话语权，所以都卡住了。

2006年爆发的这场论战被称为"成束风波"，高峰持续三个月之久，与两年前"开天之争"相比，战场新增了百度空间、QQ空间、QQ群、各大博客、报纸、门户网站，双方为此诉诸的文字"足以印一套二十四史"。蹊跷的是，束瑛和成语言却在各自那篇文章之后再也不谈论此事，因为"想说的都已经说完了"。

但据坊间传言，成语言还说过，"所有的评论家都是吸盘鱼"。有好事的漫画家专门作画一幅，把束瑛的头像嫁接在一条鲨鱼身下的吸盘鱼上，广为流传。

为束瑛鸣不平的那群人，对此是惊愕大于愤慨。在此之前，文学批评的攻守博弈类似天鹅绒桌面上的棋类游戏，战场往往是在报纸、杂志，有约定俗成的交火规则，参战者力求在有理、有利、有节的气氛里做到言辞犀利、见血封喉。没有绅士风度的进攻会被视为无效和软弱。

而成语言及其拥趸的这种回应方式，宛如在互联网上"直接掀桌"，加上狂热读者不分轻重的火力，让评论界目瞪口呆。这场属于新世纪的斗殴在几百米的高空中展开，风帆战舰舰长和骑兵军官只能望天兴叹。

倒是另一颗巨星苏穆哲宁，因为正处版权官司风波，没有亲自表态，表现出了"金子般的沉默"。

"成束风波"一个明显后果是，再也没有评论家去点评成语言的作品，两者间形成了一种互相鄙夷的敬而远之。但评论界并非空手而归。束瑛无意中成了一枚鱼钩，在众多新生代作者里探到了虚实。对她冷嘲热讽、大加鞭挞的多是成和苏的狂热读者。广大年轻作者同仇敌忾、团结在成语言周围的局面并未出现，这是个不错的信号。历史也多次证明，评论家更容易跟作家而不是普通读者交朋友。

其实束瑛自己也在文章里写了，新生代作者内部已经出现明显分类，有些人埋头默默写作，书卖得不好，自诩实力派，把成、苏看作商业明星，是偶像派写作，故而不愿意和二人相提并论，比如长沙的"80后作家联席大会"的很多成员。

全天然：这是赤裸裸的让我们内部对立啊，还用老鹿来说事儿。

秦襄：鹿原不会吃这套，要是看中这个，当年就不会离家出走——心里有本书要写出来的人，有自己的世界。

全天然：还是成语言说得对，啊，花有重开日，人无再少年，年轻人就该想写就写，管他老屁股说什么。

秦襄：他这句话，只对部分人有效，有效期还值得商榷。

全天然：呃，怎么说？

秦襄：自然规律，年轻气盛是一时的，总体趋势是变世故、学会妥协，你当年气盛到底，就不会去太原上学，而是跟父亲闹翻，到北京找我会师，再想想我当初……呵，不说了，明早八点还有课，快期中考了。

2

商隐最初总说，秦襄，你多虑了。

商隐后来则说，秦襄个乌鸦嘴。

2001年青文赛声势正劲，风头无两。秦襄预言，会有人走歪门邪道，谋不义之财。果不其然2002年出现了假冒伪劣的《笔迹》和专门针对青文赛的收费培训班。

2003年定"十二黄金"名单，秦襄不仅再三推辞，还对商隐表示，一鼓作气，再而衰，三而竭，万事规律，青文赛恐怕今后再难出"十二黄金"。果不其然，第四届起虽有"白银世系"一批作者，却再难掀起"黄金"前辈那样的波澜。

2004年初苏穆哲宁靠《王》走红，秦襄担心，成语言的狂热读者恐怕不会买账。果不其然，三个月后爆发了"开天之争"。

2005年3月，苏穆哲宁在青芒网连载《天长地久有时尽》，人物鲜活，幽默和煽情并存。秦襄读过几个章节，承认语言好得惊人——不过，讲西南官话的西秦少年，人在上海念书，为何以东北方言写作能如此成熟老练？

商隐说，是天赋，再讲了，东北话的神髓又不难掌握，比上海话好学多了——你春晚不看赵本山小品的吗？

后来，就有了那场著名的侵权官司。丑闻让苏穆哲宁的文学保护人商隐伤筋动骨，近乎泣血，在众人视野中消失了一段时间。

当然，没人会怀疑"小沙龙"女主人是抄袭事件的始作俑者，或知情者。一来，她是余守恒外孙女，懂得爱惜羽毛，二来，以商隐的聪姿，若真指使此事，定不会允许他将人物设定、故事内核、关键情节、语言风格甚至部分对白都依葫芦画瓢照搬过来。

2006年，秦襄再度张开乌鸦嘴，暂时找不到老听众商隐了。

成语言在新浪博客撰文回应束瑛、引发"成束风波"后第七天，他在南京夫子庙新华书店闲逛，有几本新上架的书吸引了目光：《第七届青文赛新作佳选》《第七届青文赛作者精华文章》《第七届青文赛获奖作品解析》……光看书名就像亲兄弟，但分属不同出版社，封面风格迥异，都没标明经过大赛组委会授权。

三兄弟边上第四本书，乍看名为《翱翔》，副标题却是"历届青文赛获奖精选"，分上下卷，来自湖南某社，主编叫龙重。这个人名触动了秦襄的记忆。他肯定曾听商隐说起过，四年前，也可能五年前，在"小沙龙"，也可能在余家的兰考路老宅。当时商隐语焉不详，只说是有纠葛的故人。

眼下商隐匿迹，手机关机，秦襄无法和她确认。倒是书架上的三兄弟还有龙重的《翱翔》，确实是他乌鸦嘴的产物。

早从2001年《青文赛九子短篇精选》开始，到《写进名牌大学》《青春再次万岁》《锦绣文章》《80潮》，秦襄要么亲身涉及，要么保持关注。2004年还冒出来本《第五届青文赛获奖者新作集》，封面和组委会文集相似度极高：构图、色系、字体如出一辙，只有居中的百合花换成探照灯。

彼时苏穆哲宁的《王》正红极一时，商隐忙着在"小沙龙"办庆功宴，对秦襄发来的预警不以为意，回，学我者生，像我者死，捡残羹剩饭罢了——再讲，今年青文赛都第六届了，他们出这种第五届的能有多少销量？小鱼小虾，鬼迷日眼，成不了气候的。

秦襄：但这不是好兆头，之前几本书最多打个擦边球。

商隐：罗马不是一天建成的，也不是一天就能被毁掉的。

秦襄：毁掉罗马的是蛮族，不在边境挡住蛮族，迟早兵临城下。

商隐：怎么可能，蛮族冒牌货出得了成语言？出得了苏穆哲宁？你多虑了。

现在书架上的三加一，意味着蛮族已经越过边境，兵分几路向罗马城袭来。找不到商隐，他直接向《笔迹》杂志社说明情况。但后者忙于第八届青文赛，忙于新开辟的单行本书系，还忙于苏穆哲宁丑闻带来的危机公关，无暇顾及这四本销量平平的非官方文集。

2006年8月，第八届青文赛的颁奖典礼闭幕。秦襄任教的中学，文学社原本的指导老师要去带毕业班，职务空了出来。文学社指导老师没有额外津贴，没有实权，对评定职称并无裨益,若不是文学爱好者基本无人问津。秦襄主动请缨,成功接任。

前任是位五十多岁的老教师,古典文学出身,热爱古体诗歌和散文,对五十岁以下的活人作家都抱有偏见。9月开学后,秦襄上任的第一节社团课,宣布新宗旨:只要不反社会反人类,写什么都可以,但如果虚情假意,矫揉造作,请退社,"在这里你们不需要迎合任何人,只需要对得起自己的笔和头脑"。

他还给兄弟学校的文学社老师去信,希望建立机制,用于学生作品的互相交流,但应者寥寥,不少老师希望多一事不如少一事。不少学校,指导老师根本找不到合适的人,只能由团委老师兼任,社团活动甚至不搞创作,只分享阅读的体验,还必须以教材文章为主。

秦襄感慨,多少好苗子就此心灰意冷。

但在语文课堂,他还是会缴获学生看的杂志闲书,一如当初的"白斑虎",只是放学前会还回去。其中有本《笔迹》10月刊,除了朱颜和鹿原堂妹鹿宴,其他都是陌生作者:陆璃琉,荷拉,曹安宇……新人推荐板块的主角,笔名叫顾命,蝉联六、七、八届小说组一等奖,今年新进上戏,算是鹿宴的师弟。当年秦襄南下参赛时,这孩子才刚念完小学。

秦襄:时间原来溜得那么快,一眨眼,就要掰着指头算年数了。

全天然：这事儿不能常去想，越想吧就越容易老，对了，老杜让我转达他给你出的馊主意，大哥近水楼台，不如谈一场师生恋，可以焕发青春……

有些老师对秦襄这种快速交还闲书的行为颇为不满，收书就是为了让学生好好学习，收了又还，治标不治本。秦襄答，语文书高考后就用不到了，写作和阅读是一辈子的。

被收走《笔迹》10月刊的男生反倒不记恨秦老师，在网上查到他是首届青文赛一等奖得主，曾和成语言并肩站在领奖台上，深为折服。虽没加入文学社，两人却时常交流阅读心得。

2007年元旦过后某天中午，男生去办公室找他，把一本书放到桌上，感叹：唉，秦老师，青文赛选手现在都写得那么差了吗？

秦老师心里咯噔一下，接过来。

仍是湖南某社出版的《翱翔》，副题"第八届青文赛获奖者精选集"，主编不出所料又是龙重，但后面还跟着一个新名字，也是老名字：

许飞扬。

自2005年离京，秦襄再也没跟许飞扬有过直接联系，他的消息都是全天然、杜胤尧传过来的，丝丝缕缕，断断续续，总结起来四个字：混得不好。

许飞扬初到京城时没有大学文凭,没有工作经验,没有出版作品,是典型的"三无"人才。秦襄通过本科时一个颇为看重自己的教授的关系,替他在北二环安定门附近的《家庭教育》杂志社找了份兼职,每月三百元津贴。

这点钱在北京城生活杯水车薪,房租和吃饭全靠室友杜胤尧。杜在"十二黄金"和商隐那边的人缘好,总能借到钱。若是许飞扬只身一人北漂,恐怕早已被房东扫地出门。

商隐借钱时没好话,问杜胤尧,你好好一块金子,何苦要跟一块黄铜混在一起。杜回,都是北漂,青文赛战友,我不照应谁照应?爷爷常说,大城市无情,我们无产阶级不能无义。

讲义气的杜胤尧没能和许飞扬合租太久。2003年11月,他那部写了两年多的小说《月明林下》终于出版,不负众望,2004年一季度进入畅销书排行榜前十,离苏穆哲宁的《王》只差了三名。

杜胤尧亲手把签名本送给秦襄:大哥当初问"窗外有明月",我这是致敬。

秦襄百年难遇地开起了玩笑:我读书不多,但还知道"月明林下美人来",你把美人藏起来了。

读完杜的长篇,秦襄连夜写了三千字评论发回去,几乎是全方位的盛赞:故事悬念、结构错杂、人物立体、文本技巧、哲学探究,"虽有炫技之嫌,但每门技巧都很娴熟。"

全天然的褒扬就简单粗暴得多,"我的娘,我永远也写不出这样的长篇!"商隐更是对苏穆哲宁直言不讳,"成语言,鬼才,你是奇才,(杜)这小子……是妖怪。"

花可还给杜发短信:我有个姐们儿看了你的小说,表示要睡你八百回。

杜胤尧:大可不必,只争朝夕,一回就够。

花可:我还有个哥们儿,说要睡你一千零一夜。

《月明林下》不断加印,最后印数达到三十万册。靠着版税收入,杜胤尧不但还清了所有外债,还附赠利息,又在便宜坊、东来顺、烤肉季连喝三天大酒,规矩照旧:有花没许,有许没花。

《月明林下》的成功不光是在出版业,还跨界到影视圈。《结婚官司》《跨世纪》《上梁山》等剧的第一编剧鲍安良被友人推荐了这本书,看完后主动约杜胤尧喝茶,不是为了买版权,是买人。

影视公司多在朝阳区,开会频繁,还常出差。上清桥在北五环,杜胤尧懒得两头跑,准备独自搬去东四环。

上清桥就剩下许飞扬一人。搬走前,杜胤尧替许预付了一整年的房租,还留下五千块,言明,是借,不是送,天下何处不要钱。

喝大酒那几天许飞扬就闷闷不乐,喝酒不吃肉,猛干凉菜冷盘。毕竟,二人相差只一岁,同年参赛获奖,同年逃学北漂，初到京城衣食无着靠人救济。如今在人生岔道口前，室友发迹，直上云霄，未来可期，留下这块"黄铜"在烂泥地上。

杜胤尧见许不说话，补充：哪天你要是不在北京混了，这钱就不必还了。

杜编剧搬走没多久，许飞扬又来找秦大哥，诉苦自己在《家庭教育》就是个打杂的，端茶倒水，打印复印，拆信接电话，"但凡四肢健全、头脑正常的人都能胜任"。

秦襄：能给你找到好的早就找了，实在是为难。

许飞扬：大哥你现在在哪儿实习？

秦襄：我没有实习，导师也不让我做项目。

许飞扬：这样啊。

秦襄：我在京六七年，也没混好，算是虚度……你们还年轻，杜胤尧能往上走，你也能往上走，别灰心。

许没接话，此后再也没找大哥寻求过帮助。

秦襄毕业离京时，在火车站大厅的最后关头还向杜胤尧打听许飞扬近况。杜给的消息是，春节后许飞扬问他借过钱，提了两瓶茅台去找在《诗人》杂志上班的某编辑，那是他大老乡。大老乡收下茅台，寻来找去，最后把老许安插进首都文艺出版社第二编辑室，成了"首艺人"，不过依旧兼职，待遇比在《家庭教育》要好那么一丁点儿。

首都文艺在京城文学类出版社里位列"三虎"，是秦襄早年投递书稿的出版社之一,导师齐宇轩也曾在此出书,有所往来。年轻一些的编辑不是名牌高校本科生就是硕士、博士甚至海归。以许飞扬的资历,要想正式入职难上加难。

全天然当时还劝秦襄:饭能请一席,没法请一生,寡妇睡觉上面没人,各自有命,就随他去吧,大哥有空常回北京看看我们倒是真的。

这番话是 2005 年说的。2007 年 5 月底,全天然到南京看望秦襄,在秦淮河畔喝黄酒,忆往事谈当下,他又改了口:唉,老许干的这事儿吧,我心里是一点准备都没有,啊,不过他早年在北京也的确惨,为省车费,三十块钱买辆破自行车,风大雨大都要骑上个十公里八公里的,刹车坏了也舍不得修,就用脚刹,真是,玩儿命。

秦襄:别找补了,万般有理,不得无理。

全天然:没有找补,就是说个细节,公义还在人心,唉,谁能想到他在首都文艺跟那个姓龙的孙子牵上线了呢?还跟他一块儿做青文赛集子,啊,世事难预料,猝不及防啊,大意了!

全天然管龙重叫孙子,是一语双关。

龙重在京城文化圈混,最重要的身份是著名作家龙方侍的长子长孙。龙方侍是和商隐舅外公余守恒齐名的老作家,同样进了中学课本和文学史,同样已经过世。龙重三岁时被文化部长抱在膝头,留下合影。龙余二老还有通家之好,商隐是从小就认识龙重的。

昔日"小沙龙"大厨迟敬德给出的信息是，龙方侍的大儿子在大学任教，专心研究甲骨文，不问俗事。龙重既无父亲的学术水平，也没有祖父的写作天赋，本科出的两本散文集都是出版社卖龙老面子，销量连平淡都算不上，书评却能登上大报的文艺副刊。

全天然的评价是，条条大路通罗马，我们这些外乡人都是千里跋涉走路去罗马，没伞的孩子还得跑得快，龙重就生在罗马，还是罗马市中心，三环内，罗马人当中的罗马人，牛腚顶到牛嗓门了。

龙重研究生毕业后开了家文化公司，经营范围包罗万象，主营图书策划。他读研期间曾在首都文艺实习，跟社长主编都熟，有颇多合作。在首都文艺打杂的许飞扬和龙重相遇，只是个时间问题。

秦淮河畔的全天然悠悠举杯：一个有钱有门路，另一个缺钱缺到眼红，青文赛的集子又卖那么好，啊，那就是干柴遇烈火，王八瞧绿豆，老许不背叛革命，谁来背叛？唉。

全天然在北京，秦襄在南京，无论远近都疏忽大意。第八届青文赛决赛期间的细节，还是鹿原堂妹鹿宴通过上戏师弟顾命打听来的：

许飞扬在去年的7月末早早入住滕州路。当年他住这里时，不小心打坏过一个马桶圈，赔了十块钱，招待所老板居然对他还有印象。8月初决赛期间,许飞扬四处结交第八届选手,后者慕"十二黄金"大名纷纷围拢过来。许自称首都文艺的编辑,要约稿,选手十有八九都爽快答应,剩下一成略微思量,也给了稿子。

他要来的并非入围决赛的稿件,质量参差不齐。但书名却能含混不清,"获奖者精选集",并未说明是组委会的精选,还是两位联合主编的精选。

秦襄:那这个顾命,给没给?

鹿宴:没给,一来稿费太低,二来觉得不值得,这孩子……有更大的野心。

秦襄:也非池中之物。

全天然:先别管那后辈了,老许这事儿,忒尴尬,内部出了叛徒,怎么办?

秦襄:许飞扬是被当枪使,关键是背后那个使枪的人。

当初他从学生那里拿到这本《翱翔》,立刻给许去电。许飞扬一听是秦襄立刻挂断,后面无论如何也打不通了。

他只能转而给杜胤尧打电话。杜回,怪不得呢他前阵子还了我钱,我还贺喜说哥们儿总算也发达了,老许回我说靠山吃山靠水吃水,天无绝人之路,搞了半天在青文赛这座山上捞偏财呢,不行,我得去上清桥找他当面要说法。

秦襄:没用,他应该已经搬走了。

晚上八九点,杜胤尧发来短信:大哥料事如神,上清桥现在是新住户。

秦襄：我就是乌鸦嘴，唉。

一向对许诗人鄙夷至极的花可率先发难，在新浪博客上张贴了《翱翔》的封面，希望各位读者看清楚，这本书没有经过组委会授权，实打实的侵权，不要购买，不要购买，不要购买！

可惜花可没读过《翱翔》，如果她能指出该书不能代表选手的真实水平，是注了水的次品，或许能更说服众人。博文最后还附上官方版的作品集封面，请大家认准购买。留言哗然，单纯的人这才知道里面的水深；义愤的人大呼难怪以前买到的作品集一点都不好看；还有人调侃，《翱翔》封面比官方版好看多了，蒙在鼓里的读者肯定会选前者。

花可回：这么肤浅的读者，不要也罢。

她这篇文章被转到"青文赛"百度贴吧，引起巨大议论。有个新注册的账号"Flame123"却在帖子下面跟了若干照片，分别是《青文赛九子作品精选》《写进名牌大学》《青春再次万岁》的封面和目录，无外乎两层意思：

第一，以青文赛为名的非官方作品集早已有之，算是"自古以来"；其次，目录里几乎涵盖所有的"十二黄金"，包括成语言、苏穆哲宁，尤其《青春再次万岁》的玉女卷目录，花可的名字被画了个红圈，似在张嘴反问，她现在有什么资格吵着"打假"。

几小时后,名为"寒冬夜行人"的新注册网友也跟了张《翱翔》封面,许飞扬的名字也被画了个红圈,并附言:自己人搞自己人,很不应该。

这天傍晚,"Flame123"给"寒冬夜行人"发来百度站内信:要没猜错,你是秦襄。

"寒冬夜行人":你是龙重。

"Flame123":何以见得?

秦襄:许飞扬诗歌写得不好,但到底是个诗人,没你这么细密的心思,况且现在躲我还来不及,不可能主动来信。

龙重:秦老弟谬赞。

秦襄:见好就收吧。

龙重:大鱼要长膘,我们小鱼也要活啊。青文赛的作品集每年销那么多,我们就分一点,算不上什么。

秦襄:道义和原则不是算账,你出过书,但只是附庸风雅,到底是个商人,不懂这些可以理解,但许飞扬不该不懂。

龙重:你们这些高学历的,要么天真要么虚伪,总认为自己淡泊名利,谁知道是不是名利淡泊了你们?满口道义,值黄金十两。许飞扬没大学文凭,至少他真诚。你是北大才子,出了几本书,是圈内大哥,对青文赛是应该感恩戴德,许飞扬呢,青文赛真的给过他什么实质性好处吗?

秦襄:你是不相信感恩,也不相信理想的。

龙重：我不相信未经过挫折的理想。许飞扬吃过苦，所以他的理想没了。听他说当初你想捧鹿原、杜胤尧当第二个成语言，失败了，现在又想来做青文赛救世主？还是省省吧老弟，就老老实实在中学教书，找到下一代人的成语言、苏穆哲宁，享受伯乐的美誉和地位，不好吗？或许以后我还会跟你挖掘出来的作者合作。

秦襄：你这种人，以前真有过理想？哪怕没受过挫折的？

对方很久都不再搭理他，显然是抛弃了该账号。

全天然离开南京后不久，某日中午秦襄接到陌生号码来电，竟是商隐，声音憔悴。

秦襄：你在哪里？

商隐：或许天涯海角，或许近在咫尺，都不重要——我看到了许飞扬和龙重的书。

秦襄：你说得对，我的确是乌鸦嘴。

商隐：哼，当初你好像用了蛮族的比喻？我云游各地，闲来无事翻看历史，毁掉罗马的蛮族主力，有很多是曾经为罗马军团效力的蛮族战士，也是昔日的自己人。

秦襄：我早该想到会是许飞扬。

商隐：你想不到，我也想不到，一块黄铜，杀伤力比黄金还大。

秦襄：苏穆哲宁，许飞扬，杀伤力一样大。

商隐：苏穆哲宁是我抱起来的兔子，化为恶龙，我有责任，我认了。这个许飞扬，你认不认？当年他去北京投奔你，你要是没接，他就走了，不会有后来的祸害。

秦襄：我也认了。

商隐：以后怎么办？我和苏已经断交，从此是路人。

秦襄：许飞扬，我还想试一试，两个月后就是第九届决赛。

第九届决赛在 2007 年的 8 月 4 日，星期六。因母亲身体不好，秦襄 7 月底在广灵老家耽搁了些许时日，等 8 月 1 日抵达上海，滕州路招待所老板告知，已被选手预订满，没有空房也没有空床。

秦襄：我是第一届的选手，当初就住这里。

老板：噢呦，七八年了快，你来这里做撒？

秦襄：见个故人，能否帮我查下，有没有一个许飞扬预订房间？

老板：阿弟，这是客人隐私，不好告诉你的呀。

秦襄：也是……谢了。

他在离滕招三个路口远的另一家招待所住下，但除了睡觉六小时，其余时间都蹲守在滕招大堂的沙发上。2 日到 3 日，陆陆续续有各地选手拖着拉杆箱、背着书包甚至带着父母来登记入住。

遥想当年，1999 年，青文赛初出茅庐，参赛者不多，招待所里一半选手,还有一半社会人士。他记得有对徐州母女是来华山医院看病的。还有个大叔是江西人,来上海推销橘子,没能销出去,又不想带回去,在大堂里逢人就送样品,还一边哀叹,上海人不知道什么是真正的好橘子。成语言和朱颜这些本地小孩不会住招待所,他和丁天吃真正的好橘子,吃到连决赛前夜的晚饭都省了,晚上尽忙着撒尿。

今日,眼下,秦襄却成了滕州路招待所的社会人士,在那些来来往往的年轻人面前显得格格不入。也有胆大的选手,抱着广交天下朋友的心态来问:你也是参赛的吗?

秦襄:不是,只是等人。

选手:哦……等谁啊?

秦襄不便暴露目标:一个以前认识的人。

选手:哦,好吧。

远在香港的艾苦知道他这番上海之行,有点懊恼:你就说自己是秦襄啊,第一届的秦襄,肯定有人看过你作品。

秦襄:我说过,没人认识,没人听过。

艾苦:怎么可能?!

秦襄:他们倒是知道"十二黄金",名单还能倒背如流。

艾苦:唉,他们太年轻,都是1985年以后出生的吧?

秦襄:的确。

艾苦:你说怪谁?当初不肯进名单,现在傻眼了,小朋友都不认你秦大哥。

秦襄：他们不必认识我，我认识许飞扬就行。

艾苦：唉，杂志社现在都不管这事，你何苦要管。

秦襄：大有大的难处，导弹留着打军舰，报纸用来拍苍蝇。

从8月1日驻守滕州路开始，到4日决赛的学校门口，之后的"打分日"，6日的颁奖典礼现场……他一直等到8月8日上午，许飞扬都没有出现。

招待所老板说，房间空出来了很多，你还想住吗？秦襄摆手，同老板道别，回自己住地收拾行李，去上海火车站，准备回广灵老家。

候车大厅照旧熙熙攘攘，一如当年和李维坦坐而论道。他在椅子上翻看《伯罗奔尼撒战纪》，书页上忽有黑影压来，抬头，见是许飞扬，两手空空、肩上无包的许飞扬。

两年没见，他胖了不少，营养不错。

许飞扬：你等得够久，秦大哥。

秦襄：但没能等到你。

许飞扬：我和你一样，今年没住在滕招，但有人代为出面，请选手吃饭、唱歌、约稿、签授权，你白跑了一趟。

秦襄：替你出面的也是选手？

许飞扬颔首：料到你会来，我就找了付白手套，她是上届三等奖，这次做我代理人，冒充当届选手在滕招进进出出,呼朋引伴迎来送往,你却一点没察觉,说明我看人准,她刚满十八岁,水平了得。

秦襄:也非池中物。

许飞扬:一代更比一代强,现在孩子个个老道,不是我们当年能比的。

秦襄:我记得你当年很单纯,到北京就是为了追求理想。

许飞扬:我现在也很单纯,就想在北京吃饱穿暖,然后再谈诗歌和理想。

秦襄:你当年刚到北京去学校找我,我请你吃饭,我记得四个菜,几个馒头来着?

许飞扬:三个热菜两个冷菜,一盆胡辣汤,三个馒头,热气腾腾刚出锅的白面馒头。

秦襄:对,我看着你吃,狼吞虎咽,生怕你会噎死。

许飞扬:现在也一样,我也要吃饭,也要活,不是活在老家,是活在北京。

秦襄:是啊,天大地大,你许飞扬吃饭最大。

沉默片刻,秦襄:你别再被人当枪使了。

许飞扬笑笑:至少他知道我是杆枪,不是根牙签。秦大哥,我最后称你一声大哥,你是青文赛受益者,获利者,怎么骂我都不为过,打我都可以,就在这里,你打我一拳,两拳,三拳,我都认了,三拳之后,一笔勾销。

秦襄闻言，"啪"一声重重合上书页。许飞扬往后退一步，吸气下沉丹田，准备迎接一米八多的秦大哥的拳击。

秦襄：读书人以拳脚往来，斯文扫地，我做不出来。

许飞扬缓缓吐气，站定后道：你这人，毁就毁在书生意气，当初你要是没有离开北京，有丁天或者李维坦一半的识时务，好好谋取发展，现今我可能就跟着鸡犬升天了，不会做这些事情。

秦襄：怪我。

许飞扬：怪你。

候车大厅响起广播，开往山西大同的快车即将开始检票。秦襄将书放进书包里，拉上拉链，背好，起身，瞬间比许飞扬高了大半个头，俯视后者，脸上有着兵马俑的冷峻：

"许飞扬，你和苏穆哲宁一样，是我们当中的错别字。"

3

"黄铜"许飞扬不仅是"十二黄金"的错别字，还是龙重麾下的错别字。

去年许飞扬在组第八届的稿子时就提出，发给选手的稿费未免低了些：一等奖的标准是千字四十，二等奖千字三十，三等奖更是几乎等于白给，千字区区十元。

龙重解释说，策划和主编吃肉，作者喝汤，江湖规矩历来如此。此言不虚，他分给许飞扬的策划费是厚厚一个信封，一万五千块。

许飞扬：能不能改改这个江湖规矩，好歹我是卖出"十二黄金"的名号和自己的清誉才组来这些稿子的。

龙重：你要觉得给太少，拿自己编辑费去补贴就是，可别坏了规矩。

许飞扬：规矩是人定的。

龙重：非也，规矩是市场定的，他们就该拿这点，只配拿这点。僧多粥少，有些其他文集的编辑还拖欠稿费呢，我们能及时给钱选手们就该烧高香了，不能惯着丫的。

许飞扬：可是……

龙重：没有可是，只有现实，老弟啊，现实就是咱们有出版的门路，这帮小屁孩没门路，就该着咱们有牙的吃肉，他们没牙的喝粥。

作者稿费过低只是嫌隙之一。嫌隙之二是，许飞扬无意中发现合作伙伴隐瞒《翱翔》第八届文集的实际印数，说是印发三万册，实则发了五万。跟湖南的出版社签合同、给银行账号的都是龙重，多出来的版税抽成全部进了龙重口袋，没有许飞扬的事儿。

许飞扬获悉后，一没争二没吵，2007年3月借着首都文艺社员工的名号，混进北京图书订货会现场，攒了一大堆各地出版社的营销和发行的名片,开始悄悄逐一打电话,最后锁定内蒙一家出版社。

该社主要的图书销量都是靠省内机关、事业单位,勉强混个温饱,许飞扬可以在他们这里要个好价钱。更关键的,龙重的出版社资源多在北京和湖南,跟内蒙毫无交集,对方不会走漏风声。

秦襄在滕招蹲点的第九届青文赛,龙重本以为还和去年一般,许飞扬在前线约稿组稿,自己在后方坐享其成。但到了8月底,许飞扬的稿件一篇都没发到他的电子邮箱。龙主编不免有些焦急,去催问许主编。

许飞扬在上海火车站跟秦襄打过照面后,直接回咸阳面对父母。这是他2003年离家出走后初次回老家。母亲垂泣,父亲抄起了拖把杆,好在手下留情,也可能是上了年纪力有不逮,总之没把腿打断,只是骨裂。许飞扬躺在医院里等着上石膏,接通龙重电话,明确表示,今年不再合作。

龙重:开什么玩笑!我和湖南那边的合同早就签了!

许飞扬:是啊,不过合同是你签的,收款账户也是你的,跟我有什么关系?

龙重:姓许的,你……你不讲规矩!

许飞扬:规矩是人定的,我手上有另一家出版社的合同,有选手的稿子,跟他们签授权的甲方是我,稿费标准比你的高多了,你现在有什么?有牙的吃肉,没牙的喝粥,你教我的,这么快就忘了?

当晚,龙重的QQ签名更新为"被狗咬了喂食的手"。

许飞扬的个性签名应对为:"将相王侯,宁有种乎?"

11月上旬,许飞扬独自主编的第九届青文赛优秀作品集上市,书名《金羽翼》。此外还有另外三四家的非官方授权文集。热闹之中,龙重的《翱翔》却缺席了该年的青春文学市场。

秦襄从全天然那里听来这场反水大戏,长叹:口子一开风雨欲来,龙重不会善罢甘休,其他人也不会放着肥肉不吃……明年又正好是青文赛十周年。

全天然:那,估计得有一番热闹可看了,啊?

秦襄:热闹是留给外人的,你我受青文赛恩泽,是自己人,这种热闹于我们而言就是丑闻,天大丑闻。

全天然:唉,造孽。

秦襄:我这人,乌鸦嘴,今天许飞扬反水龙重,明天谁会反水许飞扬?

2008年的第十届青文赛为避开北京奥运的热点,特意在8月下旬举办。艾苦和朱颜有感于十周年的纪念意义,本打算代替"小沙龙"女主人商隐,在上海搞一场老选手的私人聚会。

但,杜胤尧在剧组,全天然跟着导师开会做项目,鹿原和匡薇婉拒,丁天和花可太忙,李媛一如既往地隐匿,都已经十年了。秦襄因母亲病重,6、7月里一直守在山西大同的医院,不敢保证出席。

艾苦遂对朱颜道:提前散席了,唉。

倒是四五届以后的选手,对十周年盛况兴味盎然,互相约定要在上海再次碰头。第十届的投稿量也达到史无前例的十二万份,决赛名额仍旧二百出头。没能入围的老选手纷纷自掏腰包,尽可能地从天南海北往上海赶来。

滕州路招待所周边一公里内的廉价宾馆、小旅社、快捷酒店,都有本届选手和来凑热闹的往届选手的身影。每个人都在感慨,每个人都在缅怀,有人纵酒放歌,有人仰天长啸,有人沉默寡言,有人热泪盈眶。

滕招是当之无愧的凭吊圣地,也是当仁不让的聚会中心。这群孩子三五成群进进出出,呼朋引伴,好像晚上都不用睡觉。他们结伴去咖啡馆,去餐馆,去书店,去商场,去酒吧,去电影院,去游乐场,在房间里彻夜聊文学,聊学校,聊圈内八卦和传闻,打牌,玩游戏,桌上空掉的啤酒罐搭成一座座宝塔。屋里、走廊、大厅、门口马路上,到处都在合影,要签名,留联系方式,打听同届选手的去向,诉说当初轶事,比如第七届某选手决赛时忽然流鼻血,染红两大张稿纸,差点吓死监考人,还有第八届谁谁谁决赛前为了激发灵感喝了半斤白酒进赛场,比赛结束后在走廊发起酒疯,满地打滚……

更有四年未见的朋友,结伴在上海夏夜的马路上逛了一个通宵。住在其他旅社的老选手有时懒得回去,索性两张床一拼,不分男女,四五个人就能凑合着睡上几小时——十年头一次,招待所老板放弃了对原则的坚守。

"年轻写作者的狂欢,"某位老选手在回忆文章里写道,"比我去过的所有老同学聚会都疯。"

朱颜给出的解释是:六七八九届的选手总体都年轻,他们还有样财富,叫暑假。

前来共襄盛举的不光是新老选手,还有向他们组稿的各路书商。秦襄的乌鸦嘴再度显灵,口子一开,风雨俱来。青文赛组委会也意识到了问题的严重性,但自顾不暇。十周年盛典,事情千头万绪,顾不过来。新老选手在上海加起来将近四百,且不论自费前来的老选手,就算本届选手也不可能采取军事化管理,让他们不跟书商接触。何况二十一世纪不比1999年,科技发达,就算书商和选手不见面,也可以通过手机、网络联系,以邮箱传稿,快递授权合同。

秦襄对艾苦道:该我出面了。

秦襄母亲6月初病重入院,8月3日去世,肠癌晚期,享年五十。刚住进大同人民医院时,母亲似乎就有预料,表示,要是恶病就不救了,你出息,就是我对老头有交代,对你邻居大爷也有交代。

话虽如此，还是尽力救治。但医生也说最多两个月，不太可能有奇迹。

母亲化疗前，招他到床头：你爹以前喜欢看人放风筝，飞得，高高，生了你，本来想起名秦飞，或者，秦飞扬，但是邻居大爷有文化，还是问他，就，起了现在的名字，你爹自己也说，脚踏，实地，才能飞得高，秦襄，就是笔画，多了，多了点……

化疗后，母亲几无言语，只说，送老衣。

当地习俗，趁亡者身体未僵硬时以最快速度换上寿衣。有些地方是在绝气之前就提前换好，因死者身体僵硬后替换衣服会更为困难。

母亲一心向死，生的希望都寄托在儿子身上。

另一习俗是，去世当夜要到庙里烧"盘缠钱"。之后做七不做七七，只做六七。俗话是"头七馍馍，二七糕，三七肉火烧，四七脱脱，五七刷刷，六七饼子，七七不用等的"。六个七天中不论哪个七天遇上逢七日子，就叫"重七"，烧"重七"要沿街插小纸旗，倒水、撒少许黑豆或高粱。

第十届决赛在 8 月 27 日，正是"重七"。秦襄却表示，三七后就要去上海一次。广灵各地赶来奔丧的远近亲戚均强烈反对，他是唯一的子嗣，万万不可。

秦襄：我娘一生谦逊，勤俭持家待人亲和，却半百过世，何罪之有？我没让她过上好日子，难称孝子，也不避责任，你们可以戳着我脊梁骨一直骂到下辈子，但我不能再做无义之人，父母生我，母亲养我，长辈育我，青文赛助我，上海，我必须去。

早在母亲的追悼会上，从北京特地赶来的全天然就已经打听好了各路消息，今年去组稿的书商不下七八家，快赶上九头蛇了，怕是打不过来。

秦襄：脑袋虽多，身体只有一个。

全天然想同去上海助拳，秦襄回绝：多年来被你们枉称一句大哥，却没帮上什么实质性的忙，这次该我了，成功了，是你们几个给我的支持，失败了，是我无能。

全天然：话不能这么说，我们得团结一致，艾苦他们肯定也会这么想。

秦襄：我知道，不过今年七八路书商，鱼龙混杂，有神仙也有风筝，个中关系千丝万缕——断人财路如杀人父母，你们今后还要写作、出版，不易出面得罪人，这件事我一人承担即可。

全天然：难道秦哥以后不打算再写了？

秦襄：唔，改行钓鱼了，直钩的。

在外云游的商隐知道他这次准备去上海，特意来电提醒：要是失败了，可别急着跳黄浦江，你还欠我一个吻。

秦襄：那个吻突如其来，强人所难，我不欠你，我欠青文赛的。

商隐：我真是……昏过去。知道你和龙重最大的差别吗？

秦襄不语。

商隐：他家境好，资源丰富，知道明暗规则和漏洞，做事情从不吃亏，也不肯吃亏。

秦襄：我呢？

商隐：他的另一极端，寒门贵子，心怀大志却从未如意，你是吃亏吃惯了。

秦襄：嗯，那，你呢？

商隐：哈哈哈，我，我是自以为是习惯了。

滕州路招待所的房间仍旧爆满，但已经不讲规矩，选手、文友和混迹其中的书商在各房间出入自由。就连秦襄下榻的三个路口外的"安居招待所"，也住了不少新老选手。但滕招是圣地，众人活动的集散中心，书商和代理人的觅食地，自然也是秦襄的主战场。

入住"安居招待所"不到半天，就有人敲门来找：是秦襄前辈吗？我以前看过您的书，这次是不是来找许飞扬的？我知道他住哪里，可以带您去。

秦襄打量一番：你不是选手。

对方：啊？

秦襄：我书上从来不放照片，网上也没我照片，只可能是你提前找人要的，你是那些书商的人。

对方：不不……你误会了。

秦襄：你也误会了，我不会去找许飞扬，让他的竞争对手看笑话，我这次来不是为了坏他的事，我是要坏你们所有人的事。

第二次蹲点滕招，他调整了战术，把重点放在广大选手身上。选手不给书商稿子，就没有文集可以出版，书商无利可图，下次不会再来，是从根源上解决问题。

秦襄到上海后，找打印店印了三百张明信片大小的卡片，正面写着自己的姓名、身份，反面的文字告诉大家，现在有不少唯利是图的书商在收稿，却没有组委会授权，选手若给出质量平平的文章，只会损坏青文赛的形象：

"青少年是未来的希望，不光是文坛的也是社会的，不合规的事情请大家不要去碰……青文赛每年从几万稿件中择优选取你们，使大家有机会实现写作梦想，甚至展现更大的自我价值，所以请不要辜负这个机会，也不要辜负给了你这个机会的平台。"

在滕州路招待所，他逢人就发一张卡片。

有人问：你是不是已经进了《笔迹》杂志，是组委会工作人员？

秦襄：不，就是个普通老选手。

还有问：如果选手给了书商稿子，是不是就拿不到名次？

秦襄：不，这是我个人行为，和组委会无关。

对方：哦。

卡片还没发完，他就在滕招大堂的垃圾桶里发现了几张，捡起来又继续送。于是有人扔掉之前先把卡片撕碎。艾苦得知后说，希望不是选手做的，小朋友应该不会那么坏吧？秦襄说但愿如此，希望是传到书商手上才被撕碎的。

见他坚持不懈，有人就向滕招老板投诉，希望别再放外面的人进来，会干扰住宿的选手。

那些卡片老板早就读过，明白了这几天进进出出的人中有些根本不是文学青年，目的不纯，就回：这几天外头进来的人多来，都说是住客的朋友，怎么拦法子呢？我记得你好像就不住此地的吧？你是本届选手吗？决赛通知拿给我看看叫呢？拿不出来吧？个么你还管人家组撒呢？

老板转而对秦襄道：我晓得你不是在做坏事，放心好来，不会赶你跑的……啊呀，鞠躬组撒啦，没必要没必要，唉，早晓得你的目的，我就提早帮你留个房间来，躺死那帮子赤佬呀。

和老板的意愿相反，赤佬们非但没有"躺死"，选手给他们稿子也没有太大的道德压力。唯一的困境反倒是书商自己造成的：多路人马齐聚上海抢蛋糕，在场新老选手总数不过四百，僧多粥少，竞争激烈，稿费标准不得不水涨船高——开价最高的承诺，连二等奖文章都有千字七十元。

当然，承诺只是承诺，协议也不过是张纸，能否兑现还要等书出版之后。

秦襄在滕招内外没有眼线，选手们来来往往，看着都比他年轻。几路书商未必都是亲自到场，比如许飞扬又和去年一样神隐，他的代理人是第八届老选手，更难甄别。秦襄成了盛况中的异类，众人的热闹与他无关，无人邀请他参加夜谈和其他活动。吃饭，睡觉，均形单影只，独来独往。

倒是远在北京的全天然，他QQ列表的"狂人"里有一个恰好是第六届选手，眼下也在上海，不断发来情报：许飞扬开不出高稿酬，但跟他签约，当场预付两百现金；组稿人里有两个长沙来的，据说是鹿原手下；龙重那边率先发明"非独家授权"合同，已经给了其他书商的稿子他这边也收，作者能赚二茬钱……

秦襄：非独家授权……也是商业奇才。

全天然：这孙子，啊，倒也不怕被其他书商咬死。

秦襄：不会，龙重就聪明在这里，都是出来趁火打劫的，没有温良恭俭让可言，黑吃黑是江湖潜规则，其他人怎么回击？找青文赛组委会投诉？打官司？

全天然：唉，一点武德也不讲。

决赛日当晚，大批新老选手结伴出去唱歌，地点就在滕招以南两公里的红海KTV。秦襄、全天然、杜胤尧当初来比赛时，选手还不会出入娱乐场所。如今时代已变，第八届开始，比赛结束后去唱歌就成了传统节目。只不过这次唱歌是龙重出面请客。他稿费给得少,但场面要做足,请客唱歌手笔大方,最能笼络小朋友的心。

秦襄远远一路尾随几个脸熟的选手,眼见他们进了最大的包厢,自己也上去敲门。开门的是个头发又刺又高的男孩,问,你几届的?

秦襄:第一届。

对方多打量他两眼:开玩笑,我看你倒像老师家长,我们这儿是选手聚会。

里面有人拿着麦克风道:小五,不要怠慢,请秦老弟进来。

里面坐着将近二十个选手,一个戴黑框镜的男孩正在唱《思念是一种病》。包厢正当中浓眉大眼的男子站起来,一手轻拍秦襄后背,边用麦克风道:暂停一下,来来来,我给大家介绍,这位是你们秦襄大哥,第一届的元老级选手,北大才子,当初如果不是他自己推辞,早就是"十二黄金"了,各位不要愣着,鼓掌欢迎前辈哈!

掌声响起,很快消失。龙重把手朝正当中的位置一扬:坐,坐。

秦襄也不迟疑,正襟危坐:你知道我要来。

龙重把麦克风交给其他人,同时嘱咐大家唱歌别太响,耽误二人谈话。

龙重:老弟在滕招蹲守好几天,龙某纵是瞎子聋子也该获悉了，老弟的卡片龙某读过，深为感动。龙某放话出去，今日请客唱歌，就知道秦老弟一定会来，这么多选手齐聚上海，嘴巴咬耳朵，没有秘密可言，我甚至能猜到，消息是通过全天然到你这里的。

秦襄：料事如神。

龙重：谬赞了，"十二黄金"，连同老弟，行事性格、所长所缺，龙某早都一一研究过，知道你要来，龙某决不会如某人那般心虚胆寒、避而不见。

秦襄：许飞扬见与不见，都早已没了意义。

龙重：很对，但你我今天在此相会，意义非凡。

秦襄：此话怎讲。

龙重笑笑：今天龙某做东，请大家尽情欢乐，秦老弟想必以前从未进过这类场所，却不请自来，龙某瞎猜，你想说服广大选手，未果，知道自己已然败北，来此地见我，无非是见见我这个闻声不见人的对手，顺便，膈应我一下，是不是？

秦襄：是。

龙重猛击一掌：好，老弟直率，龙某也直率，我此番南下，不为其他，只为报仇。

秦襄：你想击败许飞扬的书系。

龙重：不错，许飞扬此人，白眼狼，狂犬疯狗，当年秦老弟接济他北漂，他为生计却与我共谋，忤逆你的意愿，这是一叛；龙某与他合作，自认并不亏待，却自立门户背后捅刀，这是二叛。秦老弟宅心仁厚，不与他计较到底，龙某却不能忍。此次组稿目的无他，只有复仇——本届之后，龙某对青文赛决不插手涉足。

秦襄：你和许飞扬的恩怨，不该以青文赛为战场，让青文赛受损失。

龙重又笑：方才老弟问你我相会，为何意义非凡，龙某可以告之，但有个条件，我说一个理由，老弟要是认可，且自饮一杯？

秦襄：可以，但提醒你，我从没喝醉过。

龙重大笑：我知道，刚才说过，你们几个，龙某都研究过——小五，倒酒。

刚才开门的男孩给秦襄拿来一个宽口矮杯，倒满黑褐色的酒液。

龙重：听说"小沙龙"饭局的规矩是喝黄酒，这个地方不卖黄酒，只能委屈老弟，用爱尔兰黑啤代替。

秦襄：你说。

龙重：我们追根溯源，老弟口口声声为了青文赛，全因你是青文赛第一届选手，知恩图报，那么，我且问你，当年你知悉首届比赛，可是在北大边上的"博览书店"翻到《笔迹》杂志？

秦襄点头。

龙重：老弟久未回京，可知"博览"已在去年倒闭关张？

秦襄沉沉摇头。

龙重：那老弟又是否知道，当年出钱合股开"博览书店"的四人，其一是我父亲？

秦襄沉默。

龙重："博览"的老板，你们都叫他"聋老板"，还以为因为他是聋哑人，却不知他本就姓龙，是我堂叔，我父亲为了帮衬他，才跟几个朋友合资给他开小书店——你在北大七年，我父亲的学术著作总是放在书店最显眼的位置，这点老弟不可能不记得吧？

秦襄拿起酒杯。

龙重：你能参加第一届青文赛，若无我父亲、堂叔的因缘，不可能成事，为这个，老弟这杯酒，喝，还是不喝？

秦襄端起酒杯，喉结一动，一饮而尽。

龙重：好。小五，倒酒。

酒满上，龙重问：老弟获奖，算是江湖上有了出身之处，趁着青文赛大热，2001年12月出版第一本书《宫里人》，龙某可曾记错？

秦襄：没有。

龙重：看中你书稿的，可是都江出版社的责编宋明，宋老师？

秦襄点头。

龙重打开手机,给他看相册里一张照片:宋老师,字海成,号竹下晚生,与我有忘年之交,他是书法爱好者,专攻瘦金体,这副字是前年他赠与我的,题字,落款,老弟可认出?

秦襄:认出了,"竹下晚生",是他的字,是他的章。

龙重:人出第一本书,无论质量销量如何,总是值得纪念的,是写作者在浩瀚宇宙里有了第一个属于自己的坐标,宋老师对老弟有知遇之恩,我与宋老师往来多年,我第一本书也是他担任责编,还早于老弟,这杯酒为宋老师,老弟喝,还是不喝?

秦襄端起酒杯,双眼一闭,一饮而尽。

龙重:好!小五,再倒酒。

酒再度满上,龙重道:继续顺着时间线,2001年你出书,2002年考上本校研究生,导师齐宇轩,大家都喜欢叫他"怪人",个中原因,你作为他的研究生,肯定领略过一二吧?

秦襄点头。

龙重再度点开手机相册,翻出一张老照片的翻拍:这张老相片是1984年拍的,里边靠右的是我父亲,他右边穿灰西装的就是齐宇轩,当中坐地上的就是我,还有我爷爷,齐教授当时只是个青年教师,才华横溢,刚来北京就是我家座上宾，我爸跟他关系很好，就差结为异姓兄弟了。你的导师，自然认得出来吧？

秦襄又点头。

龙重：老话说一日师终身父，齐教授当年称我爸一声龙兄，今日此地，你是齐的学生，万千缘分，这是其中之一，这杯酒，老弟喝，还是不喝？

秦襄踌躇了一下，端起酒杯，鼻孔大张，一饮而尽。

龙重：好！老弟干脆！小五，继续倒酒。

酒又满上，龙重道：酒过三巡，但我的话远未说完，老弟可听好，2003年10月，你出第二本书《南北千里》，销量口碑都不错，有两拨人同时想结交你，一方的背后是穆怀恩，另一方的背后是龙方侍，老弟可知，龙方侍与龙某的关系？

秦襄：你的，祖父。

龙重一拍膝盖：不错！老爷子生在湖南，有句湖南话叫"霸蛮"，老爷子在业内霸蛮几十年，你是头一个谢绝他橄榄枝的年轻人，身为同龄人，我要敬你，但身为他长子长孙，龙某又必须说，大不敬。老爷子前年过世，你这个人才跟他失之交臂，责任在你，可能，也在你导师，这第四杯酒，是赔我老爷子一个，你喝，还是不喝？

秦襄举起杯子，吸口气，再度饮尽。

龙重：甚好，老弟酒量果然名不虚传，小五，别愣着，给前辈倒酒。

酒第五次满上,还溢出了泡沫,沿杯壁下流。

龙重:这第五杯……此前2004年,冬天,北京有场研讨会,遍邀新生代作者,老弟肯定也收到过邀请函。

秦襄点头。

龙重:老弟不觉蹊跷?你是70后生人,研讨会分明针对80后,却也收到邀请,可知是谁在替你暗中争取?

秦襄:你?

龙重笑:可惜啊,可惜,老弟却辜负我一片好意,我就坐在旁听席,坐在束瑛老师的后面,远远隔着的就是许飞扬。许飞扬根本不是我的首选,我最先想结交的是秦老弟,唉,奈何明月照沟渠,否则,你我初次相会就是在京城,否则,你当场就能结识束老师,不用2006年给她写那封声援的匿名信。

秦襄:你和束瑛……什么关系?

龙重大笑:老弟,喝了那四杯酒,还没明白吗?我家老爷子湖南人,1950年选择在京发展,我和我爸是土生土长北京人,蒙祖上荫泽,这北京城哪怕有派系,有圈子,说穿了就是那么些人,恩怨纠缠,迎来送往,场面上台底下,都是缠一块儿的,你在北京七年,出了两本书,龙某还以为你早就想明白了,原来你是揣着糊涂装明白。我不光知道你给束瑛写过信,还知道你为了支持全天然,出第三本书的事都给耽搁了,怕是全天然到现在都不知道这事吧?唉,可敬,可叹。龙某混迹圈内这些年,头一次见到你这样的人,这第五杯酒,成分复杂,敬你,也敬吐露真言的束老师,我陪着你,老弟喝,还是不喝?

秦襄闻言,深吸气,举杯。

龙重也举杯,但秦襄不跟他碰,直接仰脖喝下。

龙重也一口喝干:好!好!老弟直爽!这次到上海,龙某没有白来!

秦襄却一摆手,对着那个男孩道:倒酒,我跟他,还没完。

男孩看看龙重,得到允许,给二人倒满酒。

龙重:这杯酒,怎么说?

秦襄居然也笑了:来上海之前,我跟商隐通过电话。

龙重眼皮一跳。

秦襄:两年前看到你主编的文集,你的名字我就很在意,因为肯定听商隐说起过,有渊源,我问了她两年,才知道其中的故事。

龙重:然后呢?

秦襄:商隐让我转达几句话,不,严格说,是几个词——1998年,圣诞节,光环,自费出版。

龙重:就这么几个词?

秦襄:就这么几个,但我猜,你们二人能从通家之好、娃娃亲，变成今天的老死不相往来，不愿细说，肯定也有精彩故事，那么，你和商隐有故事，我和她也有故事，这杯酒，为了商隐，你喝，还是不喝？

秦襄今晚第一次主动举起酒杯。

龙重：老弟这是准备转守为攻了。

秦襄面不改色：想多了，只是喝酒叙旧，如你所说，意义非凡。

龙重叹口气，缓缓举起杯。这次，二人真正碰了次杯，分别喝干。

放下杯子，龙重道：你会找到商隐的原因跟我干一杯，我是没想到的。

秦襄点点头，身体却忽然开始摇晃，几秒钟后，壮实的身体往下一到，脑袋磕在了大理石纹面的桌子上，差点就砸到玻璃杯。

脸皮贴到冰冷桌面的瞬间，他忽然看清，在未名湖面上袅袅走来的女子，究竟长着谁的面孔。

龙重：但你会喝醉，你也没想到吧？你是有备而来，我是有备等你来——小五，把他扶起来，躺在沙发上。

小五：还是龙哥老辣，料到这个办法能醉倒他。

龙重：唔，不过，你伏特加倒得不少，我连喝两杯也有点受不住……

小五倒给秦襄的那些黑啤，提前兑了将近一半的伏特加。伏特加三十八度，是洋酒当中最易叫人上头的，却无色无味，透明如水，混在味道苦香浓郁的黑啤里，外行难以察觉。无论伏特加还是爱尔兰黑啤，喝惯了国产啤酒、黄酒和白酒的秦襄都是初次尝试，品不出异样。本就是混酒，再加上黑啤的气泡加速胃部酒精吸收，秦襄连续六杯才倒，已是难得。

龙重对着不省人事的秦襄道：这个偏方还是多年前你的导师齐宇轩教给我爸的，醉在这个上，老弟，你也不冤。

众人就任由秦襄醉倒在沙发，继续唱歌，干杯，好像根本就没这么个人。离结束还有二十分钟时，包厢的门忽然被人一脚踢开，众人望去，不由惊讶。

龙重：你来干什么？

许飞扬：接个人。

龙重：看不出来，你还挺讲义气。

许飞扬：我和你的账，迟早有算清楚的一天，但这个人是我大哥，我要接走。

龙重一摆手：请便，我目测他一百六十斤，你是背，是扛，是拖，还是抬，都可以，不过这里没人帮你忙。

许飞扬：多虑了，不指望，倒是想提醒大家一句，今天有人请你们在这里唱歌喝酒，明天就可能克扣稿费、拖欠稿费，把今天请客的钱都抢回来，毕竟羊毛出在羊身上，万古不变的道理。

4

秦襄问：后来真是许飞扬把我扛出去的？

全天然：千真万确，我那眼线是这么说的，还说，把你带走时不小心让你脑门跟门框磕了下。

秦襄：的确有这么个包。

他第二天中午在陌生的酒店房间里醒来，独自一人，身份证和钱包都放在桌上。钱包里少了三百块，找前台一问，是房费加押金，扛他来的那个人从他裤袋里掏出来付的。

全天然：没跑了，肯定是许飞扬。包厢除了我的眼线，肯定还有他的卧底。

秦襄：唉，这本来只是一场年轻人的写作比赛，现在变成了《无间道》……

这声叹息既是给许飞扬的，也是为这次上海之行画上句号。

这年的颁奖典礼上，两大著名选手成语言和苏穆哲宁罕见地同台对谈，被各大媒体争相报导，被无数读者热烈讨论。他们在台上聊的话题无非是年轻人的阅读和写作，以及对文学作品商业化的看法之类。坐在台下的新老选手无不激动，不少人离开座位走到第一排围观，后面的人不得不站了起来，甚至脱了鞋站在椅子上。李维坦当初说的或许是对的，二元制宇宙比三元制宇宙更牢靠。前两届青文赛之后，再无成语言和苏穆哲宁，新的成语言和苏穆哲宁将在其他地方出现。

秦襄不在颁奖现场，那不是他的战场。

他的战争已经败了。

据全天然估算，以青文赛十周年为标题或卖点的非授权合集多达十九种，分属九路书商，业内戏称"九龙分羹"。其中许飞扬《金羽翼》出版了四本，龙重《翱翔》三本。书商中，来自长沙的樊龙和裴艮在稿酬、人脉、交际上都不占便宜，遂另辟蹊径，收缩规模，主打"青文赛 90 后作者"的名号，出版两本作品集，销量居然还不错。

2008 年和 2009 年之交，这些书陆陆续续上了市。全天然曾经供职过的幻魔文化的老同事来找，问他市面上各种青文赛文集的情况。

全天然：老兄，你可是来投石问路的？是不是老总想做"90 后"青文赛合集？

老同事：嘻，被看穿了，不瞒你说，有个第十届的选手来找我们谈合作。

全天然想了半天，回：你不是青文赛出身，我没法说什么，就算是，你们真想做，啊，我也拦不住，连我大哥当初都没能拦住他们。但请替我给"老骰子"传一句话，有的鸟飞遍万里下海抓鱼，有的鸟在鳄鱼牙缝里讨饭吃，云泥之别，高下立判。

没过几天，老同事告知：跟领导商量过了，还是算了。

全天然打了一大串"哈"过去，心想，得，自个儿能做的就这么多了，穷尽了。

幻魔文化只是个例。书商在十周年盛宴中大快朵颐，不断吸引更多人加入。第十一届的非官方作品集达到了二十一种，《金羽翼》五本，《翱翔》六本。龙重大仇得报，但并未就此停下组稿的步伐。

十届之后，秦襄再也没去滕州路招待所蹲点，用他的话说，能做的该做的，都已经做完了，阻挡不了。

到2010年，非官方授权的青文赛合集中"90后"成了毫无疑问的关键词："90后获奖者范本""90后一等奖全集""90后青文赛精选"……犹如2000年的"80后"。秦襄调侃，当年提出"80后"这一概念的老兄应该获颁一枚奖章，表彰他开创了可以被沿用、被变形、被炒作起码一百年的新词。

全天然感慨：这一夜之间，啊，咱80后好像就过时了。

曾经挖掘出一大批"80后"作者的《笔迹》杂志，却在"90后"热潮中显得颇为低调。有位《笔迹》编辑去外地参加文学论坛，被问起这个问题。编辑答，我们杂志永远关注年轻人，无论80后、90后还是00后、10后……在时间进程面前，所有玩弄数字的小游戏终将失去意义。

全天然：你看人家这话说的，多有水平，啊，得竖五根大拇指。

秦襄：唉，"90后"生不逢时，新世纪第二个十年，是网络文学的。

全天然：我的娘，大哥，你以前特别看不上网络文学。

秦襄：今非昔比，当年……是我错了。

当年的网络作家待遇还不如成语言、全天然这批人。"80后"至少被称为写作者，网络作家的称呼更低微，"写手"。

全天然：也是，问苍茫大地，谁主沉浮？要靠实力说话。

秦襄身为一线教职员工，感触最深。2010年过后，他发现班里看青春文学的学生越来越稀少，家长们抱怨最多的就是孩子沉迷电脑游戏、网络小说。文学社活动时很多学生也在讨论网文，秦襄不能不许，当初是他自己定的自由讨论的规矩。

甚至有个生物老师，年纪小他两三岁，闲暇时喜欢在电脑上看几百万字的盗墓小说。秦襄劝他，这种东西没什么营养，万一被学生看到影响也不好。生物老师把椅子转过来，朝他道，秦老师，我看什么小说是我的自由，知道你是北大高材生，你喜欢阳春白雪，我独爱下里巴人，我干涉你读什么公安部房和尼雪车斯基了吗？

秦襄纠正：安部公房，车尔尼雪夫斯基。

生物老师把椅子转了回去。

某日，语文课快上完，他问，你们平时都喜欢看谁的小说？

答案五花八门，教室万分嘈杂。秦老师让大家安静，自己挨个报出"十二黄金"的名字，成语言有两人举手的，苏穆哲宁有三人，其余一个也没有。"白银世系"倒有一个陆璃琉。他接着问写网文的天下吴霜、杨柳岸，还有鹿原的堂弟"山鬼"，瞬间有十多个学生举手，动作之猛，似要把天花板捅出窟窿。

秦老师愣在原地，很快又说，把手都放下吧，放下吧……

电铃响起。秦老师左臂独撑讲台一角，说，大家下课吧。这段下课铃，在他耳中相当于散席铃。他明白，自己有幸出席过的那场盛宴就在这铃声当中慢慢走向了完结。

陆篆：
磨刀者

坐在他对面的男人，摆在红白格纹桌布上的那双手，掌心均有被烫伤过的痕迹。头发剃得很短，白发比黑发多。这和他的实际年龄不相称。鼻翼两侧的皮肤并不松弛，有种常年户外运动造成的紧绷质感。黝黑肤色，厚实肩膀，似乎也是这种推测的有力佐证。平常走在街上，这人可能会被当成大车驾驶员，工头，足球教练，便衣警察，唯独不像文艺工作者。

可这人真是圈内的，方才递来的名片上印着：居震，淮江省作协理论研究室副主任。

今年三十八岁。

文人武相。陆篆在脑海里生造出了这个词。

无需质疑名片的真实性。白天的沙滩上，居震叫住他时同样一脸讶异。如果是为了欺骗他，对方毫无必要专门印制名片，在北戴河的海边守株待兔。这就是所谓的缘分？他小时候是不相信这种玄虚说辞的。

居震能讲一口纯正的安水方言。地级市安水到故乡辉城区区三十公里，除了前者重音爱发翘舌，也没那么多和驴有关的词汇，两种乡音几无不同。

居震："2002年到现在，你走了很长的路啊。"

"袜子里也装满了错误。"

"2000年，你出名那年，我就关注你了。"

2000年居震刚调到安水市文联，就听说辉城出了个学生作者，写了篇红遍全国的短篇小说。居震没有操之过急，想等他考进大学再说。这一等，2002年他就离家出走了，在很多地方待过、失败过。2005年又听闻他在长沙成立了个作家组织，还当了内刊主编。本以为就此再无机缘，可居震带着家人到渤海之滨度假，却因为他好友全天然的一声招呼而偶遇。

陆篆和好友吃过晚饭才到起士林饭店赴约。居震面前摆着的，是饭店有名的罐焖牛肉和鲅鱼饺子，却不动筷子，问陆篆有没有看今天的网上新闻——和他在同一场比赛里扬名立万的苏穆哲宁，九年后有了自己办的新杂志，自己办的新比赛。今天下午，比赛的十二强名单刚刚公布。

"我不关心他，也不关心他的比赛，只关心自己的写作。"

"那么，你在写的长篇，打算最晚写到几岁？"

陆篆想了想，找不到答案，那就编造一个看似可靠的：四十岁。

其实，这部长篇越写越短，越写越慢，看似无绝期。他一直想以纯文学风格完成《循环聚餐》，迄今为止的努力都是白费功夫。离家这几年中,只知读《白鹿原》,读了不下四十遍,很少看文学期刊,也得不到名家点播,在纯文学界毫无根基,还在长沙被俗务分散精力,如能花甲之年靠这部长篇一鸣惊人,是真正的小概率事件。

居震笑着摸摸自己头皮,放下手,神色忽然严肃:"不对,是根本写不成。"

居震的看法是,多年来,陆篆不光是人在逃,创作也在逃跑,这么多年都没有信心,所以战国在南昌一挑唆,他就去组建联席大会,因为想暂时回避创作,结果,越做越对长篇麻木,鸵鸟脑袋越扎越深。

"圈内人越问长篇进度,你就越想跑,就越怕,就越写不好。你不是作者陆篆,是逃兵鹿原。"

陆篆不语。

居震又摸起自己的头皮,给眼前的人提供两种可能性:"你可以在六十岁生日那天完成小说,四处找期刊和出版社投稿,吃尽闭门羹,最后发现孑然一身,顾影凄自怜,只能把打印稿塞进抽屉;或者,在四五十岁时同真正的高手角逐长篇最高奖项——雕龙奖,向所有人证明他当初的选择没有错。"

"我选……第二种。"

"那现在就只有一个人能帮上忙了。"

"你?"

"我。"

2009年暑假将尽，陆篆从北戴河出发，经天津，回到辉城故土。家人喜出望外，向来不苟言笑的父亲凝噎无语。历经七年，儿子终于安然无恙地归来。后来他写过一句话，送给所有准备离家出走的年轻人："回去后还挨骂，是因为你走得不够久，回来时不够强大。"

到家后头一件事，是跪在爷爷奶奶遗像前连磕九个头，掷地有声。起身后，全家人无不动容，都原谅了他之前的举动，唯独远在上海的堂妹陆小尧。当年他离家出走时，全家上下只有小尧支持他。如今浪子悔悟归来，家里人只有小尧和他成了敌对关系。

和出走前相比，他明显的外貌变化是脑门正中央多出一粒痘疤。早先在长沙，吃菜前即便过白水，仍旧长了很多青春痘。离开长沙，痘也就消了。唯独位居中央的这粒，似乎硬要留下一抹黑红印记。母亲说有民间秘方可完全消除。陆篆笑笑，摸摸额头说算了，就当是个教训。

北戴河谈话时，居震要他做三件事情：第一是回家。第二是报考安水的成人大学，混到一个比高中学历更高的文凭。最后是舍弃他原本的笔名，用真名进入安水市作协，当一个普普通通的实习生。

居震的解释是，早前的笔名应当暂时成为历史，现在他只是陆篆，《复读班》作者，第二届青文赛小说组一等奖获得者，其他身份全都不认，一切从头开始，就像回到2002年。此间七年的经历和教训，不能提，更不能忘。

"你应该庆幸，之前长沙的几年都是跟小朋友玩，输了败了也无大碍。到我这里，就是真刀真枪的实战了，一刀一个伤口，深及肺腑。要想做拂尘，先装鸡毛掸。等到在大期刊发表那天才可以重新使用那个笔名。"居震点上一支烟，"那时，这个名字就做好了载入史册的准备。"

地级市安水位于省会肴州以西六十多公里，到东面邻省省会南京八十多公里的地方。以淮江文学界的派系划分，安水是一大重镇。明代时此地文人辈出，清朝著名的"桐城派"晚清时在安水就有分支，出过"安水三君子"。

解放后安水出过的最有名的作家，当属1942生的董千秋。他十岁随父迁居上海，八十年代靠短篇小说《飞天》奠定文坛地位，1992年旅居法兰西，2006年丧偶后重归故里，就住在安水市西门镇的董家老宅，此时六十有七。

董千秋并非作协会员，也无体制内头衔，文艺系统的高层领导却对他分外关注。他回国后，有北京领导来肴州做调研，临走前关照，董老身体不好，请作协同志多多关心。重担就落在了安水作协身上。作协在文联下面，事情琐碎繁杂，人手有限，就让实习生多跑跑。

传统文学圈内公认性格最古怪的四个老头，有"穆氏三兄弟"里的穆珥和穆怀恩,写诗的立一刀,还有就是董千秋。董老年轻时出了名的智商高,老了之后性子傲。著名作家龙方侍曾有名言:"穆怀恩不感恩,董千秋不懂事。"

陆篆之前,董千秋已经气走四个实习生,最长的一位坚持了半年。去西门镇的路上,安水作协的常主任让陆篆做好心理准备:"弄会儿他要是把你骂出来,别赶急回作协,在西门镇逛逛,玩玩,相相,明天再回我这处报到。"

董家老宅是典型淮式建筑,灰瓦白墙高骑楼,独门独院,两枚大门门环是本地常见的貔貅兽首造型,不过门上贴着两张纸,一张写"千秋已死",另一张是"地下再谈"。常主任毫不介意,推门而入,示意他跟上。

陆篆本以为会在院里看到花草、菜圃、鸟笼之类老年人常见的赋闲玩物,结果迎面就被一台嘉陵摩托车挡住去路。二人不得不绕道而行,陆篆差点碰翻墙边的一堆瓦罐(后来知道里面是各种腌泡菜)。

院子东面站着一个塑料假人,显然是从服装店背回来的,双眼空洞,身上用水笔画满了穴位名称。假人脚边有个铁笼,两只灰毛兔正抽动鼻子看着来客。院子另一侧立着一个疑似风筝的东西,说是疑似,因为实在太大,长度比陆篆的身高还高出一头,宽度正好可以盖住中年发福的常主任。院子正当中是架天文望远镜架,镜头上挂着一副防毒面具。

屋内厅堂更为热闹,收音机在广播美国前总统克林顿访问平壤的新闻，电视里放着购物频道。一个老头佝偻着背，坐在电脑前，慢慢点击鼠标。陆篆从未指望四十岁以上的名家用电脑写作，何况年近七十的董千秋。有一瞬间，他觉得常主任大概搞错了地址。可看老头侧脸，毫无疑问是《董千秋小说集》折页照片里的那个人，只不过更为苍老。

常主任站在屋门外："董老，这是作协新来的小陆，以后他和您联络，有什么事可以嘱咐他帮把手。"

对方没理他，继续盯着屏幕，鼠标每过几秒才点一下。常主任完成任务，拍拍年轻人肩膀，像是用了轻功，眨眼间出了院子。老头鼠标点了五分钟，他在屋外站了五分钟。忽然音响里传来爆炸声，董千秋含糊骂了句。陆篆这才肯定他在玩扫雷游戏。

老头转身看向新来的人。陆篆捕捉到他的目光，想躬身向他行礼。

"鞠躬做什么？我又没死。"老人往嘴里放进一支香烟，问："你，有什么特长？"

他愣了愣，回想从小到大被母亲逼着学的那些课外项目，直摇头。

"那……有什么爱好？"

"看书。"

董千秋往椅背上一仰："你这人，真乏味得很！上个跑路的研究生呆头呆脑，至少还会吹两下子口琴。"

陆篆说我能吹几下口哨。老头哈哈大笑,说我又不要尿尿。边笑边找火。实习生进前三步,拿出火机给他点上。董千秋吐出一口烟,神色比方才炸雷时缓和了不少,问陆篆抽什么牌子的烟。后者拿出来给他过目,老头发现那些烟都没有过滤嘴,问怎么做到的。

陆篆的秘诀是从别人那里学到的:先用唾液慢慢浸湿滤嘴,根据经验判断时机成熟,不能让唾液浸到烟草,然后捏住滤嘴,轻轻一旋,就取下来了。

因为都是留给自己抽,也无所谓恶不恶心。

董千秋也爱抽没滤嘴的烟:"不过我有更好的办法。"

说着拿起桌上的小剪刀晃了晃。一支烟抽完,老头起身,说天不早了,你该走了。陆篆抬腕看表,才下午三点。董千秋打开院门,推着摩托车出去,让年轻人把门带上。陆篆关心头盔之类的安全细节,老头说,我连驾照都没有,要什么头盔——万一今天散心的时候撞死了,你明天也不用来了。

言罢打上火,在引擎轰鸣声中扔下陆篆,佝着背绝尘而去。

三日后,人在省城肴州的居震来电,问他新环境适应得如何。

陆篆那天早上刚刚第一次杀生:董千秋养在笼里的母兔不是宠物,是食物,亏老头还给她俩起了名字,叫夏娃和莉莉丝。陆篆在他指导下用榔头猛击莉莉丝的小脑袋，它的一只眼珠当场爆了出来。刽子手干呕半天，强忍着恶心放血，剥皮，掏内脏，把肉用冷水浸泡。老头说本来还有只亚当，上月烤了吃掉了。当时行刑的是会吹口琴的研究生，几下都没杀死兔子，老头夺过榔头，一锤定音，研究生当场不省人事。

陆篆被留下用午饭，老头亲自下厨。对着爆炒兔肉他不敢下箸，只吃青菜和豆芽。董千秋胃口很好，就着两碗米饭扫光兔肉，放下筷子一抹嘴，说，明天再弄只王八，煲汤。

居震："挺好，他挺喜欢你。"

陆篆："没这么觉得……"

居震："对了，你没在他面前提《飞天》吧？"

陆篆："晚了……提了。"

《飞天》，董千秋四十二岁的成名作，如今是禁忌词。常主任之前忘了向他关照这个细节，估计觉得这小青年不可能在董老处待太久。陆篆第三次去董宅时就提到这部小说。正在修补风筝的董千秋脸色顿变，让他以后不许再提"飞天"二字。

陆篆是历任实习生当中唯一敢于追问的："为什么？这是您一生的代表作。"

老头没动怒，叼上一支烟："那，《复读班》是你一生的代表作吗？"

董千秋的电脑不是单纯用来扫地雷的,他上网查找过陆篆的信息,关于比赛,关于成名作。《复读班》小说开头就是男主角同桌跳楼,《飞天》的故事主题是关于跳崖,冥冥中居然如此雷同。

董千秋九十年代封笔之前,所著小说三十余部,累计二十万字。处女作《飞天》创作耗时最短,只用了一星期不到,写得随心所欲,从未寄予厚望,谁料一炮打响。他扭头问《复读班》作者当初写了多久。陆篆答说,初稿,大概四天。

董千秋:"人才啊……你 2000 年得奖,十年里,遇到别人天天对你叨念这篇得意之作,你肯定也很开心吧?"

年轻人沉默不语。

"我被念叨了快三十年。"说完,转身继续修补风筝,"明天杀只兔子,你来动手。"

陆篆看向兔笼:"哪只是夏娃?"

董千秋:"兔子名字是我随便起的,你选哪只,杀哪只,哪只就是夏娃。"

居震听完,问:"现在知道为什么派你去了?好刀需磨,董老是独一无二的磨刀石,被他磨坏了,正常;磨好了,你就是那把刀,独一无二。"

尾声

2010年,新旧更替明显。1月27日,杰罗姆·塞林格去世。全天然听到消息时倍感惊讶。他以为《麦田里的守望者》作者早就不在人间了,居然活到了九十一岁。当然,他身边有不少人还以为马尔克斯早已逝世。

作品太过成功的后遗症是,作家本人会慢慢在公众印象里超越生死之界。

商隐开了一家咖啡馆,"光环Cafe",坐落于长乐路和富民路交汇处,欧陆复古风格装修。

以"光环"为名,皆因她早年在华师大念书,昔日枣阳路上曾有家"光环"酒吧,商隐一度既是顾客也是酒保,上演过、目睹过无数叫人沉醉和叫人清醒的故事。

秦襄调侃:念旧是变老的标识之一。

商隐回道:每个人从出生开始都在变老,念旧只是因为学会了反省。

环视店内,摆满了老友们的贺礼:全天然的古帆船模型,艾苦的据说可以辟邪的黑曜石金字塔,挂在一楼墙上的摇滚唱片来自花可,唱片边上的黑白摄影作品是朱颜送的,舅舅陈一鸣的羊皮封面精装书。昔日"小沙龙"大厨迟敬德的礼物是无形的：一份黄油啤酒的创新配方。

写一手好字的鹿宴，为"光环"咖啡馆手写了六份中英文饮料单，另赠仿制鹿角一对，挂在二楼。鹿原也送来一对鹿角，驼鹿的，也挂在二楼，和堂妹的花鹿角针锋相对。

商隐说完鹿角的来历，神秘一笑，取出瓶洋酒：这是他们堂弟"山鬼"送的达尔摩十八年单一麦芽，瓶身上有只公鹿鹿头，你说巧不巧？三个陆，三只鹿。这个堂弟倒也厉害，以前他来"小沙龙"，我觉得就是个小男生，提起成语言眼睛放光，现在倒是文学网站的著名签约作者了，赚到的钱还真不少。

唯独进门处第一张桌子上的古董台灯，绝非仿品，货真价实，商隐却不愿细说，秦襄也不便再问。端坐小小店堂中，除了咖啡香气，全是往事如烟的味道。

商隐打开威士忌瓶盖，倒了两杯：这酒不卖给客人，只有老友来时打开。

碰杯之后，她问：江湖有风声，你又开始写小说投稿了，怎么想通的？

秦襄笑笑：你的消息灵通得可怕。

自从到南京执起教鞭，秦襄一度放下了笔。今年寒假过后他到教育局开一个青年教师的会议，坐右边的男老师端详许久：你……是不是秦襄？

对方南京本地人，2000年第二届青文赛举办时年仅十五岁，专门拉着父母去上海观摩颁奖礼，时逢秦襄作为往届选手代表上台发言。

之后四届比赛他都参加，每次投稿三四篇，均铩羽而归，进了大学才放弃参赛的执念。即使没进决赛，那四届颁奖礼他也都会前去上海观摩。

这位去年刚入职的历史老师分外感慨：当时为了能和你们比肩而立，我像着魔一般拼命写作，现在回过头想，其实，可能就是把对写作的狂热错当成一种才华。进大学后我常做梦，梦到坐在青文赛考场，和艾苦隔着过道，梦到在《笔迹》杂志社和编辑聊天，梦见收到成语言的签名书，还跟全天然喝酒聊天。

梦只能是梦，醒了就没了。

散会后，他又问起几位老作者的下落，秦襄一一作答。

最后，他问，秦襄是否仍在写作。秦襄迟疑片刻，坦言久未动笔。历史老师表示理解，毕竟语文是主科，压力重，但不管现在写不写，"你们都是我青春的一部分。"

晚上回到家，秦襄也做了个梦，不过这个梦是回忆型的。

梦里，有个十三四岁的少年刚开始尝试写作，在课堂上被老师发现，认为是不务正业，就通知家长。有位邻居老人常借书给少年。某日少年又来。老人问,知不知道汉字总数有多少个。

少年不知。

老人:大概九万一千多个。

少年受教,却不明白问题的用意。

老人:假设一个人活到一百岁,一天一个字,就是三万六千五百字,也只是刚超过汉字总数的三分之一。九万多字,减去三千常用,余下都是些生僻字,但没有一个是毫无意义的——古人深信,以文字之力可通鬼神,既然创造出来,便有其用意。

老人抿了口代县黄酒,继续:古往今来所有的智慧,全都蕴含在文字当中,反过来说,只要人类的智慧还没有消亡,文字就不会消失。你抬起头来,遥望夜空,会看到星汉灿烂无边;低下头去翻阅书卷,会发现文字浩若繁星。

所以,认真的阅读者是最辛苦和最幸运的人,他们要在星海中寻觅、拼合智慧的碎片。虔诚的写作者则是最幸福和最痛苦的人,总会有天把自己燃烧殆尽,换取与星辰同辉,照耀后来者。

屋内沉寂片刻,老人轻声重复:"记住,燃烧殆尽。"

"记住了,"少年也重复,"与星辰同辉。"

图书在版编目（CIP）数据

狂热 / 王若虚著. -- 上海：上海文艺出版社,2023
ISBN 978-7-5321-8383-8
Ⅰ.①狂… Ⅱ.①王… Ⅲ.①长篇小说－中国－当代
Ⅳ.①I247.5
中国版本图书馆CIP数据核字(2023)第030193号

发 行 人：毕　胜
责任编辑：解文佳
封面设计：上官砒霜

书　　名：狂　热
作　　者：王若虚
出　　版：上海世纪出版集团　上海文艺出版社
地　　址：上海市闵行区号景路159弄A座2楼 201101
发　　行：上海文艺出版社发行中心
　　　　　上海市闵行区号景路159弄A座2楼206室 201101 www.ewen.co
印　　刷：崇明裕安印刷厂
开　　本：889×1194　1/32
印　　张：13.625
插　　页：2
字　　数：249,000
印　　次：2023年3月第1版 2023年3月第1次印刷
Ｉ Ｓ Ｂ Ｎ：978-7-5321-8383-8/I.6617
定　　价：68.00元
告 读 者：如发现本书有质量问题请与印刷厂质量科联系　T: 021-59404766